致青春 026

你好，我的一見鐘情

（下）

夜蔓　著

高寶書版集團

目錄
CONTENTS

第十一章　風波乍起

姜曉在影視城待了三天，敲定了許佳人參加目前最紅的一檔綜藝節目《我們的旅行》，她和許佳人在電話裡說了這件事。許佳人正在劇組，剛剛拍完自己的戲分。

『姜姊，《我們的旅行》是七月開始吧？』

姜曉：「節目組計畫七月錄製，預計二十一天。」

許佳人：『《長汀》六月下旬要開始拍攝……那麼如果我能出演《長汀》，兩者時間不是衝到了嗎？』

姜曉聽懂了許佳人的言外之意，她沉默了片刻，「《我們的旅行》的曝光率不可想像，會為妳帶來超高的人氣。」

許佳人雖然猶豫，不過她也是個有主見的人。

『《長汀》還有兩週就要試鏡了，再給我兩週時間。』

姜曉看著眼前的那份合約，她神色不變，「佳人，現在想上《我們的旅行》的藝人不止妳一個。就我所知，杜婷、甄潔兒，她們的經紀公司都在和節目組接洽。」合約不簽下來，隨時會面臨被替換的可能。到時候，饒是華夏也沒有扭轉乾坤的權利。

許佳人咬咬唇，『姜姊，妳覺得《長汀》將來上映後，能超過《年華》嗎？』

姜曉沉默了片刻，「我不知道。當年是《年華》把趙欣然推到一線，但此一時彼一時，《長汀》會怎麼樣，誰也不敢說。」

許佳人沉吟道：『姜姊，我再考慮一下。』

姜曉：「兩天後給我答覆。」她斂了斂神色，「不過我的建議是先參加《我們的旅行》。」言盡於此，她不知道許佳人能不能把她的話聽進去。總之，她在處理這件事時沒有藏著自己的私心。

♀♂

周思慕第一次和媽媽出來過兩人世界，玩得不亦樂乎，卻不忘買禮物。他的意思是，爺爺奶奶、姑姑每次出去玩都會幫他買禮物，這一次，他也要買。

兩人逛了很久，周思慕買了一堆東西。幫他爺爺買了毛絨卡通捶背器，幫他奶奶買九點九元人民幣的手套，幫他姑姑買了一個民族包（十九塊人民幣），幫他爸買了一頂雷鋒帽。

「媽媽，妳覺得好嗎？」

「心意最重要。」姜曉覺得，他爺爺奶奶不管拿到什麼禮物都會很開心，另外兩人她就不敢保證了。

周思慕一臉笑意，「爸爸會喜歡我這個吧？」

姜曉違心說道：「會喜歡的。」

周思慕點點頭，「我也覺得。媽媽，等我長大工作了，就幫妳買漂亮的包包還有衣服，像姑姑那樣的。」他媽媽太可憐了，只有幾個包包。

姜曉一顆心都化了。「那我等你啊！」

周思慕伸出手，「媽媽，我們打勾勾，一百年不變。」

當天傍晚，姜曉和周思慕回到晉城。兩人先回去周父周母那裡，老人心裡惦記著孫子，姜曉明白他們的心情。只是，他們回來一看，周父的臉色不是很好，姜曉不知道怎麼了。

周母同樣，「回來了啊？玩得怎麼樣？」

周思慕嘰嘰喳喳地說著這幾天的事，拿出自己帶回來的禮物。「爺爺奶奶，慕慕現在還沒有錢，不能幫你們買貴的禮物。」

周父看到那個卡通捶背器，臉色終於緩和了很多。「哎呦，慕慕買的啊，爺爺喜歡。」

周母戴上手套，儘管手套上還帶著線頭，她依然很開心，孩子從小就知道孝敬長輩，這不是很好嗎？她打從心裡也越來越喜歡姜曉，對著姜曉說道：「妳這幾天也辛苦了，一個人帶他很累吧？」

姜曉笑著，「慕慕乖得很。」

周母嘆了一口氣。

姜曉猶豫了一下，問：「媽，怎麼了？我看您和爸爸臉色都不是很好。」

周母皺了皺眉，「這記者不知道怎麼回事！整天亂寫！又報了修林和別人的照片，說那個誰是修林的女朋友，妳爸看到氣死了。」

姜曉笑著，「媽，這種新聞不要當真，修林不是這樣的人，兩人也只是一起參加活動。」

周母望著她，「妳就一點不擔心？」

姜曉勾起一抹笑，「我相信他啊。」簡簡單單的四個字倒是讓周母一怔。

「真要有什麼，我就離婚嘍。」她語氣認真，如果有一天周修林和別的女孩在一起了，她肯定離婚。

人和人要相互瞭解，需要相處。這三年，周母對姜曉也改觀了。想當初，她還以為姜曉是別有用心的女孩，靠著肚子上位的。

「曉曉啊，宋譯文這個人怎麼樣？」

「譯文是我帶的藝人，我對他的評價都會帶著我的主觀色彩。只是您想想，一個人氣正在上升期的小生能主動公開戀情，至少說明了他對這段感情的珍視。」

「宋譯文我看也是不錯，長相是沒話說。一妍也該結婚了，妳看她還比妳大幾個月，慕慕都三歲了。」

姜曉：「……」

♀♂

吃過晚飯後，姜曉帶著周思慕回到自己家，周修林還沒回來。

小豆芽睏得不行，睡前還念叨著，「媽媽，爸爸回來妳要叫我喔，我要把帽子送給爸爸。」

姜曉答應了，結果她也先睡了。

周修林回來後，見到主臥大床上的母子倆，心裡一陣暖意，他輕輕地去洗了澡才進房間。吻了吻姜曉的臉頰後，姜曉被他弄醒。

她迷迷糊糊地睜開眼，「回來了啊？」

周修林吻著她的唇角，「嗯，回來晚了。以恒發瘋，一直不讓我走。」

他喝了酒，身上比平時熱很多。姜曉輕輕動了動身子，低喃道：「小豆芽在啊。」

周修林語氣無奈，「妳不能老是寵他。」

姜曉嘟囔著，「他也是你的兒子。」

周修林將她挪到一旁，怕壓到一旁的小人，「但妳是我的老婆。」

姜曉被他吻得七葷八素，還不忘為兒子爭取一下，「今晚讓小豆芽和我們睡好不好？他晚上一直惦記著你呢。」

周修林抱起她，「好，我們去隔壁。」

姜曉的腰都要斷了，他今晚真是熱情似火。「好累啊！」

周修林笑著，「妳不是說等妳回來，要陪我睡的嗎？」

姜曉嘟嘟嘴，「我這個助理，白天幫你打工，晚上還要陪睡！虧死了！」

周修林就喜歡聽她這樣胡說八道，「嗯。」

姜曉縮在他的懷裡，哼哼唧唧的，周修林則在她耳邊低語，「一日不見，如隔三秋，我們三天未見了。」

第二天早上，小豆芽睜開眼時，發現自己一個人睡在大床上。媽媽不在，爸爸也不在，他慢吞吞地滑下床，穿著小拖鞋去上洗手間。

等他噓噓好，手洗乾淨回到房間，還是沒有看到爸爸媽媽的身影。小傢伙苦著嘴角，站在客廳大叫起來，「媽媽～媽媽～妳去哪裡了？」

周修林猛地驚醒，連忙套了一條褲子出去，把小傢伙抱起來。「哭什麼呢？」

小豆芽見到爸爸，心情好了一點。「我媽媽呢？」他看了看隔壁房間，濕漉漉的眼睛轉啊轉。

周修林連忙轉移話題，「媽媽這兩天出去玩太累了，還在睡覺呢。」

小豆芽扭著身體，「那我去看看媽媽。」

「讓媽媽再睡一會兒，爸爸帶你去洗臉。你今天不是要上幼稚園嗎？要遲到了。」

「爸爸，那你快點啊。」他可不想遲到，他還想早點見到朵朵呢。

父子倆一起去洗手間洗臉刷牙時，小豆芽看見了周修林胸口的幾道抓痕，好奇道：「爸爸，你怎麼受傷了？」

周修林低頭一看，昨晚還沒感覺，現在一看，有三道醒目的抓痕。「貓抓的。」

小豆芽沉思道：「爸爸，你在辦公室養貓了？」

周修林含糊地應了一聲。

小豆芽抱著他的大腿，「爸爸，你什麼時候帶我去看看你養的貓貓？」

周修林哭笑不得，「看你的表現。你什麼時候不再和你媽媽一起睡，我就考慮一下。」

小豆芽忙不迭地點頭，一本正經，「我是大小孩了，我不跟媽媽睡。」

當天，周思慕同學上學遲到，姜曉也是匆匆忙忙才趕到公司，嘴上埋怨著周修林，唯有周修林春風得意。蔣勤心裡腹誹，肯定是夫人回來了，他們終於可以告別低沉的辦公室氣氛了。

小豆芽三天沒有上幼稚園，見到同學異常地開心，一下課就和同桌的小朋友說著這次出去玩的事。說完旅遊，又開始說自己的苦惱。

「我一個人睡，醒來時發現，爸爸媽媽睡在另一間房。你們現在也是自己一個人睡嗎？」

朵朵：「我和爸爸媽媽一起睡啊。」

洋洋：「我睡爸爸媽媽的腳下。」

周思慕委屈了，「就我一個人不和爸爸媽媽睡嗎？」

朵朵：「我們問問別的小朋友吧？」

於是，Apple班就小朋友和爸爸媽媽一起睡覺的問題展開了調查。偏偏這個班裡除了來自國外的四個小朋友是單獨睡之外，只有周思慕一個小朋友是單獨睡的。周思慕一顆心委屈了。

洋洋：「思慕，你是不是你爸爸媽媽從垃圾桶撿來的？」

周思慕：「……」

朵朵搖搖頭，「我覺得是思慕的爸爸和媽媽要幫思慕生小妹妹了。我阿婆說，如果我想要妹妹，就要一個人睡。」

周思慕眨著眼睛看朵朵，朵朵真漂亮。「嗯，我媽媽肯定是要幫我生小妹妹了。朵朵，我的妹妹要是像妳一樣漂亮，我會很喜歡的。」

班導師恰好走到這裡，聽到了這句話。現在的小朋友啊，幼稚園就開始早戀了，她這個單身狗怎麼活！

♀♂

當天上午，姜曉將宋譯文、許佳人最近的工作計畫全部梳理一遍，等忙完這一切，她才想起要轉帳給梁月的事。

上網查清楚鞋子的價格，六萬多塊人民幣，真是叫人心疼。但這終究是小豆芽的無心之過，這錢也該賠。錢成功轉出後，姜曉的心也安了。

她平靜地滑著網路新聞。電影《長汀》這次選角的聲勢浩大，不少新人都去報名了，已經進行了第一輪試鏡，梁月最近也因此常上娛樂新聞頭條。

小雨走進來幫她沖了一杯咖啡，「姜姊，佳人能拿下《長汀》嗎？」

「我也說不準。」姜曉真的不敢保證，她幫藝人簽電影、電視劇，都會找適合他們的戲。《長汀》她也是前兩天看了故事，文藝片用心但不一定會賣座。

「我聽佳人的助理說，佳人很想上。姜姊，妳這邊不能幫她去和梁老師談談？」

姜曉搖搖頭，「梁老師向來要求嚴格，她選人用人都有她的一套標準。」

「希望佳人能拿到。」

姜曉勾了勾嘴角，輕輕說道：「但願吧。」

話剛說完，她的手機響起。她看到一串陌生號碼，手微微一顫。

小雨轉身，「姜姊，您先忙。」

姜曉深吸一口氣，接通了電話。那端的聲音傳到她的耳邊，『姜曉，妳現在有時間嗎？我們見面說。』

「好的，梁老師。」

姜曉靜默地看著桌上那瓶勿忘我，花拿過來已經半個月了，依舊盛開著，沒有一點衰敗的痕跡。此刻，她的心口卻有種物是人非的悵然感。這幾年她過得太幸福了，幸福到她都忘了最初進演藝圈的目的。

梁月主動約她見面，真的讓她有些意外。她會找她談什麼？佳人試鏡？還是鞋子的事？亦或者她發現了什麼？

姜曉落落起身，和助理小雨打了一聲招呼，告知她要出去一下。

♀♂

梁月從影視城回到晉城的當天，心緒不寧，後來讓人去查了姜曉的資料。第二天早上，當她拿到姜曉資料的那一瞬，她徹底慌了，亂了。

平靜的湖面終於泛起了漣漪，讓她恐慌。

為什麼第一次見面，她會覺得姜曉有點熟悉感……

為什麼姜曉看她的眼神，不經意間會帶著一種無奈……

為什麼姜曉第一次見到自己時，只肯說自己的英文名……

梁月抖著手闔上了那兩張紙，臉色煞白。上面的每一個字，都深深地刻在她的腦海裡。

父，姜屹，畫家。母，已逝。

她想了一天，終於決定要和姜曉見一面。梁月早早來到約好的茶館。等了半個多小時，姜曉到了。三月天，她穿了一件卡其色風衣、牛仔褲、高跟鞋，衣著普通，卻簡單幹練。

姜曉落座，她的臉色一如既往，禮貌又淡然，「抱歉，梁老師，我來晚了。」

梁月的喉嚨滾動，「沒事。」她望著姜曉，一時間不知道該從何說起。「妳要喝點什麼？我聽言言……這家的茶還不錯。」

姜曉彎了彎嘴角，翻了翻菜單，「我都可以。梁老師您要喝什麼？」

「我無所謂，你們年輕人點吧。」

姜曉不再推脫，「我不懂茶，隨意吧。」

服務員開始泡茶。一整套的工具，茶具精緻，服務員專業而嫻熟。待茶水泡好，服務員離開，室內只剩下兩人。

茶水冒著氤氳的熱氣，恰似縹緲的霧氣。梁月端起紫砂壺，想幫她倒上一杯茶，可是她的手在顫抖。姜曉第一次見她失態，那個拿慣各種表演大獎的人，終於卸下了偽裝。她是在緊張還是害怕？

「我來吧。」

梁月端起茶杯，茶水入口微苦，喝慣了咖啡的她一時有些不適應。「我收到妳轉的錢了，姜曉，妳何必呢？」

姜曉指尖摸索著茶杯邊緣，語氣清淡，「弄壞東西總是要賠的。」

梁月的手慢慢收回來，放在桌下，十指緊緊地握著。「妳已經知道我是誰了，對不對？」

隔著一張桌子的距離，明明這麼近，卻又好像隔了太平洋那麼遠。

姜曉淺淺一笑，她曾想過無數次她們重逢的場面。她要衝上去，大聲告訴她，我是妳的女兒！她要質問她，妳的心是石頭做的嗎？她要告訴她，沒有媽媽，她也過得很好。她要她後悔！後悔當初拋棄了她。她要她看到，她現在很好，很優秀。沒有媽媽，她依舊可以很好。

可是，如今她的媽媽只問她，是不是知道她是誰了？

沉默了好一會兒，姜曉才澀澀開口，「梁老師，您說笑了，我怎麼會不知道您是誰，您是著名的影后啊。」她低頭抿了一口熱茶，茶水沖淡了她胸口那抹涼意。

原來，這幾年，讓她改變這麼大，她早已不再是當初心懷怨憤的少女了。

梁月的心情五味雜陳，「我不知道妳……」

姜曉心中腹誹，妳不知道是當然，因為妳早忘了我。妳的心都在妳的另一個女兒、妳的丈夫、妳的家庭上。如果妳對過往有一絲懷念，我見到妳那麼多次，妳會一點懷疑都沒有？

而梁月想過很多，姜曉為什麼進演藝圈，肯定和自己有關。她是來找自己的嗎？

「曉曉——我很抱歉。」

姜曉知道沒有情緒的人才可怕，梁月的一句抱歉也並不能改變什麼，她依舊平靜。

「我從懂事開始，就知道我和別的孩子不一樣——我沒有媽媽。我問過爸爸，媽媽去哪裡了？他告訴我，媽媽去世了。那時我還小，我以為媽媽只是去了很遠的地方。我一直想著，我媽媽會回來的。我不想讀書，可是我要考好啊。我要拿獎狀，這樣媽媽回來看到會很高興。因為我的同學拿到獎狀，她的媽媽每次都會給她獎勵。再後來，我才明白去世的意思。我也不再念想，再也不想拿獎狀了。」姜曉深吸一口氣，「其實，我一直相信爸爸的這個說法。」

梁月眼眶通紅，她是個美人，連傷心都楚楚動人。歲月真是優待了她，她根本看不出真實年齡。姜曉想到了她的父親，年輕不大，卻比實際年齡還要老了十幾歲。

梁月一時間怔在那裡，許久，她終於找回自己的聲音。「曉曉，我知道我現在所有的解釋都是枉然。我只能說，我也是身不由己。」

身不由己……

這四個字真是好，可以成為任何事的理由。不過是為了那一份虛榮，為了名利、金錢而已。苦衷誰都有。姜曉明白，她的父親有，她也有，可是梁月的苦衷，她不能諒解。

姜曉抿了抿嘴角，一字一頓，「梁老師——」聲音暗啞，帶著不可察覺的顫抖。她不想讓她看到她軟弱的一面，「既然這二十六年，我們都沒有去打擾您，今後我們也不會。您只是晉姝言一個人的母親，而我的母親叫馮婉。而我呢，只是一個經紀人，我發誓我也不會再和妳有什麼交集。」說完這些，她真的有些佩服自己，心裡竟然這般的寧靜。

「曉曉，」梁月暗叫，「我始終是妳的媽媽，既然我們相遇了，我也不能不管妳。」

姜曉搖搖頭，「不。我不是小孩子了，我現在的生活很好。」

梁月咽了咽喉嚨，「妳爸爸他現在還好嗎？」

姜曉瞇了瞇眼睛，十指握得緊緊的，「謝謝關心，他很好。」

梁月能感覺到，姜曉有她一身傲骨，這一點真的很像姜屹。她又問道：「那個孩子是妳的什麼人？」

姜曉不動聲色，「是我一個好朋友的孩子。」

「小傢伙很可愛。」

姜曉說不出自己聽到她讚美小豆芽是什麼心情，她也不知道該說什麼。

「妳到華夏工作也好幾年了，周修林是個有作為的人。曉曉，如果妳有什麼需要，可以來找我。」她從包包裡拿出了一張私人名片。

姜曉忽然一笑，「上一次妳也給了我一張名片，不過和這張不一樣。」曾經她為了要梁月的私人聯繫方式，不知道費了多大的勁，十八歲那年甚至去晉仲北那裡應徵生活助理。

梁月苦笑，「第一次見到妳，我就覺得妳有些特別。」只是她從來不敢去想。

姜曉感覺到包包裡的手機一直在震動，她沒有心思去拿手機。她瞇起眼睛，望著梁月。曾經，她們有一樣的眼睛，不過梁月開了眼角，容貌已經有些微的變化。

姜曉其實更像父親一點，當然，她的眉眼很像梁月。

「那不是我們第一次見面。」她不知道為什麼要說出口，可能心底還是很委屈吧。

梁月小心措辭，「妳第一次見我什麼時候？」

姜曉恍惚地勾了一抹笑，「忘了，很久以前吧。」包包裡的手機還在響，她拿出來一看，是周修林打來的。「梁老師，我還有點事要回去處理。我先走了。」她起身，姿態從容。

「曉曉——」梁月又叫了一聲。

姜曉沒有絲毫遲疑，走到門口，她突然又止住步伐。「梁老師，出了這個門，我們就當作今天不曾見過面。妳還是妳，我還是我。」說完，她大步離開。

現在的她已經不覺得委屈，甚至連眼淚都流不出來。

原來，在不經意間，她的心變得如此強大。時間撫平了一切，亦或者是周修林和小豆芽填補了她的生命。曾經或缺的東西，上天已經用另一種方式彌補她了。

姜曉離開茶館，還記得去買了單。唉，她真是心胸真寬大啊。

室外，陽光燦爛。真好！她要和周修林提議週末帶小豆芽去動物園。

她抬手擋住眼前那片刺目的陽光，往事歷歷在目。她第一次見到梁月，是在大一的寒假。她發著高燒，趙欣然送她去醫院時經過梁月的保姆車。

欣然一臉羨慕，「那是梁月的車啊，哇，房車呢！」她豪言壯志說道，「姜曉，以後我也要有這樣的保姆車！」

她的嘴角已經乾澀得起了一層皮，「妳會有的，加油！」

她回頭望了一眼，梁月當時正在幫一個小女孩整理衣服，一臉的慈愛。後來想想，小女孩就是晉姝言吧。

誰能想到，幾年後，趙欣然真的得到了她當初想要的一切，而姜曉亦是。努力的人，總會有屬於他的那一份好運。姜曉邊走邊回撥電話給周修林，電話很快就接通。

『周總，找我什麼事？』她語調輕鬆。

周修林靜坐在椅子上，一直維持著剛剛的動作。「我剛打去妳辦公室，妳的助理說妳出去了？」

『是啊。梁老師約我，和我談了一點事。應該結束了，我現在就回去。』

周修林一直望著面前的那幾份資料，目光深沉。

『你有什麼事啊？』

「沒事。我剛剛看思慕在幼稚園的影片，他好像和一個小女孩關係很好。」

『那是他的好朋友，叫朵朵，很漂亮的小女孩。』

周修林勾起一抹笑，「是很漂亮。」

『小豆芽很喜歡她，你兒子眼光很好啊。』

周修林應了一聲，「隨我。」

姜曉在電話那端笑了，笑聲清脆。『我不和你說了，開車回去。』

「好。」

周修林斂了斂神色，放下手機，又拿起那幾張紙。有些事做得很隱蔽，但只要有人有心去查，還是會查到蛛絲馬跡的。

現在這一切都說通了。姜曉當初的種種反應，都是有原因的。她要當經紀人，是為了她媽媽。她不想要孩子，是怕耽誤她的事業。

周修林拿著那幾張紙起身走到碎紙機旁，將紙放進去，紙張最後化作碎片，好像從來不曾存在過。

原來他的女孩，這麼多年承受了這麼多委屈啊。

♀♂

晚上，周修林推掉了活動，早早回到家。

姜曉也回來得早，去蛋糕店買了幾塊蛋糕。她心情不太好時就喜歡吃甜食。心裡太苦了，吃點甜食，心情也會跟著甜蜜幾分。

周修林回到家時，她正在廚房忙碌，料理臺上擺滿了食材。她換上了舒適的居家服，米色的拖鞋，長髮綰起來，露出白皙的脖子。她低著頭，專注地弄著手中的食材。額角的碎髮落下來，擋住了半張臉，叫人看不出她此刻的表情。

周修林鬆了一口氣，她的心情並沒有受太大的影響。「要做什麼？」他解開袖口，打算幫忙。

姜曉回頭微微一笑，「你去看看慕慕，我這邊還有半個小時就好。」她推推他。

周修林站著沒動，只是看著她的側臉。其實他心中有個疑問，姜曉到底是什麼時候認出梁月的身分？

姜曉回頭，「怎麼了？」

周修林抿抿嘴角，他從她的身後抱住她，她貼在他的胸前，他的下巴抵在她的腦袋上。

「周先生，你到底怎麼了？又被人傳緋聞了？」她蹙起了眉間，惡狠狠道，「是不是鄒雨彤又來纏著你了？唉！你說她們怎麼老是覬覦我老公！」

他俯首親了親她的唇角，低聲嘆了一口氣，「周太太，那妳就該發揮妳的實力讓她們不敢靠近我！」

姜曉呢喃，「我在做菜呢，你不要干擾我！」

周思慕一個人在房間，趴在地毯上拼樂高，嘴裡來來回回哼唱的就是那幾句歌詞。啊哈哈黑貓警長～啊哈哈黑貓警長～

「爸爸！」喊完之後，他又繼續拼著樂高。

周修林摸摸他的腦袋，「這麼喜歡黑貓警長啊！」

「嗯。爸爸我是黑貓警長，你是雷鋒。」他眨著眼睛，「你戴上雷鋒帽就是了。」

周修林的眼角抽了抽。想到他那天他為了不打擊兒子的孝心，被迫戴上雷鋒帽，姜曉還幫他們拍了照片。他太太還威脅他，以後若是他再和女明星上報，她就爆出這張照片。

他想說，妳爆吧，他倒是挺期待他們公開的那天。

那天晚上，姜曉一切如常。以周修林對她的瞭解，她肯定暫時不會告訴自己，那麼他也不問。可是，周修林知道，姜曉還是很難受。

他們交纏時，她像在尋求一種釋放，肆意地放縱自己。是她和他在一起後，從來沒有過的表現。

最後的時刻，她縮在他的懷裡，喃喃低語，「周修林，你永遠不要離開我，永遠不要。」

他扣著她的手，十指交握。「曉曉，《詩經》裡我最喜歡的一句，就是執子之手，與子偕老。」他吻了吻她的眼角，嘗到了鹹鹹的淚水。

他在她耳邊一遍一遍地重複，「我會一直都在。」

我會一直都在。

♀♂

一夜過後，姜曉又恢復了，精神滿滿地去了公司。周修林深深覺得，自己這個小妻子真的有當演員的潛力，說不定還可以拿個影后回來。

和許佳人通了半個小時的電話，許佳人堅持要推掉綜藝節目。她認定了《長汀》能讓她大紅大紫。

姜曉深吸了幾口氣，「佳人，我尊重我手下藝人的選擇，但是我不看好《長汀》。」

許佳人咬牙：『現在梁月願意給我這個機會，我為什麼要推掉？姜姊，昨天梁月的經紀人打電話給我，說看了我的資料，他們覺得我很合適，我們約好見面的時間了。』

姜曉大腦懵了，她一手撐在桌上，一字一頓，「佳人，我不同意。」

許佳人也執拗起來，『那妳現在能給我比《長汀》更好的資源嗎？我們這行競爭有多強，妳也知道。我只有這一次機會，我不是周一妍，她的親哥是華夏總裁。她就算搞砸了一部又一部劇，她還會有劇本。』

姜曉無話可說，「明天我和導演聯繫，推了《我們的旅行》。」

許佳人沉默，『姜姊，謝謝妳。』

姜曉心裡堵了一口氣。這樣做就能彌補我嗎？她的媽媽啊！您真的一點都不瞭解我。

中午時分，姜曉和趙欣然約好一起用餐，兩人在一家日本料理店見面。姜曉先到了，點了幾樣菜。不一會兒趙欣然來了，只見她素面朝天，人好像瘦了一圈。

趙欣然勾了勾嘴角，笑容寡淡。「妳好像瘦了。」

姜曉摸摸臉，「有嗎？」昨晚周先生還說她胖了，捏了幾下她的臉。「最近休假了？」

趙欣然無奈地勾了勾嘴角，「前兩天剛拍完廣告，休息一陣子。」

姜曉：「怎麼樣了？」

趙欣然一臉落寞，「咬牙往前走嘍。我當初應該聽妳的，莫以恒花心慣了，我怎麼能死心塌地指望他。一年前，我那次意外懷孕，就應該早點清醒。」她絲毫沒有隱藏自己的情緒，她難受，壓抑，可是不能在外人面前表現出來。

姜曉默默喝了一口水，「欣然，妳不會的。」

趙欣然嗤笑了一聲，端起了面前的水杯，一口喝光。姜曉真的太瞭解她了。「是啊，我不會。我太貪心了，我不就是靠莫以恒給我的資源才有今天的成績嗎？離開他我什麼都不是。所有人都在看我的笑話，姜曉，妳是不是覺得我很可憐？」

姜曉伸手握住她的手，「欣然，妳為什麼要進演藝圈？妳忘了嗎？」

趙欣然眨眨眼，一時困惑。「哈哈哈……」她笑了幾聲，「早被狗吃了。」

姜曉扯了扯嘴角，「我總聽到別人說，自己身不由己。其實是自己抵制不了內心的私欲，不過，在名利面前，有多少人能守得住呢。」她自己還不是為周修林的男色折腰。

「欣然，人生的路還很長，妳還有很多發展機會。」

趙欣然咬了咬唇角，「我還有路可以走嗎？我現在去了片場，別人都在看我，私下也是背著我議論我。」

「時間會沖淡一切，相信我。」

「那要多久？」

「很快，演藝圈最不缺的就是新聞。妳休息好，就可以復工了，好好挑劇本，綜藝節目也好。」

趙欣然不以為然，「韓蕊漂亮嗎？」

姜曉：「漂亮。」

趙欣然：「比我漂亮？」

姜曉心裡微微嘆氣，趙欣然這是愛上了莫以恒啊。愛上了，得不了，斤斤計較。

趙欣然：「算了，妳別說了。我是放不下，我也不像微博寫的一樣祝福他們。姜曉，我是不是很壞？」

姜曉沒說話。

這頓飯，兩人幾乎沒吃什麼。趙欣然心裡難受，憋了許久的話，終於有人傾訴了。說完自己的事她又關心起姜曉。「妳男朋友什麼時候回國？」

「他在讀博士，要兩三年時間。」

「妳就不擔心嗎？萬一他身邊有了別的女生，朝夕相處，總會有感情的。妳平時整天忙，根本發現不了。妳總要為自己打算。」

姜曉表情僵硬，一時語塞。

趙欣然感嘆，「也只有妳能堅持這麼久。對了，我聽說妳去影視城，帶了個小朋友去，得罪了梁老師？」

這個圈子果然沒有什麼祕密。姜曉無奈地笑了笑，「妳也知道了。」

趙欣然搖搖頭，「妳也太不小心了。聽說梁老師挺生氣的。」

姜曉聳聳肩，「事已至此，我也沒辦法。」

「梁月背後是晉家，人脈極廣，除非妳不想在這行混了，所以千萬別得罪。」

「放心，我知道。」反正，她也沒有想在這行幹多久。

「妳可以讓晉仲北幫妳當中間人，他挺喜歡妳的。」

姜曉的喉嚨瞬間被噎住，一臉愕然。開什麼玩笑！晉仲北怎麼可能喜歡她。若是這樣，劇本早就改寫了。

♀♂

週末，姜曉和周修林原本計畫要去動物園，結果，那天正好下雨，一家人只好待在家。去不了動物園，姜曉拿了一本畫冊，讓周思慕自己照著畫來玩。周思慕一本正經地坐在書桌前，拿著蠟筆胡亂塗鴉。周修林坐在一旁，偶爾走過去看一眼。

周思慕抬首，期待地問道：「爸爸，我畫得怎麼樣？」他那小表情就是等著你表揚他。

周修林摸摸他的腦袋，「每個人的優點都不一樣。」

周思慕聽不懂，他畫得很起勁。「爸爸，這是我畫的貓貓。」

他細看，只看到三個黑團，根本辨別不出這是一隻貓。他一點都沒有遺傳到外公的藝術細胞，他兒子大概是個抽象派畫家。

「爸爸，你養的貓貓什麼樣子的啊？」

周修林唔了一聲，「她很漂亮。」

周思慕樂了，「我最近乖不乖啊？」

周修林：「……不錯。」

周思慕彎起了眉眼，「爸爸，我想去看看你養的貓貓。」

這時候，姜曉切了一盤水果端到桌上。「什麼貓？」

周思慕迫不及待地說道：「爸爸在公司養了一隻貓。」

姜曉望著周修林，「什麼時候？我怎麼不知道？」

周修林扯了一抹笑，「慕慕，去洗手。」

周思慕喔了一聲，滑下椅子，咚咚咚地跑進洗手間。姜曉繼續問道：「你真的幫小豆芽買了貓啊？他這幾天一直嘀咕著貓，看《黑貓警長》入迷了。」

周修林挑眉，「家裡都養了兩隻，我怎麼可能再養。一隻性感波斯貓，一隻呆萌小奶貓。」

姜曉一噎，有點惱意，撿了一顆草莓塞進他嘴裡。

周思慕洗完手出來，「爸爸你都是大人了，怎麼能讓媽媽餵你。」說著，還刮了一下鼻子。

姜曉揚起笑意，「就是啊。」

周修林嘴角抽了抽，忍不住笑了。

午後，周思慕在睡午覺。姜曉和周修林各自忙著手裡的工作，時間一片靜好。姜曉刷著微博，突然看到了周一妍的最新微博。

『可愛的小侄子送的，姑姑表示，我去菜市場買菜可以用。PS. 小傢伙說，長大賺錢了，買更好看的給我。』配圖是周思慕買的包。

周一妍自從戀愛之後，微博的畫風就變了，親民活潑，言語之間都透著甜蜜。

粉絲紛紛說道：妳趕緊和文哥生一個啊。

周一妍還特意回了這個粉絲：太早了。

粉絲估計也傻了，沒想到周一妍會親自回覆她。不一會兒，這條評論就有了六千個讚。

姜曉翻了幾頁評論，多數都是友好的。她放下手機，「一妍怎麼會接青春喜劇？」

周修林抬首，「周韻推薦的，《戀愛大廈》初步計畫拍兩季。一妍要飾演的那個角色很討喜，四月底開拍，元旦兩大衛視首播。如果收視率和話題性高，第三季和第四季都有可能。」

姜曉點點頭，「劇本我沒有看，但是國內幾部情景劇都很成功，國外的《六人行》也是，我想《戀愛大廈》不會太差，這種劇很受大眾的喜歡。」現在人的生活壓力大，更喜歡這種簡單歡樂的電視劇，中間哪集沒看都不影響下一集的劇情。

說完後姜曉感慨，「周韻的眼光真的很厲害。沒有她，影姊也不會有今天的成就。」提到程影，姜曉又想到了晉仲北。

「對了，這週我和晉仲北約了吃飯。」

周修林停下手中的工作，抬眉，「他最近閒了？」

姜曉盯著他看，遲疑道：「周先生，我似乎聞到了醋味？」

周修林對她招招手，「過來。」

姜曉起身，嬉笑著，「我去洗點葡萄，一會兒小豆芽醒了，幫他榨葡萄汁。對了，你要吃什麼？」

周修林瞇了瞇眼，直勾勾地看著她，「寶貝，我想吃妳。」

♀♂

週五晚上，姜曉工作結束後，直接去了火鍋店。

她和晉仲北已經許久沒見了，晉仲北還是老樣子，連髮型都沒變。晉城這幾天氣溫回升，他穿著白襯衫，釦子解開了幾顆，舉手投足間都流露著翩然的氣質。晉仲北今年已經三十一歲了，感情世界至今沒有絲毫消息，多家記者深挖過後都表示無奈。

「晉老師——」她還是保持著一貫的稱呼。

晉仲北嘴角扯了一抹笑，「從公司過來的？」

「是啊。譯文的戲要到下半年才開拍，近期幫他聯繫了一個訪談。」

「他和一妍的事，真是讓人出乎意外。」

姜曉無奈一笑，「我也是措手不及。」

晉仲北知道她處理得很好，雖然宋譯文爆出戀愛，確實有損他現階段的人氣，不過以後宋譯文終究要轉型的，倒也不用太糾結於此。

火鍋裡的湯漸漸滾了，姜曉把菜和肉一一下鍋，氣氛溫馨。她問道：「晉老師，你吃辣嗎？」

「胃不好，現在不怎麼吃了。」

姜曉想起來了，「我差點忘了。當年我去面試你的助理，聽他們說過，幸好我點的是鴛鴦鍋。」

晉仲北微微一笑。

火鍋熱氣騰騰，兩人對面而坐。姜曉忙得不亦樂乎，一會兒放菜，一會兒撈菜。晉仲北不著痕跡地打量著她，這幾年，她似乎變了很多，性格再也不像那時候那般沉悶了。他喝了一口涼茶，問道，「姜曉，我有個不情之請。」

「我能做什麼？」

「我想邀請妳和我一起唱主題曲。」

姜曉一臉錯愕，「晉老師，你說我？」

晉仲北點頭，「我們錯過一次合作的機會，這一次應該可以合作了吧？」

姜曉放開筷子，連連擺手，「我不行，我又不是專業歌手。」

晉仲北淺笑，「我聽過妳唱歌，雖然水準不及專業歌手，錄一首歌沒問題的。」

姜曉抿嘴，「我的身分也不適合啊。」

晉仲北搖頭，「導演能去演戲，演員能當導演，沒有人規定經紀人不可以唱歌。」

姜曉說不過他，「晉老師，你為什麼找我啊？」

晉仲北沉吟道：「妳的唱歌影片很紅，就我所知，《一起來唱》的節目組就想邀請妳當助唱嘉賓。」

姜曉哭笑不得，「我也接過他們導演組的電話，但我拒絕了。晉老師，我不行的。」不管唱歌還是演戲，她都不會涉足的。她答應過她爸爸不當藝人。「不過你如果找我家藝人，我不會拒絕。」

晉仲北見她話說到這個份上，也不再勸說。「看來我們又沒有合作機會了。」

「怎麼會？你可以和我家藝人合作啊。唔，比如我家的秦一璐。」

晉仲北笑了一下，「妳啊！真不愧是華夏首席經紀人。」

姜曉微微赧然，「沒辦法啊，我得對我的藝人負責。」

晉仲北聽出了話外之意，「妳準備推秦一璐？」

姜曉表情認真，並沒有隱瞞，「一璐是個很有靈性的女孩，我一直在想到底該怎麼讓她首發登場，現在終於等到了。」她眉眼亮亮地望著晉仲北。

晉仲北失笑，自己這回是主動送上門了！

兩人吃了一會兒東西。姜曉一直在吃辣鍋，臉色也不知道是不是被辣的，兩頰淨是紅暈。

晉仲北拿了一瓶涼茶給她，「我聽說許佳人要簽《長汀》了？」

姜曉咬到一個麻椒，嘴裡一陣麻，連忙灌了大半杯涼茶。「昨天我收到她傳來的訊息，下週簽約。」

晉仲北若有所思，「妳似乎不是很樂意？」

姜曉聳聳肩，「我一開始幫佳人聯繫了一檔綜藝節目。」
「什麼節目？」
「《我們的旅行》，佳人堅持選擇出演《長汀》。」
「妳對妳的藝人太寬鬆了。藝人還沒有紅起來就太有主見，不是一件好事。」晉仲北忽而輕鬆一笑，「梁姨也和妳聯繫了。」
他的語氣並不是疑問，姜曉望著他，語氣平靜，「是啊。」她一直有一個疑問，晉家到底知不知道梁月以前的事呢？
「晉老師，有什麼問題嗎？」
「沒有。」晉仲北看了看火鍋，熱湯已經燒去三分之一，他又添了一點水。
兩個人邊吃邊聊竟然過了兩個小時。晉仲北要送她回去，姜曉拒絕了。她打趣道，「晉老師，我得和你保持距離，萬一我和你上了明天的頭條，那誤會就大了。你的粉絲會殺到我公司的。」
晉仲北目光定在她的眉眼上，沒說話，盯著她看了一會兒。姜曉不解，「晉老師？」
晉仲北忽而勾了勾嘴角，「姜曉，妳和妳男朋友怎麼樣了？」
姜曉一頭霧水，怎麼一個個都關心起她的感情生活了？「挺好的。」
晉仲北點點頭，「歌曲的事，妳抽個時間帶秦一璐過來。」
姜曉眉開眼笑，對他伸出右手。晉仲北錯愕，也伸出了手。雙手相握，源源不斷的熱度。

姜曉臉上滿是笑容，她俏皮地眨眨眼，「晉老師，謝謝你。放心，一璐是個好種子，你不會失望的。我是個假粉，但是，一璐是你的真粉。」

「我很期待。」晉仲北的視線不自覺地掃向她左手腕上的手錶，視線微微停留，「好了，車來了，路上小心。」

晚上，周修林講睡前故事給小豆芽聽。

小傢伙聽了兩個故事，還是沒有一點睡意。「爸爸，媽媽是和哪個叔叔去約會了？」

「不是約會，是吃飯。那個叔叔叫晉仲北。」

「晉仲北——」小豆芽一字一字地念著，想起了什麼，「我知道晉叔叔。」

「你知道？」

「我看過晉叔叔演的電視劇啊，他演太子。晉叔叔很帥的，我媽媽說的。」

「你媽媽還和你說了什麼？」

「媽媽讓我少看電視劇，唉，媽媽說我快變成熟豆芽了。」

周修林笑了，「你媽媽說得對。」

「爸爸，你要小心一點啊。我媽媽這麼漂亮，萬一晉叔叔要追我媽媽怎麼辦？」

周修林點了一下他的鼻子，「你關心的事可真多。」

「電視劇裡都這麼演的。」他眨眨眼睛。

「快點睡吧，你不是說明天早上想早點去見朵朵嗎？」

小豆芽閉上了眼睛，「爸爸，我想要妹妹，像朵朵一樣的妹妹。」

周修林心情甚好，「不止你想，爸爸也想。」

小豆芽鼓勵他，「爸爸，你要加油！」

周修林的眼角瞬間抽了抽。在小豆芽的鼓勵下，當天晚上，姜曉回來之後，周修林狠狠地加油了一把，姜曉被他欺負了好久。她善意提醒他，「明天早上我們要去B市啊……」

「嗯，那正好可以在飛機上補眠。」

姜曉意識到，周修林可能真的是吃醋了。「豆芽爸，你冷靜點啊。」

豆芽爸……周修林深深地覺得這個稱呼很親民，卻更刺激了他！他抱起她，雙眸緊緊地鎖著她，「妳兒子說，妳今天和帥叔叔去約會了。」

「是談工作！」

周修林扯了一抹笑意，「寶貝，晚上火鍋好吃嗎？」

「好……」

「我也要吃我的寶貝……」

姜曉深深呼了一口氣，膚色漲得通紅。她的雙手圈在他的脖子上，想到明天他們還得去B市開會，她心一橫，聲音溫柔如水，「老公，小心你的腰！」

一句話，明明是好意，結果引發了一場更加激烈的戰鬥。趁著她意亂情迷之際，他的聲音低沉沙啞，「曉曉，妳喜歡我什麼？」

姜曉咬牙堅決不說！姜曉這三年的婚姻生活告訴她，男人和女人一樣都是雙面的。周修林在外，讓人覺得他是溫文爾雅的美男，在家或者在床上，真的是百無禁忌！偏偏姜曉就是禁不起撩的，你一說，她就面紅耳赤，恨不得撲上來撓你兩下，像極了炸毛的小野貓！

周修林也知道，他和姜曉的婚姻開始得很倉促，甚至有點不正經！兩人還沒來得及過上兩人世界，就徹徹底底被兒子干擾了。兒子黏姜曉，姜曉又是個兒子奴。他一步一步用盡心機，靠近她，走近她，而小傢伙不費吹灰之力就霸占了她。

小傢伙是戲精，目前沒發現別的優點，但是特別會表演，尤其愛在媽媽面前裝可憐賣萌。姜曉因為從小就沒有母親陪伴，真的把所有的母愛都給了小豆芽。周修林偶爾也會想，當初，姜曉想當單身母親也是有可能的。姜曉起初不相信愛情，不相信婚姻。三年來，他一點點挑戰她的底線，發現這對他來說比任何一件事都要有趣。

第二天早上，夫妻兩人一起去機場。姜曉一路沉默，周修林主動示好，幫她拿行李。到了機場，姜曉也沒有和他說話，又睏又累，腰還疼！

蔣勤來得晚，看到他們的周總哄人的場面，他默默地轉頭。嗯，他還是有點不適應！

周修林幫姜曉買了一杯熱奶茶，「這三天我們都是分房睡。」

姜曉瞪了他一眼，他還有臉說！

周修林安撫道，「等等到飛機上還可以睡一會兒。到了B市，我讓人去幫妳買藥膏貼。」

姜曉真想撲上去咬他！

上了飛機，周修林自然是坐在頭等艙。姜曉和蔣勤作為助理，按照公司的規定，只能坐商務艙。

周先生明示了周太太讓她到頭等艙來，結果周太太富貴不能淫，堅持只坐商務艙。姜曉喜歡坐在窗邊，她喜歡在飛機上零距離地看著天空，好像那一刻，心也變得很寬。

蔣勤悄悄問道，「夫人，您和周總吵架了？」

他們才沒有吵架，只是夫妻意見不統一！

蔣勤嘿嘿一笑，「周總今天的表情很精彩。」

姜曉：「……」

周修林起身，一步一步來到商務艙。

蔣勤立馬起身，「周總？」

周修林開口道：「蔣特助，我們換一下位置。我和姜曉有點劇本要討論一下。」

蔣勤欣然接受，「好的，那我就不打擾兩位工作了。」

姜曉就沒見過這麼沒原則的助理！周修林坐了下來。他看看她，也不說話。

一分鐘後，到底還是姜曉先沉不住氣。姜曉側過頭望著他，正色道：「周總，您要和我談什麼劇本？」

周修林似笑非笑，「家庭瑣事。」他湊近她，一手伸到她的後腰，「還疼？」嗓音浮在她耳邊。

姜曉連忙用手肘推他，「周總，請注意這是公眾場合！」

周修林湊近她，在耳邊輕輕說了一句，「周太太，工作的同時，請加強身體鍛煉。」

姜曉：「……」還能不能一起坐飛機了！

周修林很少能有機會和姜曉一起出差，這一次主要是去B市談合作，恰好有幾部熱門IP正在談演員。蔣勤把這個消息透露給姜曉，姜曉想為秦一璐和易寒尋求好的劇本，自然不肯放下機會，於是又有了這次的兩人世界。

旅客慢慢都登機了，最後幾人姍姍來遲。姜曉漫不經心地看著前方，突然間，一個身影走進了她的視線。她的眼神一頓，臉上的表情微微一變。

周修林順著她的視線看過去，是晉姝言。她只有一個行李箱，肩膀上還掛著單反相機，很隨性的樣子。女孩也訂商務艙，她尋找座位時，剛好看到了周修林，一瞬間，那張原本就漂亮的臉揚起了燦爛的笑容，「周大哥——」聲音愉悅。

周修林點點頭，他起身幫她把行李放好，很紳士。

晉姝言掩不住的喜悅，「爸爸昨天去B市，我今天過去，真巧。」她又看向姜曉。「姜姊姊，妳好啊！」

姊姊——

姜曉喉嚨上下滾了滾，「妳好，晉小姐。」

第十二章　餘生還很長

飛機準時起飛，旅客各自坐好。姜曉閉著眼睛靠在座椅上，怎麼也睡不好。她對晉姝言的感覺很微妙，每次看到她，心情都無法平靜。姜曉輕輕嘆了一口氣，算了，不想了。反正這麼多年都過去了，她和梁月的關係也不會有什麼變化，她何必再和一個小丫頭斤斤計較呢。

突然間，她的手被握住了，熟悉的觸感傳遞到她的掌心，似乎有一股源源不斷的力量。不用想也知道是誰！她沒有睜開眼。周修林掌心溫熱寬厚，他什麼也沒有說，只是握著她的手。

姜曉漸漸沉下心來，最後竟然在飛機上睡了一覺。

等到B市，她的精神好了很多。拿行李時，蔣勤打趣道，「姜大經紀人，看來您對周總的劇本很滿意。」

姜曉不置可否地點點頭。

蔣勤瞄了一眼前方的晉姝言，「我去幫晉小姐叫車。」

姜曉遲疑道：「應該有車來接她。」

蔣勤恍然大悟，「也是。」晉家什麼身分，肯定早已安排好。這晉小姐也是，偏偏喜歡周總，註定失戀了。

等他們拿好行李，晉姝言還沒有走。她說道：「周大哥，需要我叫車送你們過去嗎？」

周修林向來紳士，「不用了，妳先過去吧，路上小心。」

晉姝言咬咬唇，「那等到了酒店，我們再聯繫。」

再聯繫……姜曉假裝什麼都沒有聽見。真是神奇，晉姝言和她竟然連喜歡的男人眼光都是一樣的，血緣的奇妙！

下午，他們到達酒店。周修林住總統套房，姜曉和蔣勤各自住在標準客房。

姜曉把房卡交給周修林，「周總，您的房卡，請您收好。」

周修林瞄了她一眼，「行了，這裡沒人。」

姜曉不動聲色，臉上依舊掛著規規矩矩的表情。「記者隨時都會出沒，周總，我們也回房休息了。」

周修林心口一塞。

♀♂

姜曉回到房間，把衣服掛在衣櫥，簡單地收拾好後，她打開電視，隨便轉了一個電視劇，正是當下某人氣小花主演的。晚上周修林有活動，她今晚倒是可以去轉轉。

來B市很多次，她從來都沒有真正地玩過這裡的景點。可惜，林蕪現在不在B市，不然她們可以聚一聚。

姜曉站在窗前拍了一張照片，發了朋友圈：

『來過B市很多次，卻發現自己除了飯店、機場，一個景點都沒有去過（笑cry）』

不一會兒就有人回覆她。

蔣勤：要不然晚上去後海走一走？

秦一璐：姊，有時間可以去酒吧啊！帥哥超級多！顏值和身材棒棒Der！

源源表弟：等我回來，妳想去哪裡，我帶妳去！

姜曉一一回覆，沒想到她的公公也留言了。

周父：工作結束，讓修林陪妳去故宮、雍和宮走走，B市很多地方都值得去看看。

姜曉想著怎麼回覆公公的留言時，周先生出現了。

周先生回覆周父：爸，您的意見很好。

她想刪掉這條消息還來得及嗎？不一會兒，周先生私下傳了一封訊息給她。

『寶貝，我們多留一天。』

姜曉：『……公事要緊，周先生！』

周先生揚了揚嘴角。他和她的婚姻，沒有婚禮，沒有蜜月。什麼時候他才能光明正大的炫妻！

後來，姜曉和蔣勤約好一起去後海走走。姜曉先下樓，蔣勤說要換一套衣服，讓姜曉在大廳等他一會兒。姜曉坐在大廳的休息沙發上，突然間，一個聲音傳來。

「姜姊姊。」

姜曉被這稱呼刺激得眼角直跳，她起身，「晉小姐。」

晉姝言溫婉地笑著，笑起來的樣子真的很像梁月。「姜姊姊，妳比我大兩歲，妳就叫我名字吧，言言或者姝言都可以。」

確切來說是兩歲兩個月。姜曉淺淺一笑，並沒有應允。

晉姝言問道：「妳是要出去嗎？」

「明天上午開會，我和蔣勤偷個閒，去後海看一看。」

「後海晚上更熱鬧，有幾家酒吧，駐唱歌手還不錯。」晉姝言經常來B市，後海也去過不少次了。

姜曉點點頭。

「你們還準備去哪裡嗎？」

「時間緊迫，恐怕這趟行程只能去後海。」

「那真是有點可惜，妳們這行有時候真的不容易。」晉姝言說得真誠。

姜曉回：「一行有一行的樂趣。粉絲還羨慕我們能當明星的經紀人，天天和他們在一起。」

「明星也是普通人啊。」晉姝言笑道。「姜姊姊，我能問妳幾個問題嗎？」

姜曉點頭，「妳想問什麼？」

晉姝言咬咬唇角，「上次記者曝光周大哥的事，寶寶的媽媽到底是什麼人啊？」

姜曉擰了擰眉，「周總的私事，即使我知道，也不方便透露。」

晉姝言的臉色失落，「這幾年周大哥身邊都沒有女性出現，我們都猜不出來是誰。」

姜曉暗暗吸了一口氣，「晉小姐，妳喜歡周總？」

晉姝言苦笑，「我從以前就很喜歡他，只是還來不及表白，就聽說他有兒子了。一段感情還沒有開始就戛然而止了！」

她說話的時候表情豐富，又是皺眉，又是嘆氣，姜曉哭笑不得。

「他們說周大哥的孩子是人工的。因為周大哥的父母催著他結婚，他便培養了一個孩子滿足長輩。據說卵子是外國女人的，所以小朋友才會是個大眼睛的捲髮洋娃娃。」

誰說的！八卦真是無處不在！姜曉輕輕咳了一聲，義正言辭，「據我所知，不是的！」

「是嗎？」晉姝言一臉緊張，「姜姊姊妳不要激動！」

姜曉的語氣柔了幾分，「小朋友很可愛。」

「妳見過啊！」

姜曉額角冒了虛汗，「我有一次無意間在周總的錢包裡看過照片。」

這時蔣勤姍姍來遲。姜曉看著朝她走來的男人，她的眼角又抽了抽。

蔣勤換了一套特別青春的T恤、短褲，還有板鞋。「不好意思，久等了。」

晉姝言驚訝地喊道：「蔣特助？你？」

蔣勤笑笑：「酒吧年輕人多，我也不能穿得太正式。我這套還行吧？」

姜曉抿了抿嘴角，「蔣特助，你現在就剛出校門的大學生。」

蔣勤樂呵呵地笑了，「還是我們姜大經紀人有眼光。我買很久了，一直沒機會穿。」

姜曉轉首對晉姝言說道：「晉小姐，我們先走了。」

晉姝言一臉惋惜，他們的話題還沒有聊完呢。「姜姊姊，等妳有時間我再來找妳。」

姜曉咬牙點頭。

去後海的路上，蔣勤和她胡扯了一段：「晉姝言喜歡周總，暗戀好幾年了。晉導一直當我們周總是乘龍快婿，可惜被妳半路截胡了！」

姜曉冷冷地掃了他一眼。兩人私下就像朋友一樣，說話也不顧忌什麼。

姜曉嘆息：「我也很優秀的！」

蔣勤心裡默默感嘆，妳的優秀是建立在華夏影視的背景，是妳先生的支持！「是的，您是我們華夏第一經紀人，圈內享有盛名的黑馬。」

姜曉拍了一下他的肩頭，「行了，別捧我。你剛剛說晉導也很看重周修林，那梁月呢？」

「梁月自然也很看重周總啊！妳也知道周總在圈子裡是出了名的好先生！當代曹子建！」

蔣勤對周修林一貫的崇拜。

姜曉瞬間沉默了。曹子建啊！溫文爾雅，才情橫溢的子建。「咦，公司要翻拍《洛神賦》嗎？」

蔣勤：「……」

當天晚上，兩人流連在後海一家酒吧。蔣勤的學生裝倒是吸引了旁邊一桌的美女，美女邀請他過去。蔣勤抱歉地朝姜曉擠擠眼，「我過去坐坐。」

幾個女孩聽蔣勤說話，被逗得直樂。姜曉心想，蔣勤怎麼到現在還單身呢？

舞臺上的三位歌手正在演唱一首英文歌曲《I LOVE YOU》。這樣的夜晚，光影如夢幻，夜色讓人迷醉。姜曉喝著雞尾酒，安安靜靜地聽著歌。

「美女，方便一起坐嗎？」

姜曉笑笑，指了指一旁的蔣勤，男人識趣地離開。可是不一會兒，又來了一個男人。

而蔣勤的餘光一直注意著姜曉那桌。

「她是你的什麼人啊？」

「同事。」

「你的同事這麼漂亮，怎麼不追啊？」

蔣勤心想，他哪敢啊！周總還不把他的皮給剝了！

今晚正好是週末，遊客很多。臺上的主持人想邀請一位觀眾朋友上來一起互動，活躍一下氣氛，偏偏姜曉莫名地被點到了，她根本來不及拒絕，就被歌手拉上了台。蔣勤眉頭直皺！

男歌手拿下鴨舌帽，問道：「妳會唱什麼歌？挑一首妳熟悉的。」

姜曉：「……」

男歌手對她微微一笑，「別緊張，跟著我的節奏就可以。」

姜曉打量著他，外型條件不錯，音色音準也不錯。「你在這裡駐唱多久了？」

男歌手臉色一愣，「兩年。」

姜曉若有所思地點點頭，「《追光者》吧，我不太記得住歌詞。」

男歌手明顯恍了一下神，「我記得。」

遊客和歌手的合作意外地帶動了酒吧的氣氛，一瞬間氣氛達到極點。

浪漫之夜，別有一番風情。姜曉在這裡完全放鬆了自己，她哼唱了幾句。眼前燈光變換，她在恍惚間回到了高中，她和林蕪一起唱歌的情景。

原來都過了這麼多年！

蔣勤拿著手機錄了一段，傳給正在飯局的周先生。

周修林兩杯紅酒下肚，臉色未變。他身旁似乎聚集著一股虛無縹緲的氣場，讓人無法揣摩他此刻的想法。

「周總，演員工會的事，你怎麼看？」

周修林是個商人，他不是導演，也不是演員，自然不想插手這些事。「有一個人挺合適主席這個位置的。」

「誰？」

「晉導。」

周修林此話一出，誰也不敢說晉導不適合。晉導在圈中的地位，那不是打臉嗎！眾人暗暗腹誹，周修林這個人不是一般人。大家心領神會。

飯後，周修林沒有再參加後續的娛樂活動。幾位電影公司的老闆私下咂舌，趁他不在也念了周修林幾句。

而周修林回到酒店，醒了酒，手機裡的影片他已經看了好幾遍。

好吧，人家的夜生活才叫豐富多彩。十點鐘，他傳了一則訊息給姜曉：夜已深，可歸來。

姜曉快十一點才看到訊息，眼角抽了一下。她沒有帶名片出來，留了一個號碼給男歌手。

「明天你可以打這個電話，就說是我推薦的，我叫姜曉，她叫肖妮。」

男孩子震驚地看著她，「肖妮？」他怎麼會不知道肖妮呢？肖妮曾經策劃過多檔音樂節目，素有「選秀之母」的美稱。

姜曉點點頭，「是她。我還有事，先走了，有機會再見。」當初她從肖妮手裡要來了秦一璐，如今她可以償還這筆人情債了。

男歌手真的沒想到，姜曉竟然是電影公司的人，他以為她就是一個學生。

運氣總是留給有準備的人，說不定，哪一天就砸中你了，所以在好運來臨之際，努力吧！

♀♂

姜曉和蔣勤攔車匆匆回到酒店，這才回了周修林的消息：已回！

已經快十二點了，她想周先生可能休息了。

一分鐘後，周修林回覆她：周太太，過來。我喝醉了，頭疼。

姜曉只猶豫了幾秒，簡單收拾一下就上去了。面對周先生，其實她也是無法堅持，沒原則。不管怎麼樣，現在老公最重要！

她偷偷摸摸來到他的房間，周修林洗了澡，換上睡衣，身上散發著淡淡的洗髮精味道。

姜曉面露擔憂，問道：「你到底又喝了多少啊？難不難受？要不要喝點醒酒藥？」

周修林扯了一抹笑，「酒吧好玩嗎？」

姜曉扶著他的手臂，「還行，都是年輕人。」

周修林挑眉，語氣不輕不重，「大半夜的，一個人在酒吧瞎起鬨！嗯？和小鮮肉唱歌？」他拍了一下她的屁股，「我看妳現在比思慕還讓我不省心！」

姜曉仰起頭，咧著嘴角，舔著笑意，「不是有蔣勤在嗎！怎麼會是一個人！」她一手拉了拉他的袖子，「你這是老年人的思想！」

他攬住了她的腰，掌心熾熱，咬牙切齒，「老年人？」

姜曉推著他，「我不能在你這裡待太久，你這一層住的都是熟人，會暴露的！」

他的唇角貼在她的耳邊，「再動，我現在就要了妳。」

姜曉面紅耳赤，弱弱罵了兩個字，「流氓！」

周修林也只是想和她說說話，在B市這兩天她不會比他輕鬆，「明天上午開會，妳和蔣勤一起去。」

「我也要去？公司可是有規定，不在其位，不謀其政。」姜曉眨眨眼，眼裡閃著笑意。

周修林放開她，幫她倒了一杯水，戲謔地問道：「妳是別人嗎？」

姜曉勾起一抹笑，「我今晚遇到一個歌手，覺得還不錯，我讓他和肖妮聯繫了。」

周修林點點頭，音樂這行在這些年早已不景氣了，比不上演員，能遇到幾個真心想做音樂的年輕人不容易，這也是一個時代的特點。「明天晉導也在。」

姜曉臉色未變，她看過很多關於晉導的報導。晉導這個人是個純粹的電影人，除了工作，就是家庭。曾經南方週刊還採訪過他和梁月，兩個人的愛情堪稱圈子裡的楷模。

周修林繼續說道：「晚上我聽說，晉導身體出了一點小問題。」

「什麼問題？」

「小毛病，他把五月工作全推了，要做個小手術。」

姜曉應了一聲，「年紀大了，各種問題都會有。」她靠在他的肩頭，「好睏啊，我下去了。」

周修林勾了勾嘴角，「明早我叫妳。」

第二天早上，周修林起得早，先去游泳，他傳了訊息給姜曉，讓她醒來時過來找他。

周修林這個人不管前一天忙到幾點，第二天早上都能準時起床，每天他還有固定的鍛煉時間。這兩年，他一直拉著姜曉加入，奈何成效甚微。

姜曉下樓時，意外地看到了一抹熟悉的身影——是趙欣然和莫以恒。趙欣然挽著莫以恒的手臂，一臉笑容，和前陣子他們見面時簡直判若兩人。看樣子，這兩人又重新在一起了。她猜不出趙欣然這麼做到底是為了什麼。

姜曉心裡咯噔一下。等她在泳池邊，找到周修林時，她的情緒都不是很好。

周修林遊了幾趟才上岸。姜曉幫他遞毛巾，「你幾點起來的？」

「六點多。」

姜曉就沒有見過精神這麼好的人，每天睡六個小時，精神奕奕。她念書的時候，熬一夜，第二天完全沒問題。但生了孩子，身體像換了零件，特別容易累。

周修林扯了一抹笑，「等思慕再大一點，我也會教他游泳。」

姜曉想到小豆芽心情好了很多。

「等我一下，我去沖個澡，在這裡等我。」

姜曉留在遠處等他。這時候，有人走來。是個年輕的男人，身形高大俊朗。男人只穿著泳褲，寬肩窄臀。姜曉別開臉，看著窗外。

男人是星辰的夏總，餘光掃了一眼姜曉，稍稍停留片刻，便去鍛煉。

不一會兒，周修林換好衣服，姜曉和他離開。

夏梓浩浮出水面，靠在岸邊，抹了抹臉上的水。目光看著兩人離去的背影，嘴角浮過一抹笑意。哎呦，周總還挺憐香惜玉的。

夏梓浩當然認出了姜曉的身分，他早就知道，姜曉有後臺。一個女人爬得太快，或多或少有些祕密。一會兒他倒要看看這位華夏首席經紀人，到底有什麼本事。

♀♂

姜曉和周修林來到樓下餐廳，兩人坐在角落。姜曉猶豫一下，還是把剛剛自己看到的告訴他。

「欣然和莫總又和好了。」

周修林倒是沒有什麼意外。「以恒第一次回頭。」而且是在訂婚的情況下。「韓家絕不是趙欣然能惹的，稍有不慎，她會一無所有。」

姜曉擰了一下眉心，「她明知道莫以恒訂婚了，還……」

周修林安撫她，「妳在這行這麼多年，應該習慣了。」

姜曉抿抿嘴角，「那不是熟人啊。」她憤憤說道，「莫總這是不對的，已經有未婚妻了，還招惹欣然。他們的關係要是被曝光，欣然的事業就完了。」

周修林微微一笑，「好了，先吃早飯。唔，以恒今天也會來開會。」

姜曉想想，他不管遇到什麼，總能冷靜對待，自己到底比他弱了不是一點半點。

上午的會議，周修林帶著兩人出現。姜曉一身貼身的小西裝，頗有幾分職場女性的幹練。會議是圓桌型，助理和祕書坐在各家老闆身後。

這樣的會議對於姜曉來說，有些無聊。她攤開筆記本，拿著筆做做樣子，半個小時便聽不進去了。那些數字對她而言太過陌生。

姜曉開始不著痕跡地打量在場的人。第一個便是對面的晉導。似乎只要在這一行繼續幹下去，免不了要和他們一家人打交道。姜曉越來越明白父親當初為什麼堅持不讓她進演藝圈了。離真相越近，真的越痛苦。

姜曉恍然間，發現對面一抹打量的目光，她追尋過去，發現那人正是早上在泳池邊上遇到的男人。

男人揚了揚嘴角，對她微微頷首。

姜曉微愣，禮貌地點了一下頭。目光掃過他桌前的名牌，星辰影視，夏梓浩。

等到周修林發言時，她終於清醒了。周修林說起話來一貫的有條不紊，聲音溫潤有禮。華夏這幾年一直以電視劇、電影為影視娛樂板塊，前幾年開發實景娛樂，陵南影視小鎮正式營業後，不僅吸引了不少前來拍戲的劇組，而且從近期的遊客量來說目前也相當可觀。未來，華夏將繼續開發實景娛樂板塊，預計三年簽約十個專案。

姜曉看著他的背影，眼底掩不住的自豪。這就是她的男人啊！

上午會議結束後，周修林被幾個人留住，兩家大型經紀公司想要入股華夏。趁著有機會，想和周修林好好談一談。

那三天，姜曉終於見識到周修林的工作效率。他和星美簽署了合約，下半年八月將在Y市開發影視城。而姜曉抓緊時間，幫秦一璐和易寒敲定了對他們演員之路至關重要的一部劇——《倚天屠龍記》，由國內著名新人導演孫蒙指導。

合約簽訂之後，當天下午，微博爆出了官方宣傳。由華夏影視投拍，秦一璐擔任女主趙敏一角，易寒擔任張無忌一角。定妝照是去年年底前拍的，兩個新人殺出重圍，正式公布。姜曉本次的B市之行圓滿了。

兩位全新的新人，並沒有引發太多的關注度。導演和製片人都說這沒有關係，只要將戲拍好，是金子都會發光的。

最後一天，等一切忙完，大家才得以放鬆下來。姜曉已經有三天沒有見到小豆芽了，非常非常想念兒子。

♀♂

在幼稚園上課的小豆芽告訴小夥伴，他的爸爸媽媽去出差了。

善良的朵朵安慰他，「沒關係，他們過幾天就回來了。」

小豆芽神祕兮兮地說道：「朵朵，我最近在玩一個很好玩的遊戲，是一隻可愛的青蛙，牠會離家出走。」

朵朵眨著漂亮的一雙眼睛，「你在哪裡玩的？」

「我姑姑的手機，是我姑姑養的。姑姑玩的時候，我學會了。」

「思慕，你真厲害。」

周思慕用他豐富的辭藻描述了一隻小青蛙離家出走的故事。

「小青蛙在路上遇到了蝴蝶公主，後來兩人結婚了，再後來就有了很多小青蛙和小蝴蝶。」

班上的老師默默走過，心想道，現在的孩子想像力怎麼這麼豐富！遊戲裡哪有這樣！

結果，可能是他上午時和朵朵說話太興奮，周思慕同學午睡時尿床了。

老師幫他換上乾淨的褲子後，小傢伙一聲不吭。等他回到座位上，洋洋問道：「思慕，你怎麼還會尿床？」

周思慕紅著臉，「我睡著了，不知道。」

洋洋小朋友拍拍他的肩頭，「好啦，下次不要這樣了。」

周思慕不好意思地看看朵朵，小聲說道：「嗯，下次我不會尿床了。」

可是小傢伙覺得丟人。傍晚放學回家，一路上都不怎麼說話，周父以為他想爸爸媽媽了。

「你爸媽明天就回來了。」

周思慕撇開眼，嘟著嘴。只有小嬰兒才尿床，嚶嚶嚶，好丟人！

周父一臉沮喪，竟然哄不了三歲多的小孫子。

晚上，周一妍見侄子鬱鬱寡歡，允許他可以玩一會兒遊戲，結果小傢伙不為所動，真是奇了。

周一妍悄悄問父母，「慕慕是不是在學校被欺負了？」

周母：「他們班小朋友都挺好的，沒聽老師和妳爸說啊。」

周父搖搖頭，「這孩子和妳哥小時候一個樣，什麼都藏心裡。」

周一妍去找宋譯文，問他有沒有哄孩子的辦法。宋譯文知道她很寶貝她這個侄子，出了幾招，『零食、玩具。』

周一妍嘆口氣，「我家這個情商和智商都高，一般的招式真的哄不了。」

宋譯文笑了，『人工做出來的孩子這麼聰明？』

周一妍眼角直抽：「……你家才人工做的！」說完又意識到不對。

宋譯文強忍著笑意，『我和妳去人工。』

周一妍沒好氣地罵道：「去你的！我自己能生，幹嘛人工！再說我家小朋友才不是人工！是我哥和他老婆生的。」

宋譯文從來不多問周家的事，『妳這麼喜歡小孩子，要不然我們早點結婚，自己生一個。』

周一妍想到姜曉懷孕的事，心有後怕，「再等等吧。你現在正在轉型，再結婚生子，對你的事業發展不利。」

『周小姐，我隨時準備著。』

周一妍赧然一笑，「你去忙吧。我再去哄哄小朋友。」

宋譯文突然說了一句，『一妍，抽個時間去見見我父母吧。』

那端陷入了沉默。

周一妍呼吸一亂，她確實沒有做好準備。

宋譯文淺笑，『怎麼了？嚇到了？』

周一妍沒有隱瞞他，「譯文，再等等好不好？」

『好。』宋譯文就喜歡她的直接，不像圍在他周圍別的女人，小心思太多。

掛了電話，周一妍呼了一口氣，去找小豆芽，轉移一下心事。

小豆芽一個人在周修林的臥室，房門虛掩著。周一妍剛要推門就聽到裡面傳來的聲音。

「可是媽媽，我尿床的事全班小朋友都知道了。」說完，他又抽泣，「中午的湯湯太好喝了，我喝了兩碗呢。」

「嗚嗚嗚～是朵朵發現我的床濕了，朵朵說我的床上多了一個太陽。」

周一妍憋著笑意，下樓和周父周母彙報情況。她想姜曉肯定有辦法能哄好自己的兒子。

而姜曉看著兒子抹淚的樣子，強忍著笑意。

「小朋友都會尿床。過一段時間，朵朵他們就會忘記了。慕慕，這不是丟人的事，這是正常現象。」

小豆芽紅著眼睛抽泣著，一臉委屈。

姜曉咬牙，「你爸爸比你大的時候還尿床。」

小豆芽瞪大了眼睛，『真的？』

「真的。這是我們之間的祕密，你不能告訴爸爸，不然爸爸也會不好意思的。」

『爸爸也尿床啊！』

姜曉想，為了安撫兒子只能坑一下自己的老公了。「爸爸媽媽明天就回來了，你今晚乖乖的。」

周思慕擦擦眼淚鼻涕，奶聲奶氣地說道：『思慕是乖寶寶。媽媽，想妳，還有爸爸。』

姜曉心都化了。明天還留在B市玩什麼，早點回家。

她上去找周修林時，已經是晚上十一點了。這時候，還能在走廊上看到徘徊的晉姝言，姜曉頭疼了。

晉姝言眼睛紅通通的，像是哭過的樣子。她和姜曉四目相視時，有些尷尬。

「姜姊姊，是不是周大哥叫妳上來的？」

姜曉硬著頭皮點了一下頭，「怎麼了？」

「沒事。」

晉姝言說著就哭了，姜曉手裡也沒有紙巾。晉姝言壓著聲音哭了一會兒，姜曉陪在一旁。

這事肯定和周修林有關，向來溫暖的周先生到底怎麼把一個笑人傷成這樣？

過了一會兒，有人匆匆走過來，腳步急切。

「言言。」晉導一臉焦急。

「爸爸！」晉姝言撲到父親懷裡。

晉導拍著她的後背，「好了，不哭了。和爸爸回家，妳媽媽也來了，有話我們回家說。」

他餘光看向姜曉，眉心一皺。

姜曉一直立在原地，「晉導。」

晉導沉聲說道：「不好意思，言言給你們添麻煩了。我們先告辭，改天我再向修林賠罪。」

姜曉不動聲色，靜靜看著晉家父女離去，她幽幽地嘆了一口氣。

姜曉敲敲門，半晌，周修林沉著臉打開了門。見到她之後，臉色緩和了很多。

夫妻倆默契地進去，誰也沒有開口。姜曉四下看著室內，想看看到底剛剛發生什麼事了，能讓周先生這麼生氣？可惜什麼線索也沒有。

周修林穿著一身休閒裝，整整齊齊的。

見姜曉一直在打量，他清清嗓音，「不是說要休息了嗎？怎麼突然上來？」

姜曉忽而一笑，玩味地說道：「我剛要休息，小豆芽就告訴我，他爸爸這裡來了一隻小狐狸！」

周修林嘴角溢出一抹笑意，「上來多久了？」

「剛好遇到了晉姝言。」她挑著眉眼，直直地看著周修林。

周修林哼了一聲，「怎麼不問我？」

姜曉聳聳肩，「我只是好奇，她到底做了什麼讓你這麼生氣？」

周修林走到她身邊，將她圈到懷裡。兩人站在窗前，窗外一片寧靜，城市的夜空被璀璨的星光和燈光籠罩著。「晉姝言是被家人寵壞了。」

姜曉歪著頭，「我猜猜，晉小姐向你表白了？」

周修林抿著唇角，姜曉則噗哧一笑，「向你表白的女性那麼多，你為什麼生她的氣？她肯定還做了別的事？」

周修林擰了擰眉，「妳以前可不喜歡追根究底？」

姜曉哼哼了兩聲，「晉姝言不一樣。她長得漂亮，家世好，父母都是圈中名人。無論從哪一方面，她和你確實很相配。」不是她妄自菲薄，圈子裡向來都這樣，這就是現實。

周修林的手圈緊了她，「她再好，又與我何干？」

姜曉望著夜色微微沉默。「晉小姐到底是被寵壞了。」

「我已經斷了她的念想。」他沉聲說道，「不能因為她是女孩子，年紀小，就縱容她。」

姜曉轉過身，頭抵在他的額角，「我相信你。」她靠在他的胸口，指尖摸索著他的襯衫，鼻尖是她熟悉的味道，她輕輕嗅了嗅，還有一股淡淡的女性香水味。

這個味道，她剛剛在晉姝言身上聞到過。

「曉曉，無論是什麼事，我們都不可以太過善良。工作上的事亦是如此，妳對妳的藝人也不可以讓他們太自由。藝人和經紀人的關係是相互的，妳說服他們尋求好的作品，同時，他們也要遵守你們之間的合約。」他不想要她再受任何委屈。

姜曉動容。周修林彎起嘴角，「妳上來找我想說什麼？」

「我們明天回家吧，小豆芽今天在幼稚園尿床了，心情不好，還哭了。」

「哭了？」

「嫌丟人，尤其是在朵朵面前丟人了，還好沒說不想去上學了。」

周修林朗聲笑了幾下，「慕慕有時候真的太過成熟，到底還是孩子脾氣。難得能讓他掉眼淚啊。」

姜曉拍了他一下。「我把飛機票改期了，我們明天就回去吧。」

周修林失笑並搖頭，「妳是來通知我結果的，看來在妳心中最重要的還是周思慕啊。」

姜曉愣了一下，表情緊繃，「不是的。我們能陪思慕的時間有限，將來等他大了，總要離開我們，自己去生活。可是我和你不一樣，我們還有餘生幾十年。」

周修林沒有想到她會說出這樣的話，心裡軟得一塌糊塗。「我知道。」

晉姝言這件事就此而過。姜曉沒有細問兩人之間到底發生了什麼，如她所說，她相信他。無論他做什麼說什麼，她都相信。

晉導把女兒接過來，梁月知道女兒去找周修林的事，生氣不已，被晉導勸住，沒去飯店接人。現在看到晉姝言，她的好脾氣也控制不住了。

「妳怎麼這麼傻！言言，這世上又不是只有周修林一個男人。」

「可我只喜歡周修林。」

「妳！妳要我怎麼說妳？他已經有兒子了！」

「媽媽，媒體是這樣說的，可是你們有見過那個孩子嗎？周家什麼時候對外公布過孩子的事？孩子的母親又是誰？這是騙局！」她已經徹底亂了。

梁月被問得啞口無言。「言言，妳若是再這樣，我們就把妳送到國外。」

「媽媽，妳怎麼就不懂我！我是妳唯一的女兒，妳為什麼就不能站在我的立場想一想？」她的淚止不住地掉下來。

就在剛剛，她鼓足勇氣向周修林表白，可是她得到了什麼答案——他說，他有喜歡的人。

她不信。

他說，我喜歡的人，她現在是我的妻子，是我這一生唯一愛的女人。她震驚地說不出話來，像是被人當頭潑了一盆冷水。

他真的結婚生子了！而她還在死皮賴臉地纏著他。

梁月氣得胸口疼，一時間喘不過氣來，身子搖搖欲墜。晉導連忙扶住她，「言言，妳怎麼這樣和妳媽媽說話呢？」

晉姝言咬著唇，「對不起，媽媽，我只是難受。我喜歡一個人，他卻不喜歡我，我難受。」

梁月深深吸了一口氣，擺擺手，「妳自己去反省一下，為了一個男人，鬧成什麼樣子，太不像話了！」

晉導拍著她的背，「好了，別生氣了，言言也是一時鬼迷心竅。」

梁月紅著眼，「我們把她保護得太好了。」

晉導嘆息一聲，「周修林也真狠。我去的時候，言言在走廊上哭，他的一個助理陪在言言身邊。」

「誰？」

「之前見過的，現在當了經紀人，叫姜曉。」

梁月眸色一緊，抓緊了他的手，「她和言言說了什麼？」

「妳不要激動。我去的時候言言在哭，那位姜小姐倒什麼也沒有做，只是站在一旁。」

梁月臉色複雜，「紳哥，我……」

晉導什麼也沒有說，「好了，妳也累了，睡一下，有什麼事明天再說。」

梁月搖搖頭，「我怕……」她揪著他的衣服，難以啟齒，「紳哥，姜曉，不是別人，她是我女兒。我一直沒有告訴過你，我二十歲時認識了一個畫家，我和他戀愛了，二十一歲那年，我產下一女，便是姜曉。我也是最近才認出她，這些年，我一直沒有告訴你，對不起……」

晉導瞇著眼，眼底一條清晰可見的紋路。他望著自己的妻子，距離他們相識已經二十六年了。「我們這麼多年的夫妻，我一直都知道妳有心事。婉婉，妳以為當初我為什麼讓妳改名？我希望妳能重新開始。」

梁月的淚水一點一點掉下來，「姜曉進演藝圈是因為我，她想來找我……我以為她是想報復我，可是上次我見了她，發現不是。紳哥，我該怎麼辦？」

晉導嘆了一口氣，「妳知道，她和仲北關係不一般嗎？」

梁月的臉色瞬間愕然，緊張得嗓子發乾。

晉導緩緩說道，「前幾天，有人拍到兩人一起用餐。」他拿出手機，翻出照片。「新聞沒有發出來，那邊的人把照片傳給我了。」

梁月翻著一張張照片，兩個人的臉上有說有笑。晉仲北在圈子裡聊得來的朋友，十個指頭都數得出來。「你是說，他們兩個……不會的！曉曉她不會這麼做！」

「當年，姜曉應徵過仲北的助理。」晉導沒有告訴梁月，這段時間，周修林暗中已經撤了好幾樣和他合作的項目。他在演藝圈沉浮多年，怎麼會看不出苗頭。周修林這麼突然的轉變到底和姜曉有沒有關係，他不得而知，可是他也能感覺到這個丫頭不是那麼簡單。

一句話，梁月全身的溫度瞬間涼了。她最擔心的事還是發生了！「不行，我要和姜曉談一談。」

「妳別緊張。」晉導安撫道，「我們並不清楚到底怎麼回事，等我和仲北談一談，探探他的口風。婉婉，孩子們都大了，他們有他們的選擇。」

梁月淒涼一笑，「年輕時欠下的債還是要還的。如果要還，也是我來還。我不希望，她們受到一絲傷害，尤其是言言，她真的什麼都不知道。」

晉導將她攬在懷裡，「放心，不會有事的。」

♀♂

第二天，姜曉和周修林從B市飛回晉城。周修林給了蔣勤兩天假期，讓他可以在B市繼續享受他的青春時光。

兩人提前到了機場，在機場VIP候機室等候。姜曉打算去免稅店轉一轉，看看有沒有什麼禮物。考慮到首都機場裡記者出沒頻繁，她並沒有邀請周修林同行。

B市機場，人來人往。姜曉轉了一圈沒有買到合適的禮物，她正準備回去的時候，手機響了，是許佳人的助理打來的。

她趕緊接通電話，「喂——」

『姜姊，今早有微博大號放出消息，說佳人得到《長汀》女主角是妳賄賂梁月。』助理的聲音越說越小，『現在有幾個微博大號轉發了。佳人最近的微博現在已經有一萬多的罵評。』

姜曉臉色一沉，「佳人現在怎麼樣？」

『她……她在休息。』

姜曉輕笑了一聲，「妳告訴她，沒有這回事。這件事我會去處理，估計是同行買的水軍。」

小助理戰戰兢兢，『姜姊，工作室要說明嗎？』

「不用。這種事多得很，越解釋越說不清。妳去忙吧，告訴佳人，既然接了這部電影，就好好琢磨劇本，這比什麼都重要。」

『好的。那姜姊，妳先忙。』

姜曉連忙去網路上搜尋新聞，果然幾個微博大號早上七點多都在討論這件事。箭頭並不是指向許佳人，意外的都是指向姜曉。意思是她這個經紀人，長袖善舞，私下賄賂，惡意競爭，這些年為手下藝人搶了不少資源。

姜曉邊看邊笑，演藝圈真是不缺編劇。無中生有的事，編得還真好看。

這不是她第一次被罵，卻是目前為止被罵得最慘的一次。星象大師說她今年的事業會遇到一些棘手的事，看來大師說得沒錯，她今年真的不順啊。宋譯文、許佳人一個個和她對著幹，看來她是真的對他們太寬鬆了。

回到休息室，周修林正打算打電話給她。姜曉對他微微一笑，「周先生，我也上新聞了。」

周修林聽她的語氣倒是還好，淺笑道：「他們正在查。」

姜曉聲音很輕，帶著些許失落，「我怎麼會走梁月的後門啊。就是要走，也走我老公的後門。」

周修林寬慰她，「別擔心——」

姜曉緊握住他的手，聲音堅決，「這件事你別管，涉及到我和梁月的事，我自己去處理。」

她咽了咽喉嚨，「修林，等這件事結束，我有一個故事想告訴你。」

第十三章　如果不能相遇

這個世界上有很多事，你無法用正常觀念去解釋。你以為不可能的事，往往都存在。

姜曉有一個國中同學，女同學是妹妹，她還有個姊姊。明明是同一個媽生的，姊姊在家裡要風得風，妹妹永遠都只能撿姊姊不要的東西。同時開運動會，爸媽就幫姊姊買新的運動鞋，妹妹只能都穿姊姊舊的。

姜曉和妹妹當過半年同桌。她曾問過妹妹，是不是很委屈？妹妹當時沒有哭，卻紅了眼，「我只是很難受，既然不喜歡我，為什麼要生我呢？以後我若是當了媽媽，我一定會愛我的孩子。」

所以啊，父母的心都是偏的，何況，她和梁月沒有相處過一天，她又怎麼比得上晉姝言在梁月心中的地位呢？姜曉覺得，自己這輩子大概和梁月就是沒有一點母女緣分。她不知道父親和梁月之間到底發生了什麼事，以至於梁月可以這麼多年都對她親生女兒不聞不問，以至於她現在會在她的面前告訴她，晉姝言喜歡周修林。

姜曉坐在沙發上，久久靜默不語，表情出奇平靜。

梁月坐在她的對面，「曉曉，那天晚上，言言回去之後，我也念了她，這孩子執拗得很，也聽不進我說的話。」

姜曉端起面前涼了的咖啡，喝了大半杯，心裡早已不知味道。「梁老師，很抱歉，晉小姐的事我無能無力。周總是我的上司，我管不到他的私事。」

梁月的目光一直鎖在她的臉上，「那晚言言回來都說了，周修林親口告訴她他結婚了。」

「您既然已經知道了，難道妳想讓我幫妳的女兒當小三？」姜曉知道自己不該這麼說，但她心裡像被針紮一樣疼。

「我不是這個意思。」梁月咬著唇角，臉色僵住了，「妳怎麼能說這樣的話。」

「抱歉。」

「那晚妳能陪著言言，我很開心。不管怎麼說，妳們都是姊妹。」

姜曉眸色一冷，聲音清冷，表情一絲溫度都沒有。「梁老師，您說錯了，我是我爸媽的獨生女，我沒有姊妹。」

「曉曉——」梁月喊道，「妳不要這樣說，我知道妳心裡怨恨我。」

姜曉嘴角浮出一抹嗤笑。

「言言是個很單純的孩子，一點心眼都沒有。」

姜曉靜默片刻，「梁老師，妳不覺得妳在我面前說這樣的話很殘忍嗎？妳的女兒是溫室的花朵，而我們這些人因為生活、因為工作變得世故，在妳眼底就是有心眼吧。」

「我沒有看輕妳的意思。曉曉，我今天來只是希望無論以後怎麼樣，妳和言言之間都不要變成仇人。妳和她誰都沒有錯，錯的人是我。」

姜曉恍然間想通了什麼，她的臉色瞬間一變，「原來您來找我，是怕我——呵呵！」

「曉曉——」

姜曉擺擺手，「梁老師，您別這麼叫我。」她咬咬牙，「晉姝言喜歡誰，我這個外人管不了，也幫不了。還有一點，請你們放一萬個心，我也不會傷害誰。」

梁月愣神，「曉曉，言言她什麼都不知道。」

姜曉掐著掌心，「我不會告訴她，只要你們保密。」

梁月猶豫地說道，「我聽說，妳和仲北關係很好。」

姜曉的臉色登時一變，終於抑制不住笑意，「您怕什麼？怕我和仲北在一起？在您眼裡我就那麼壞嗎？」

梁月抿著嘴角。

「妳可能是家庭倫理劇看太多了。在妳眼裡晉家男人是個寶，但是在我眼底不是。我若是想報復妳，以我今天的位置，早就可以找媒體曝光了。」

「是我想多了。」梁月瑟瑟地開口，見姜曉沒有再談的意思，她起身，「我先走了。」

姜曉坐在那裡一動也不動。直到門再次闔上，她抬手揉了揉酸澀的眼角，雙眸蒙上一層淚霧。她也是母親啊，小豆芽受一分委屈，她這個母親都會難受的。

晉姝言是妳的女兒，我就不是嗎？妳忘了嗎？妳把十分的愛都給了她，難道就不能給我一分？如果有一天，她和周修林公開，她的媽媽會不會後悔今天對她說的話？

會不會？

♀♂

關於網路大號黑姜曉的事，當事人不理，加上姜曉不是明星，這件事也就不了了之了。不過，因為這件事，姜曉的微博粉絲也漲了五十萬。

這段期間，姜曉又陪周修林參加了幾次活動，圈裡有很多人都看出周修林對姜曉的器重。更有傳言，姜曉和周修林關係匪淺，有不正當關係。又有人說，姜曉是周修林的小老婆。

有記者藉著採訪問過周修林，「周先生，您真的結婚了嗎？有人說，您這是在放煙霧彈，您為什麼不公開？」

沒想到周修林回答了這個問題。「首先，感謝大家對我的關心。我和我太太是彼此的初戀，我們現在很幸福，我太太是個普通人，她有她的生活、工作圈，我希望她能享受自己的工作，不公開，我和我兒子就做她背後的男人。」

此話一出，周修林好先生的人設再次紅了一把，華夏上下都羨慕這位周太太。周太太上輩子拯救了銀河系，這輩子遇見了周修林。

於此同時，姜曉手裡的幾個藝人今年人氣蹭蹭上漲。

先有宋譯文，現在又來了許佳人、秦一璐，尤其是秦一璐。和晉仲北合唱主題曲之後，關注度瞬間暴漲。晉仲北還專門發了微博，向他的粉絲介紹了秦一璐。

粉絲異常激動，紛紛跑去秦一璐微博留言：『關愛大叔，關愛單身狗，請把他領走。』

有粉絲直接留言給晉仲北：『老大，突然發現你和秦一璐的名字好配啊，連起來就是一路向北，這不是我們後援會的名字嗎（心）』

自此，秦一璐正式出道。

錄完《你我之間》這首主題曲後，一璐在去機場的路上偶遇南方週刊的記者。

「一璐，聽說這次妳能和晉老師一起演唱主題曲，是妳的經紀人一手促成的？」

「應該是姜姊把機會給了我。」

「就是說晉老師原先邀請的是姜曉？原來她和晉老師的關係這麼好？」

秦一璐莞爾一笑，「姜姊在圈子裡一向有好人緣啊。不過，她人脈再好，也要我們幾個人有實力。不然晉老師才不會買帳，對吧？」

記者啞口無言，只得笑笑。這個秦一璐啊，看起來像隻純白小白兔，腦子轉得可真快，倒是把他們反問倒了。在演藝圈，誰不靠人脈？無論姜曉、晉仲北還是梁月，最後的選擇權都在後者身上。他們選擇姜曉的藝人，自然是看中他們的實力了。

經此，眾人倒是對這個秦一璐刮目相看。

姜曉私下也和周修林八卦過這件事，粉絲往往對自家偶像談戀愛很抵觸，以前有出現過跳樓的事。姜曉也不解，「你說晉仲北的粉絲緣怎麼這麼好？」

周修林笑：「可能是最近演藝圈一對又一對，不是公開就是結婚，晉仲北的粉絲急了。」

姜曉總覺得是秦一璐的面相好，「一璐長得討喜。」

周修林側首，「凡是有點像林燕的，妳都另眼相看。」

姜曉咧著嘴角，「她是像。」說著找出影片，「你看，這是粉絲做的ＣＰ影片，晉老師和一璐真的很配啊。」

周修林看完影片，沉聲問道，「秦一璐多大了？」

「二十三歲，一璐一月剛過完生日。」

周修林若有所思，「我記得晉仲北和我同齡，這麼算來，秦一璐比他小八九歲。」

「年齡不是問題，周先生，愛情是不分年齡大小的。」

周修林挑眉，「是嗎？我記得幾年前，有人嫌棄我年齡比她大而拒絕我。」

姜曉：「……」

周修林扯了扯嘴角，「周太太，看來妳的價值觀改變了。」

姜曉哭笑不得，「你明知道那是我隨便扯的理由。當時我又不知道你是真的喜歡我。」她扯了扯他的袖子，「周先生，你不要這麼小氣啊。都三年多了，怎麼還記得以前的事。」

周修林正色道，「關於妳的事，我自然要記在心裡。」

姜曉臉皮也厚了，抱著他一臉討好，「老公，如果早知道你對我有意思，我一定不會做那麼多傻事，說那麼多傻話。」說著，她親了親他的嘴角。

周修林很享受她的甜言蜜語。

♀♂

轉眼到了五月，晉城進入夏季，天氣越來越熱，姜曉的生日也快到了。

周修林趁著姜曉不在家的空隙提醒周思慕，「你媽媽生日快到了，你也長大了，記得要準備禮物給媽媽。」

周思慕仰著腦袋，好奇地問道，「爸爸，你要送媽媽什麼禮物？」

周修林摸了摸他腦袋，「這是祕密。」

周思慕聳聳肩頭，「不是戒指就是項鍊。爸爸，這些東西以後都是我媳婦的。」

周修林心口一塞，「誰說的！」

「我媽媽啊。媽媽說，等我長大結婚，這些就送給我老婆。」

周修林眼角直抽，「你老婆的珠寶你自己送，我送給你媽媽的禮物，誰都不會給。記住了沒有！」

周思慕似懂非懂地點點頭，「爸爸你是捨不得吧。」

第二天，他去幼稚園問了朵朵和洋洋，「你們媽媽過生日，你們都送什麼禮物給媽媽啊？」

朵朵說：「我給媽媽一個吻，還有唱歌。」

洋洋說：「我幫媽媽捶捶背。」

周思慕繼續說道，「我媽媽要過生日了，我送什麼禮物好呢？項鍊鑽戒太幼稚了，我爸常送。」

洋洋抓抓頭髮，「我再幫你想想啊。」

朵朵想了想，「可以幫你媽媽買衣服？漂亮的裙子。」

周思慕搖搖頭，「會買錯的。」

洋洋熱情地提議，「買個蛋糕，我最愛吃了。」

周思慕嘆了一口，「太幼稚了。蛋糕吃多了會胖的，我媽媽之後會減肥。」

小朋友你看看我，我看看你。周思慕起身，「我去問問老師吧。」

班導師一聽，「思慕真懂事，只要是你自己做的，無論是什麼，你媽媽都會喜歡。」

「老師，那我畫一張全家福吧。」

班導師眼角一抽，「可以。不過，你要不要考慮一下別的禮物？」周思慕同學的畫真的不能當成畫，特別可怕。

周思慕覺得自己這個想法太好了。「媽媽生日，外公也會回來。小劉老師，我外公是個很厲害的畫家，外公看到我的畫一定會很開心的。」

老師震驚得無話可說，「你外公看到你的畫一定很驚喜。思慕，你好好練習，拿出最好的那幅送給媽媽。」

周思慕點點頭，「老師，我知道的。」

老師幽幽地嘆口氣，果然啊，老師的孩子不一定都是學霸，畫家的孩子不一定都是畫家。

♀♂

姜屹是在五月第一個星期回來的，姜曉去車站接他。一見到人，她差點掉下眼淚。

「爸，你怎麼瘦了這麼多？」

姜屹淡然一笑，「可能是水土不服。」

姜曉想了想，「爸，明天我們去做個體檢。」

姜屹拍拍她的手臂，「我的身體我清楚得很，沒事的。」

姜曉知道一時間勸不了他，也不再多說什麼。「我們先回去吧。」

車子開出了火車站，一路暢通。姜屹看著窗外，父女倆原本都沉默慣了。「曉曉，我看到新聞了。」

姜曉一時間沒反應過來，「什麼？」

姜屹轉過視線，「妳媽媽都知道了吧。」

姜曉腳上一緊，差點踩了刹車。索性她反應快，沒有出事。不過，她也嚇得一身冷汗。

「爸，這件事我們回去再說。」

半個小時後，他們到家。姜曉將車停到車庫，父女倆的臉色都異常嚴肅。

周修林和周思慕都回到家了，姜曉剛開門，周思慕就跑出來，衝到姜屹身邊，抱住他的腿，「外公，你終於回來了，我好想你。」

姜屹一顆心瞬間就軟了，他蹲下身子，深深地看著他，「小豆芽都長這麼高了。」

小豆芽連連點頭，「因為我每天都乖乖聽話，喝牛奶，吃很多飯。」

姜屹抱著他，「好，真好，外公也想你。」

小豆芽撇撇嘴，「騙人。」

周修林皺了皺眉，「思慕。」

小豆芽哼了一聲，「外公要是想我，為什麼不回來看我？爺爺奶奶就天天陪著我，慕慕不想外公走。」說著，周思慕流下了眼淚。

周修林扶額，這孩子不去演戲真是可惜了，眼淚說來就來。

姜屹手足無措，「慕慕不哭，外公這次不走，天天陪慕慕。」

周思慕吸吸鼻子，奶聲奶氣，「外公，我們打勾勾，你不要騙我喔。」

「好，打勾勾，一百年不變，騙人就是小狗。」

因為在家，姜屹和姜曉都心照不宣地沒有再談那件事。

準備晚飯時，家裡的阿姨也在姜曉面前念叨了一句，「妳爸爸太瘦了，抽個時間帶他去檢查一下吧。」阿姨年紀大，見識得多。「我以前有個朋友，也是突然暴瘦，結果檢查出肝癌。我不是嚇妳，年紀大了，突然暴瘦真不是好事。」

姜曉心裡咯噔一下，「我知道，我今天看到我爸，我都快認不出來了。」

「沒事，沒事，去檢查一下心裡也放心。」阿姨寬慰道，「妳和先生商量一下。」

姜曉點點頭。

♀♂

姜曉生日那天，周家在城裡一家高檔酒店訂了包廂，二叔、二嬸和小姑姑一家都來了。老爺子和老太太人沒來，不過也託周母送了一個玉墜給姜曉。姜曉心裡滿是感激，她知道兩位老人是真的對她好，沒有把她當外人。

幾位女士好奇，老太太這回又拿出什麼寶貝了。這一看，小姑打趣道，「我和媽叨念過這個墜子，老太太果然偏心長孫媳婦，好東西都給姜曉了。」

周母嘴角含笑，「你看看她這張嘴。」

周家妯娌姑嫂向來感情親厚，習慣了相互開玩笑。小姑把玉墜放好，「上次我試戴項鍊，你們不知道我家這兩個小混蛋和我說，媽媽，等妳死了，這些都給我們了吧？我這手一抖，差點沒氣死。」

大家笑得喘不過氣。周母搖著頭，「慕慕那天和修林說，曉曉的首飾以後都是給他媳婦的，修林回來特意囑咐我們，以後不能在孩子面前灌輸這樣的思想，當時他臉都僵了。」

二嬸嘆氣，「大嫂，妳就別在我面前饞我了。」

小姑：「修澤還沒有消息？」

二嬸搖頭，「男博士也是個難題！」

姜曉藉著去看兒子，趕緊離開。周思慕正在和小姑姑們玩「你畫我猜」的遊戲，玩了幾局，周一南、周一北都要崩潰了。看到姜曉來，像找到救兵了。「姊姊，妳去幫思慕報名美術班吧。」

姜曉忍著笑意，「我們也準備幫他報名，他很愛畫畫。」

一南嘆了一口氣，「我不知道慕慕到底哪來的自信？姊姊，我都不好意思說他畫得醜。」

一北點點頭。

姜曉明白她們的心情，「辛苦妳們了。妳們去吃點水果，我來陪他。」

一南連忙擺擺手，「不不不，我們還是很喜歡和他一起玩的。只是我覺得妳和哥哥在慕慕的教育問題上要加把油。」

姜曉正色道，「放心，兩位小學霸。」再看周思慕的畫，確實一言難盡。

周思慕看到姜曉過來，把東西收拾好，也不玩了。他今天都沒有好好和媽媽說說話，現在終於有機會了。

「媽媽～媽媽～」他一聲一聲叫著。「妳今天真漂亮。」

姜曉今天生日，特意換了一件新裙子，深灰色娃娃領大裙襬。「謝謝，寶貝。來，我們拍張照片。」

周思慕對著鏡頭露出了一個大大的笑容。

拍好了，母子倆認真看著照片，姜曉忍不住誇讚，「我兒子就是帥。」

周思慕捂住臉，每次媽媽誇他，他都這樣。「媽媽妳也很漂亮。」

姜曉一臉幸福。

周思慕放下小手，「媽媽，妳可以帶我去演戲嗎？我賺錢，買很多裙子給妳。」

姜曉感動地要哭了，「寶貝！謝謝你！」

周思慕特別豪邁，拍拍她的肩膀，「不客氣啦！」

坐在一旁的周一妍嘴角抽了抽，她哥每天在家是不是就看著這樣的畫面？姜曉生完孩子和做了個手術似的，變化不是普通得大，手段也越來越高超了。

不得不說，譯文在她的規畫下，已經成為華夏實力和人氣的擔當，姜曉為他挑的每一部戲都能讓他更上一層樓。經紀人又苦又累又心煩，姜曉當初怎麼就想不通呢？

這時候，姜曉接到一通電話，走了出去。周一妍對周思慕招招手，周思慕乖乖過去。

「姑姑，姑丈沒來嗎？」

周一妍眼角一抽，「誰告訴你的？」

「我聽到奶奶和二奶奶說的，奶奶說，姑丈太好看了，就是有點奶油。咯咯咯～姑丈是不是很甜啊？」

周一妍忍俊不禁，「姑丈沒你甜。」她親了親他的小臉頰。

周思慕哎呦一聲，「可是我身上沒奶油。我爸爸也老說，媽媽的嘴巴抹了蜜，可是，媽媽的嘴巴沒有味道。」

周一妍：「……」

姜曉來到走廊上接通了電話，她深吸一口氣，那端清幽的聲音緩緩開口，『曉曉，生日快樂。』

姜曉掐著掌心，微微仰著頭，心裡想著，原來，妳還記得啊。「謝謝您。」

梁月沉默了一下，『我準備了一份禮物給妳，明天會寄到妳的公司。』她是怕當面給姜曉，她不會收。

姜曉擰了一下眉，一字一頓說道：「我爸爸回來了。」

梁月呼吸的氣息變了，『他還好嗎？』

「一個把自己放逐了的男人，妳覺得他會好嗎？」

梁月咽了咽喉嚨，『曉曉，我和妳爸爸的事並不是妳想的那樣。我們是在一起過，但畢竟那是年輕的時候。人年輕的時候總會犯錯。』

「所以我的出生就是一個錯誤？」

梁月的沉默再次深深刺激了姜曉。「如果妳今天打這通電話是想和我說這些，妳我之間也沒有再談下去的必要了。」

『曉曉，妳不能這麼衝動。一直以來，很多事都是妳以為，妳從來沒有聽過我的解釋，妳總是用自己的立場去看待事情。』

「我只知道，我的媽媽她拋棄了我，二十幾年不聞不問。」

『好了，今天我們不說這件事。曉曉，媽媽只是想和妳說一聲，生日快樂。畢竟二十六年前，我生妳的時候也是九死一生。』

姜曉神色緊繃，最後就像泄了氣的氣球。「我們就當陌路人不好嗎？我真的不需要妳的補償，不需要！」她氣急敗壞地掛了電話。

一轉身，周修林正在不遠處，筆直挺拔，像一棵大樹，時時刻刻都在她身邊守著。

她一步一步走到他的面前，朝他扯了一抹笑。她突然展開雙臂，抱住了他。周修林什麼都沒有問，輕輕拍拍她的後背。姜曉就這麼抱著他，一分鐘後，她平復好心情。

「你怎麼出來了？」

「看到妳拿著電話匆匆出來。」他看得出來，她的表情不對。

姜曉望著他，「我們等等再進去，反正長輩都在，小豆芽有人看著。」

「求之不得。」周修林拉著她的手，來到飯店後面的休閒區。

午後的時光，悠閒又自在。竹林鬱鬱蔥蔥，風吹過，耳邊陣陣悅耳的聲響。兩人一步一步往前走著。

姜曉的聲音平靜如水，「我是在十三歲那年，無意間知道她沒有去世。」

「十三歲，國中。」他沉沉說道。

「是中考前不久，知道後，我發了兩天高燒，老師嚇死了，一直勸我不要有壓力。」

周修林輕輕捏了捏她的手，溫柔有力。

「她改了名字、年齡。後來我找了所有與她相關的影視資料，我爸留了很多她的照片。我爸這麼多年都不在我面前提過一個字，我知道從他嘴裡問不出東西。高一時我問過姑姑，姑姑很慌張，讓我不要問了，說是媽媽去世了就是去世了。可是私底下，我聽到她和姑丈說這個女人真的太狠了，連自己的女兒都沒看過一眼。怕是曉曉將來在路上遇到了她，她都不認得。」姜曉呼了一口氣，表情淡然，「真的被姑姑說中了。大一的那年冬天，我在影視城第一次見到她。我知道她是我媽媽，我緊張得打碎了手中的杯子，被她的助理罵了一頓。她在旁邊什麼話也沒說，看了我一眼，就一眼啊！就像在看一個陌生人。」那一刻，她整個人都愣住了。

姜曉的每一個字猶如針一般，狠狠地紮著周修林的心。此刻任何安慰的話都是枉然。他停下腳步，雙目緊緊鎖著她。周修林心疼極了，說，「我應該早點回國的。」

姜曉彎起了眉眼，「如果我們不能相遇，你早回來也不管用。」

「不。」周修林輕輕撫了撫她的頭髮，他會回來找她的。

「上次慕慕把她的鞋子毀了，我想，是那個時候讓她懷疑我的身分。其實也有可能，她早就懷疑過我的身分，只是有人喜歡自欺欺人。」不等到真相出來的那一天，總能粉飾太平。

「她想做什麼？」

「大概想彌補她心裡所謂的愧疚。」

周修林眼底閃過一絲無奈，聲音輕輕的，「以後我們一家人會永不分離。妳不想認就不用管。」

姜曉怔怔地對著他的眼睛，「周修林，對不起，這麼久才告訴你。」

他低下頭，在她的額角落下一吻，溫柔的，憐惜的。

姜曉的聲音微微哽咽，「沒有見到她之前，我一直很想很想見她一面，我總是在想她肯定有苦衷。真正見到了，我又難受。又知道，她對晉姝言那麼好，我真的有點恨她！可是想想，沒有她就沒有小豆芽——」她頓了頓，「我覺得沒有小豆芽，我和你很難在一起。」

周修林失笑，看著她，那麼溫柔地看著她，語氣不以為然，「他倒是成了我們的功臣。」那麼多事，如今她能這般輕描淡寫地告訴周修林，說明她真的放下了。

姜曉對他笑著，「回去吧。離開這麼久，小豆芽要找我們了。」

兩人一回到包廂，長輩們都齊刷刷地看著他們。

小豆芽樂呵呵地笑著，「姑奶奶，我沒有說錯吧，我爸爸媽媽會回來的。」

周修林走過去抱起「小功臣」，難得對兒子寵溺幾分，「怎麼了？」

小豆芽口齒伶俐，「你和媽媽出去了，姑奶奶他們很擔心，我就讓他們不要擔心啊。」

周修林挑眉，誇讚道：「懂事了。」

長輩們不禁搖搖頭，面色尷尬。小豆芽則清脆地說道：「我告訴姑奶奶，我經常早上醒來只有我一個人，原本晚上我們一家三人會睡在一起，結果第二天，你和媽媽睡在隔壁房間了。所以啊你們不會不見的，只是兩個人去說悄悄話了。」

周修林表情一僵，姜曉的臉色瞬間漲得通紅。長輩們顧忌小倆口的面子，沒出聲。周父和姜父各自拿著棋子，就是久久沒有落下。

大概只有周一妍能笑得出來，她笑到眼淚都掉出來了。「你們一家這是在表演小品嗎！」

小豆芽弱弱地道：「爸爸，我說錯什麼了嗎？」

周修林苦笑，「慕慕，家裡的事是祕密，不能告訴別人。」

「可是奶奶、二奶奶、姑奶奶不是別人。」

三位奶奶恨不得把這個小團子搶到懷裡來，真是太惹人愛了。

周修林解釋：「家裡的事只有爸爸媽媽還有你能知道，當然以後要是有小妹妹，小妹妹也是可以知道。」

小豆芽想了想，「爸爸，你又騙我了。你都說了幾次有小妹妹，怎麼還沒有？」

♀♂

晚上，回到家之後。

小豆芽獻寶似的拿出自己準備的生日禮物，「媽媽，祝妳生日快樂，這是我自己畫的全家福。」

姜曉很歡喜地接到手中，「還裱起來了啊。」

「外公幫我裝的，外公還誇我畫得好呢，不過我還是要謙虛。媽媽，我想把這幅畫掛在臥室裡。」

姜曉認真地看著畫，畫中有好幾個人，她一個都認不出來，「這些是誰啊？」

「這是爺爺、奶奶、外公、爸爸、媽媽，這個是我，這個是妹妹啊。」

姜曉眼角抽了抽，「你想得很遠，那這個呢？」

「這是貓貓啊，爸爸養的貓貓。」小豆芽靠在她身上，軟軟地說道，「我好想要一隻貓貓啊。這是我明年的生日願望。」

「明年還要很久，慕慕，你不用現在就提醒媽媽。」

小豆芽摸摸鼻子，「媽媽，那妳的願望是什麼？」

姜曉沉默著，餘光看到周修林從書房緩緩走出來。她緩緩開口，「媽媽希望我們一家人永遠幸福在一起。」

周修林走到她身旁，四目相視間，萬千世界不及你我。兩人默契一笑。

周修林拿出一份文件，「打開看看？」

「是什麼？房子？股份？」姜曉胡亂猜想，故意這麼說。

「妳說這個，明年我會考慮這些。」他自然不喜歡這些了。

姜曉打開來，看到最上面的一行字，竟然是一份影視版權合約。她一臉驚喜，「《冬天的祕密》！公司什麼時候買下的？」她快速掃了一遍合約的幾條關鍵條款，「價格不低啊！原來三月就簽了，我竟然一點風聲都沒有聽到。」

周修林笑笑，「喜歡嗎？」

姜曉抬手圈住他的脖子，在他臉上親了好幾下，難掩激動，「謝謝！我真的很喜歡。」這本書她追了很久，私下和秦一璐他們說過，這本書要是能拍，肯定會爆紅。當時秦一璐還說了一句「姜姊，那妳可要幫幫我，讓我去演女主角」，沒想到，真的讓她說中了。

周修林說道：「劇本現在已經請高琳去寫了，公司準備最近開始聯繫演員。」他送她那麼多禮物，也就這份讓她開心得像個孩子。唉，轉來轉去，她還是在幫他工作。

姜曉點點頭，「一璐下週進組，《倚天屠龍記》要拍四個月，她到九月中下旬會有空檔，讓她休息一週。」

「十月開拍，應該沒有問題。不過一週時間，夠嗎？」

「怎麼不夠！很多藝人全年無休的！尤其是在上升期，得馬不停蹄地拍片，趕通告！他們以後都會這樣，等到以後，他們會懷念現在的一週假期。」姜曉忽而一笑，玩笑道：「我這個經紀人完全是靠你吃飯啊，資源也不用去搶，要什麼你都能給我。」

周修林定定地看著她，吻了一下她的唇角。「妳想要的，我都會給妳。」

周思慕抬手就把他爸推開。周修林沉下臉來，「慕慕，時間不早了，明天你還要上學，快去睡覺。」

周思慕順勢抱住姜曉的脖子，「今天是媽媽的生日，我想和媽媽一起睡。」

周修林說了一句，「你媽媽想和我一起睡。」

姜曉睨了他一眼，壓著聲音，「我們以後在他面前說話還是注意一點，他的學習能力太強了。」

周修林彎腰抱起來，拍拍他的小屁股，語氣無奈，「今晚破例，和我們睡。」

♀♂

姜曉生日過後沒多久，周修林和姜屹懇談了一次，勸他去醫院做全面體檢。

姜屹一臉平靜，「我在西北檢查過了，是胃上長了一個瘤。」

周修林臉色一僵，「醫生怎麼說的？」

姜屹抽著手中的菸，半張臉淹沒在煙霧裡。「是縣城的醫院，醫生沒有具體說，讓我換家醫院再做個檢查。」

「爸，明天我們就去檢查。」周修林覺得自己的一顆心被什麼掐著。姜屹要是有什麼事，姜曉肯定會崩潰。

姜屹直視著周修林，「修林，曉曉有沒有和你提過她媽媽的事？」

周修林一愣，隨即點點頭。「今年她生日那天都告訴我了。」

姜屹沒有多驚訝，他按滅了菸頭。「我看到她和梁月一起上了娛樂新聞，這次回來，我和她談過，她和我說報導都是假的。」

「爸，是那樣的，曉曉沒有賄賂梁老師。」

「我知道，我猜是梁月給她的資源。」姜屹臉色平靜，提起梁月像在說普通朋友。「我和她媽媽是和平分手，說不出是誰欠了誰，誰負了誰。曉曉知道梁月是她媽媽後，一直想進演藝圈。當初你和她要結婚，一開始我也擔心，她是帶著目的的。」

周修林沉默，一言不發。

「曉曉說，她不會認她媽媽。二十多年了，認與不認，她們母女之間也不會有什麼改變，倒不如做陌生人。」

周修林深吸一口氣，沒想到姜屹會這麼說。「其實，曉曉內心深處還是很在意她的媽媽，這是她二十幾年努力的動力。不過，我想梁老師肯定不會公開承認曉曉的身分。而偷偷摸摸地相認，依曉曉的性格肯定不會接受。」

姜屹勾了勾嘴角，「確實如你所說。」

周修林沉默了片刻，「爸，梁老師是什麼樣的人？」

姜屹瞇了瞇眼睛，「我已經二十六年沒有見過她了。她年輕的時候就很漂亮，一心想當大明星，她本人確實有這方面的天賦，她說過她要成為家喻戶曉的大明星，可我沒有那個能力幫她。」

周修林從他斷斷續續的語氣裡，聽出姜屹對梁月並沒有什麼怨恨情緒。因為曾經有過愛，即使不能相守一輩子，這份愛，他還是深藏於心底了。

姜屹答應去做體檢，姜曉接到消息時，激動地站起來。「爸，那我先去預約，我開完會就回來。」

『妳先忙妳的工作，等妳回來再說。』

此時，姜曉正在H市參加明星經紀人的一個活動，為期三天，她也無法輕易脫身。主辦方邀請了業內幾位資深經紀人，以及兩位神祕嘉賓出席。

第二天，神祕嘉賓出現，竟是程影。程影分享了這麼多年，她和她的經紀人周韻的相處之道。她說，「周姊是我的夥伴，我的朋友，更是我的家人。藝人和經紀人一定要彼此相信，信任最重要……我剛出道的時候，拍了第一部劇，小有名氣，後來來找我的劇本很多，當時我想賺錢，一直想要簽合約。周姊攔著我，為此，我還和她鬧了一段時間。周姊很堅持，我也沒有辦法，只能忍了。再後來，我接到了第二部劇《明月幾時有》，正是這部劇，我才躍居一線花旦。藝人剛出道會盲目，這時候就需要你們來為他們清楚地規劃。」

那天會議結束，姜曉和程影打了照面，程影留住她。

「姜曉！等我一下，我和她們交代一下。」程影對幾個在和她請教問題的經紀人說了一句抱歉，「晚上有約了。」

須臾，她回來，笑說道，「沒想到妳也來了。」

「我才詫異，沒想到您來了。」她打量著程影，她和周修林一樣大，三十幾了，這個年紀的女星在演藝圈很多很多。不過像程影這樣，至今都沒有一個男朋友的就稀有了。

「主辦方是我的大學老師。」

姜曉了然，「原來如此。」

程影又問道，「聽說，許佳人簽了《長汀》？」

「是的，佳人已經進組學習長汀方言了。」

「妳手裡幾個藝人都挺不錯的。許佳人、宋譯文，還有秦一璐，她最近人氣不錯。」

姜曉的心咯噔一下，「一璐她很靈活。」

程影勾了勾嘴角，「《你我之間》我聽了，她和仲北配合得很好。現在粉絲都挺喜歡他們這對老少CP的。」

姜曉後悔，她怎麼會忘了程影對晉仲北的心意呢？「一路向北」後援會一出，鬧得最厲害的就是程影的粉絲團，不少人跑去黑秦一璐。偏偏秦一璐的背景白得和紙一樣，找不到任何汙點，當然也有她幾張醜照。

姜曉說得籠統，「一璐還是個純新人，與晉老師的這次合作，對她的幫助很大。影姊，網路上關於一璐粉絲對您的一些不好言論，我很抱歉，一璐和我都不希望這樣。」

程影微微一笑。「我入行多少年了，如果還在意這些，那我就真的白混了。我聽說仲北是看在妳的面子，對她很照顧。」

姜曉：「……晉老師一向很熱心，當年在《盛世天下》在片場，他對誰都很好。」

程影想了想，「一轉眼都三年多了。」每個人都在變，近來，她身邊好幾個朋友都相繼結婚生子，而她還在等待。

「我覺得仲北對妳始終是特別的。」

姜曉的臉色瞬間僵住了。

「當年在《盛世天下》，我就有些疑惑。這兩年，妳帶的幾個藝人凡是仲北工作室的劇，宋譯文、易寒都參演過。」

「影姊……」

「可是我不懂，如果他喜歡妳，為什麼這麼多年，他都沒向妳表白。」

姜曉咽了咽喉嚨，「影姊，我也不知道晉老師是什麼情況。他不談戀愛，可能是太忙了。他對我好，大概是可憐我吧。」

或許，晉仲北早已知道她的身分。不然這個世界哪有無緣無故的幫助呢？

「可憐妳？」程影不解。

姜曉勾起一抹淡然的笑容，「小助理不容易，影姊，我和晉老師之間不可能。」

程影落落一笑，「既然在這裡相遇，一起去吃頓飯。」

程影帶她去了一家法國餐廳，環境幽靜。姜曉在吃飯期間還接了幾通電話，一璐的助理急得不行，只得打電話向她求助，『一璐這兩天一個不小心，胖了二點五公斤。』

姜曉哭笑不得，「她自己不知道她是易胖體質嗎？下週她就要進組了，這麼胖上鏡，讓大眾看她的一張胖臉嗎？不管怎麼樣，都要控制住她的飲食。和 Tony 教練聯繫！一週內，至少讓她瘦四公斤。」

小助理原本還擔心呢，一聽姜曉這麼吐槽，猛然想笑。『姜姊，我保證確實轉達。』

秦一璐是個貨真價實的吃貨，偏偏吃多了就胖，一胖都顯現在臉上。她自己也沒辦法，有時候真的控制不住自己，一高興就吃多了。

掛了電話，姜曉嘆了一口氣，對面的程影一臉淡然，「做經紀人這行的真不容易。」

姜曉勾了勾嘴角，「習慣了就好。不好意思，我把手機關靜音。」

飯間，程影突然問道：「前兩天我遇到晉姝言，她和我說了B市的事。沒想到小丫頭還真執著。」

姜曉靜默地聽著。

「修林現在已經確定隱婚生子了，圈子裡對他的事非常好奇，很多人都在傳，也在打聽，連我都是孩子母親的懷疑對象。」程影說著就笑了。

姜曉神色微緊，「周總的事，我們作為下屬，知道的也不多。」

程影的眸光一直落在她的臉上，「姝言是個貨真價實的小公主，那天和我說起這件事，哭了很久。」

姜曉坦然，「過一段時間就好了。」

程影抿了一口水，「我想也是。昨天她又開始工作了，年輕人恢復得也快。」

姜曉低下頭，吃了大半塊牛排。見程影未動，「影姊，妳不吃？」

「熱量太高了，我喝點水，吃點水果就好。」

姜曉汗顏，想到秦一璐，她真的對她太好了。晚飯結束後，姜曉傳了一則訊息給秦一璐。

『一週之內，瘦五公斤。不要給我們一個油膩發福版的趙敏！』

油膩發福……秦一璐看到這四個字，整個人都不好了。她現在很油膩嗎？她憤憤地在微博上傳了一張自己的照片。

『中年油膩發福少女？@姜曉經紀人』

姜曉洗完澡看到這條微博，回覆並轉發：有這個趨向。

她剛發完，微信裡跳出一條訊息。

周先生：還沒睡？

姜曉：正準備睡呢。

周先生：今天買了一隻貓給慕慕。

姜曉：……

周先生：爸爸買的。

姜曉還能說什麼，小豆芽最近天天要念幾遍我想要隻貓貓，或者我家要有隻貓貓就好了。老人總是會滿足孩子的。她回道：歡迎新成員！

周先生：很可愛，像妳。

♀♂

趁她不在家，姜屹立刻買了一隻加菲貓給外孫，通體白色，額頭處帶著些微棕黃色。周修林說得不假，真的很可愛。

周家的長輩對小豆芽本來就疼愛有加，現在姜屹一回來，又多了一個長輩。小豆芽念了幾次，姜屹就和周修林商量要買一隻給他。周修林原本也計畫要買一隻，便挑了一隻三個月的加菲貓。

那天等會議結束，姜曉回到家時，姜屹已經把小豆芽從幼稚園接回來了。小豆芽坐在小板凳上看著貓，振振有詞地說：

「貓貓，喝水。」

「貓貓，吃小魚乾。」

姜屹陪在一旁，「妳小時候養過一條狗，後來那條狗跑了，妳傷心了好久。我說再幫妳從鄰居家抱一隻，妳也不肯。那時候妳也和慕慕一樣大。」

姜曉一愣，「我倒是沒有印象了。」

姜屹抿著嘴角笑了笑，語氣中帶著幾分感慨，「慕慕和妳小時候長得一模一樣。」

「媽媽，還沒有幫貓貓取名字呢。」

「牠是你養的，你來取。」

小豆芽認真地想了想，「那叫豆奶好不好？」這名字還真不錯。姜曉豎起了大拇指！

「豆奶～豆奶～」

幾天後，姜屹入院檢查。姜曉滿心擔憂，一直心神不寧，連小豆芽都能感覺到。他聽說外公要去醫院後，堅決不肯去上學，要陪著外公去醫院。周修林沒辦法，最後一家人都陪著姜屹去。

一番檢查下來，姜屹的胃上是長了一個瘤，大概三公分。張醫生是這方面的專家，他說要儘快動手術，手術結束後化驗，才能知道這個瘤是好是壞。

周修林和姜屹一起去了醫生辦公室。姜曉和小豆芽在走廊，姜曉的臉都發白了，眼淚無聲地往下掉。小豆芽抬手擦著她臉上的眼淚，「媽媽，妳不要哭了。」

「媽媽的眼睛進了小蟲子。」

「那我幫妳吹吹。呼呼～」小豆芽的小手捧著她的臉，「媽媽，外公是不是要死了？」

姜曉咽了咽喉嚨，沒說話。小豆芽抽了抽鼻子，「媽媽，我不想外公死。」

「不，外公不會有事的。」

「妳騙人！妳都哭了！」

姜曉只是覺得，老天有時候太不公平了，她爸爸真的很不容易。為什麼別人就可以肆無忌憚地享受人生呢？

周修林過來時，就看到自家兩個人哭得和淚人兒一樣，上氣不接下氣，小豆芽連鼻涕都掉下來了。

「怎麼了？」周修林緊張地問道。

小豆芽傷心得難受，「外公要死了。」

「小傻子！外公只是要做一個手術，做完手術就好了。」周修林連忙幫兩人擦眼淚。

姜曉淚眼濛濛，「張醫生說了什麼？」

「他說以他多年臨床經驗來看，應該不是壞的，爸爸暴瘦可能是他工作過度勞累，加上他的膽囊也出了點問題。」

母子倆睜大眼睛，齊齊望著他。

「明天上午動手術。你們別擔心。」周修林語氣放鬆，握住姜曉的手。

姜曉的心漸漸定下來。

第二天上午，姜屹是早上第一台手術。姜曉和周修林送他去麻醉室，姜屹對兩人擺擺手，「沒事，你們回去陪慕慕。」

「爸爸，我們在外面等你。」姜曉抖著聲音說道。

周修林握著她的手，一直目送著姜屹被推進去。

護士說道：「家屬去三樓等吧。」

手術大概五個小時。

周母今天也過來，小豆芽好像什麼都知道，今天一直都沒有說話，也不像平時一樣開心，姜曉則一直坐立不安。

周母寬慰道，「不會有事的，曉曉，妳先坐著等。」

「媽，我下去看看。」姜曉如今倒是平靜多了。

周母知道她心裡急，「妳去吧，我看著慕慕。」

結果，就在周母上洗手間的空隙，小豆芽自己溜出去了。

小豆芽想下樓去看外公。這層是住院部，兩邊都是房間，他一出來就搞不清楚方向了。梁月看到他時，腳步微微一頓。

一旁的晉導問道：「怎麼了？妳認識這個孩子？」

「上次見過，曉曉帶他去過影視城。」梁月扶著晉導，「我先扶你進去休息。」

晉導前天剛做完手術，步履緩慢。

小豆芽正準備去找護士姊姊，看到他們，禮貌地問道：「爺爺奶奶，你們好，請問電梯在哪裡？」

晉導扯了一抹笑，沒有力氣說太多話。梁月則問道：「小朋友，你爸爸媽媽呢？」

小豆芽扁著嘴角，「爸爸媽媽去看外公了，外公在手術，我也想去看外公。」

梁月想了想，「你叫護士姊姊送你下去。」她對晉導說道，「可能是自己跑出來的，家人不知道。」

晉導說：「妳送一下吧。」

梁月看看小豆芽，「那你等一下，我先送爺爺回房間。」

小豆芽點點頭，「爺爺，你要快快恢復身體！」

梁月失笑，這孩子的嘴巴還真甜，「我們上次見過面的。」

小豆芽歪著腦袋，認真地想著，「我忘了啊。」

梁月扶著晉導上了床，「我一會兒就上來。」

她帶著小豆芽來到電梯門口。小豆芽打量著她，「奶奶，妳是不是大明星？」

「怎麼了?你認識我？」

「我只是有點想起妳了。」

梁月笑了笑，「你叫什麼名字？」

到底是個孩子，接觸久了，他也忘了父母的囑咐。「我大名叫周思慕，媽媽叫我小豆芽。」

「周——」梁月重複道，她慢慢低下身子打量著他，「你爸爸是周修林？」

周思慕捂住了嘴巴。

「那你媽媽——」梁月喉嚨上下動了動，臉色漸漸蒼白，「那你媽媽是不是叫姜曉？」

「對啊。妳是我爸爸媽媽的朋友？但妳怎麼從來沒有到我家來過呢？」

梁月只覺得全身的力氣都被抽光了，目光空洞。她怎麼就沒想過，怎麼就完全沒有想到。

「奶奶，電梯到了。我們再不進去就要關門了。」

梁月雙腿發軟，她顫著手摸了摸小豆芽的臉，「你幾歲了？」

小豆芽眼看著電梯門要關了，顧不得就要衝進去。幸好梁月拉了他一把，人沒被夾到。

「危險！」梁月抱著他小小的身子。

小豆芽咬著唇，「我要去找我媽媽！」

梁月用力眨了眨眼睛，「我帶你下去。」

「謝謝奶奶。」

梁月面色慘澹，「你該叫我外婆。」

「外婆？」小豆芽有些憂傷，「我不能叫妳外婆。」

「為什麼？」

「我的外婆已經去世了，在我媽媽很小的時候就去世了。」

隨著電梯一層一層地下降，梁月的表情越來越僵，心裡五味雜陳。

這時，周母發現周思慕偷偷跑走，急得方寸大亂，到三樓也沒看到他的人影。姜曉和周修林一聽，臉色都不太好。

周修林說道：「他跑不遠，妳們都別急，我去找找。」

周修林沒走多遠，就看到梁月牽著小豆芽的手。小豆芽也看到他了，立馬鬆開梁月的手，「爸爸——」

周修林抱著他，「你怎麼亂跑？」

「我要來看外公。」

周修林沒再說他，目光看向梁月。「梁老師，多謝。」

梁月望著他，「是姜屹在做手術？他怎麼了？」

周修林回道：「胃上長了一個瘤。」

梁月的臉色很差，「我是在走廊看到慕慕。曉曉她是恨我了，在我的面前不承認孩子……原來你們早就在一起了。」

周修林正色，「梁老師，我們對外一致保密，除了家裡的親人，沒人知道我和曉曉結婚的事。抱歉，我要過去陪她了。」說完，他轉身離去。

梁月一個人站在那裡，周思慕朝她笑了笑，揮揮小手，「奶奶，謝謝妳。」

梁月不知道怎麼回到病房的，晉導看到她神魂落魄的樣子，心裡一驚。「怎麼了？」

她慢慢找回聲音，「剛剛那個孩子，是曉曉的兒子。」

「什麼？」

「上次弄壞我的鞋子，曉曉還為了他賠我錢。」梁月一臉嘲諷。「她是我的女兒，那孩子是我的親外孫。」

晉導抓住重點，「她和誰的孩子？」

梁月一字一字，「周修林。」

「姜曉和周修林！」晉導也著實有點意外。

晉姝言從洗手間走出來，指尖還滴著水，「媽媽，妳說的曉曉，是姜曉嗎？」

梁月震驚地望著女兒，「言言……」

「媽媽，妳什麼時候生的女兒？我怎麼從來不知道？」晉姝言面無表情，「妳剛剛說，她和周大哥在一起了是嗎？」

「言言——」

晉姝言猛地轉身，跑了出去。晉導想起身，奈何一動就扯到傷口了，疼得直咬牙。梁月無暇顧及，連忙叫醫生來，隨後趕緊打了一通電話給晉仲北。

『梁姨——』

「仲北，我現在沒有時間和你解釋，言言剛從醫院跑走，她情緒比較激動，你去找她。」

『我找到她再和你們聯繫。』

晉姝言不敢相信，她竟然還有一個姊姊，這個姊姊竟然是姜曉，還和她喜歡的人結婚了。人生還有比這個還狗血的劇情嗎？

她一個人漫無目的地走在街上，不知道走了多久。難怪她會覺得姜曉和媽媽有點像，姜曉早就知道了吧？

她的手機響了，她任由音樂一直響，一直響，直到那邊放棄不再打。她走了很久，走累了，再也走不動，脫了鞋子，坐在一旁的木椅上。手機再次響起來時，她從口袋裡拿出來，是哥哥打來的。

「喂，哥哥……」聲音帶著哭腔。

『妳在哪裡？』晉姝言望瞭望周圍，報了地名。

『妳待在那裡別動，我去接妳。我們見面再說。』

二十分鐘後，晉仲北開車過來，見她妝都哭花了。他撿起鞋子，彎腰替她套上。

「多大的人了，還哭！也不怕人家笑妳。」

「人家又不認識我。」

晉仲北拉起她，「先回家。」

晉姝言走得很累，可是大腦卻非常清醒，她一路上都在想事情。

到了家，晉仲北讓她去洗澡，她搖搖頭。

「哥哥，原來姜曉也是我媽媽的女兒。」

晉仲北摸摸她的頭髮，「是的。」

「哥哥，你竟然也知道！」晉姝言嘆了一口氣，「到底是怎麼回事？」

晉仲北斂了斂神色，「梁姨年輕的時候和姜曉的父親在一起過，不過後來分手了。」

「為什麼分手？」

「梁姨有演員夢，姜曉的父親是個畫家，性格淡然，並不喜歡演藝圈的浮華，也不贊成她做演員。」

「那這麼多年來，媽媽都沒有去看過姜曉嗎？」

晉仲北搖搖頭，而晉姝言皺起了眉，「媽媽太狠心了。」

晉仲北沒想到她會這麼說。

「那姜曉他爸爸有沒有再婚？」

「沒有。姜曉在高中時來到晉城，靠她姑姑生活，一年後，她姑姑一家出國，她一個人住校，直到大學畢業。」

「她爸爸不管她？」

「據我所知，不怎麼管。姜父經常外出畫畫，姜曉很小就一個人生活了。她性格很獨立，大學學費都是自己賺的。」

晉姝言沉默了很久，「我累了，先去睡一覺。」

而晉仲北打了通電話給梁月，「我把言言接回來了，她情緒還好。」

『仲北，麻煩你了。』

「您和爸別擔心，言言很懂事的。梁姨，剛剛言言問了您和姜曉的事，我告訴她了。」

梁月的聲音無力，『告訴她也好。』

「梁姨，言言已經成年了，她有她自己的想法。我今天在家看著她，等她睡醒了再說。」

晉仲北撫了撫額，沒想到大家都知道這個祕密了。

梁月聽了晉仲北的話倒是鬆了一口氣，她疲憊地坐在沙發上，滿目神傷。她滿腦子都是小豆芽，那孩子一臉純真地叫她「奶奶」。而她當初竟然找姜曉說那些話，她還告訴姜曉，言言喜歡周修林……如今她真的嘗到了錐心的痛。

晉導開口道：「姜屹怎麼樣了？」

梁月一愣，「剛剛我沒有多問，這時候我過去，他們不會想見到我。」

晉導嘆了一口氣，「都在這一層，等等問一下護士住在哪間病房，買束花送過去。」

梁月望著他，「你先把身體養好，我的事會處理好的。我現在只是希望，言言和曉曉不要因為周修林而相互怨恨。言言那麼喜歡周修林，結果周修林和曉曉在一起……」

晉導笑笑，「怎麼偏偏就是周修林呢！你說這周修林氣不氣人！」

梁月也是無奈。

♀♂

五個多小時後，姜屹的手術結束，醫護人員將他從手術室送回病房。手術很成功，化驗結果顯示瘤沒有問題，大家終於鬆了一口氣。姜曉靠在周修林懷裡，眼淚掩不住地往下掉。

周修林緊繃的神經終於放鬆下來，拍拍她的肩，在她耳邊耳語：「沒事了，沒事了。」姜曉的眼淚濕了他的肩頭。周母抱著小豆芽回頭看到他們抱在一起，心裡也是萬分感慨。人生有八苦，生老病死，憂悲惱、怨憎會、恩愛別離和所欲不得。姜屹這半生也真夠坎坷的，老天保佑，他順利過了這關。

兩天後，姜屹漸漸恢復了元氣。小豆芽每天放學後都要來醫院看外公，這孩子第一次經歷這樣的大事，心裡還是很害怕。姜曉在醫院照顧他的那晚，小傢伙半夜還哭醒，要找媽媽。

「外公，我講個故事給你聽，我們今天剛學的。」他講了一大半，後面自己開始天馬行空地瞎扯，姜屹不禁失笑。

姜曉拿起小豆芽的水杯，「喝點水。」

小傢伙咕嚕咕嚕地喝了幾口，接著說道：「後來兩隻妖怪打了一架，都受了傷，他們的主人趕緊把他們帶到醫院打針了。」

姜屹認真地附和，「喔，這樣啊。這個故事後面怎麼有點像《西遊記》？」

「外公，不是像，我說的就是《西遊記》。」小豆芽一本正經。

姜屹心想，這孩子沒有畫畫的天分，倒是想像力很豐富，真能扯。

姜曉也是忍俊不禁，「爸，他今天把豆奶帶到學校了。」

姜屹疑惑，「學校讓他帶貓去？」

早上是周父送小豆芽去幼稚園的。走之前，小豆芽說，老師讓他們帶小動物去班上，他想帶豆奶去。周父一聽，小動物，那帶豆奶沒問題。

小豆芽抱著牠進教室的時候，昂首挺胸。小朋友都看到他懷裡的一團雪白，一雙雙小眼睛都看著他，好像都在說周思慕好厲害！

他們班老師看到後，一臉吃驚，「思慕，你怎麼帶貓來幼稚園？」

周思慕回答：「豆奶也是小動物啊。」

老師：「……可是我的意思是帶小金魚、小烏龜就可以了。」

周思慕：「老師，豆奶很乖的，你摸摸牠，牠不會咬你的。」

老師伸手摸了摸，「還真可愛。」剛摸完，她就反應過來，差點被騙了。「思慕啊，要不然讓你家人過來，把貓接回家吧？」

周思慕用澄澈的眼神看著她，「老師，我都答應小朋友了，今天要帶豆奶過來給他們看。你要讓我做個沒有信用的小朋友嗎？」

老師：「……我沒有。」

最後，老師無奈，時時守護著這隻貓。幸好，豆奶比較乖，膽子小，到了教室也不鬧。

每個小朋友都把自己帶來的小烏龜、小金魚放在面前，只有周思慕抱著他的加菲貓，偶爾加菲還叫一兩聲。

周思慕摸摸牠的身體，「豆奶要聽話，發言要舉手。像我這樣。」

老師：「……」

那桌的小朋友都特別喜歡豆奶。

「思慕，這就是你爸爸養的貓啊？真可愛。」

「對啊。爸爸現在送我了，豆奶是我弟弟。」

「思慕，你的貓會不會吃魚啊？」對面的小朋友緊緊地抱著自己的小魚缸。

「貓是吃魚的，但是我爸爸說，豆奶要吃貓飼料。」

小朋友放心了，放開自己的小魚缸。

周思慕：「不知道豆奶吃不吃小魚？要不要拿你的魚餵餵牠呢？我奶奶說吃魚會變聰明，豆奶要是吃魚，應該也會變聰明。」

對面的小朋友哭了，「老師，我不要和慕慕坐在一起了，他的貓會吃了我的小魚。」

老師：「……」

後來，老師特意傳了訊息給周修林和姜曉，請他們配合幼稚園的教學計畫，不要再讓孩子帶貓來幼稚園了。

傍晚，周修林到醫院接姜曉他們回家。姜父住院，很多事他都親力親為，可見他對姜父的重視。兩人一出大樓，就發現有一個帶著相機，疑似記者的男人在門口。

周修林抱過兒子，「晉導也在這棟樓，應該是來拍他的。」

姜曉一愣，「晉導？」

「上車再說，我和慕慕先出去。」

姜曉點點頭。兩人繞開記者，安全上車後，周修林解釋了梁月那天送豆芽回來的事。

姜曉臉色黯淡，「真沒想到，這個世界真小。」她想了想，「你覺得晉仲北是不是很早就知道我的身世了？」

「他應該是早就知道了。」

「難怪對我那麼好，害我還擔心了一下。」

「擔心什麼？」周修林挑眉，目光灼灼地看她。「周太太，妳不會覺得晉仲北喜歡妳吧？」

姜曉尷尬，大言不慚道：「我怎麼說也是美女經紀人。」

周修林朗聲笑著，「我現在知道慕慕的自信遺傳自誰了。我想，他應該是妳去應徵他助理後發現的。」

「晉仲北有時候真讓人看不透。不知道他到底喜歡什麼的女生？」姜曉幽幽道，「上次遇到影姊，影姊還在等他呢。影姊還旁敲了我一些一璐的事。」以晉仲北的條件，自然是不缺女生喜歡，可是為什麼這麼多年他都沒有談戀愛呢？姜曉難得八卦一下，問了問周先生。

周修林啟動車子，車子慢慢淹沒在車流中。

「大概他是不婚主義者。」周修林沉聲說道。

姜曉一聲嘆息，「真是暴殄天物。」

周修林臉色瞬間黑了。

♀♂

醫院住院部一片安靜。姜屹躺在床上，這時候門上傳來幾下敲門聲。

「請進。」

門咯吱一聲緩緩打開，空氣中瞬間帶進來一股淡淡的幽香。姜屹看著門口的方向，只見那人一步一步地走進來。他的眼神混沌，嘴角哆嗦，「婉婉——」

梁月走到病床邊，「我聽說你做了手術。」

姜屹一時沉默，眸色漸漸恢復。「坐吧。」

梁月買了一束百合，她把花放在一旁。「身體怎麼樣了？」

「胃上長了一個瘤，醫生說切了就好。」姜屹回道。

梁月點點頭，「我們畢竟都不再年輕，平時還是要注意保養身體。」

「妳好像和以前也沒有太大變化。」

梁月嘴角淺淺一動，「老了，曉曉都二十六歲了，我們也有二十六年沒見了。」

姜屹瞇了瞇眼，「還沒有祝賀妳。」

梁月沉默，「我現在有時候會想，我這樣到底算不算成功？對曉曉的虧欠，我是一輩子無法償還了。」

姜屹擰著眉，「錯在我。」

梁月抿抿嘴角，一時間，病房裡又陷入沉默中。

「你——」

「妳——」

兩人同時開口，面色尷尬。

姜屹問道：「妳怎麼知道我住院的消息？」

梁月沒有隱瞞，「我先生幾天前做了手術。你手術那天我看到慕慕了，才知道你……本來打算早點來看你的，但是前兩天他們一直都在。」

姜屹瞬間明白了。「他對妳好嗎？」問完，他又喃喃低語，「他應該對妳很好。」

梁月抿了抿乾澀的嘴角，「我過得很好。」

「那就好。」他的目光一直在她的身上，黑色的瞳眸裡無悲無喜。

「我知道前幾年，妳一直在託人買我的畫。」

梁月微愣，這件事她做得非常隱祕，沒想到他還是知道了。「對不起，我只是希望你們的生活能好過一些。」

「我沒有怪妳。」

「你是怎麼知道的？」

「《拂曉》是我送給曉曉的，我並未告知外界。有兩個人一直想買，一個是修林，另一個我猜是妳。」

「難怪你從來不肯將畫賣給我。」梁月臉色微微一變，「周修林和曉曉在一起因為你的關係？」

姜屹沒有否認，「我在美國救過他。」

梁月皺起了眉頭，「那他和曉曉怎麼會在一起？」

姜屹沒有回答這個問題，「他們現在很幸福。」

梁月握緊了手，「曉曉很出色，你把她教得很好。」

「不！」姜屹臉色肅然，「我並不是一個好父親。這一點我很慚愧，曉曉的成長過程中，我並沒有盡到父親的責任，我也愧對當初對妳說的那些話。甚至，有些事我也很後悔，當初我的決定是不是太自私了。」

梁月咬了咬唇，撇過臉。兩人簡單地聊了一會兒，梁月起身要走，「你保重。」

「謝謝。」

她走到門口，就停下來，「姜屹，如果當初你沒有遇見我就好了。」

姜屹不禁苦笑，卻沒有說話。他這一生最不後悔的事就是遇到她。

姜屹望著那扇門發著呆，二十六年後的重逢，他和她早已不復當初了。

♀♂

第二天，晉導出院。

不少雜誌的記者都守在醫院門口。姜曉一大早回來，沒想到就撞見這場面。眼尖的記者看到她，連她這個經紀人都不放過。

「姜小姐，妳是不是來看晉導的？」

「姜小姐，是因為許佳人出演《長汀》的關係？」

姜曉被逼得不得不回答，「不好意思，我今天來是因為我父親住院。我也是昨晚剛知道晉導做了手術，這幾天一直沒有關注新聞，希望晉導早日康復。」

記者一聽她的親人住院，自然不好再對她窮追猛打。姜曉匆匆離開，並沒有看向一旁的晉導和梁月，心裡莫名有些酸。

姜屹剛剛吃完早飯，正在走廊上走路。姜曉一陣緊張，「爸，你怎麼一個人啊？」

「沒事，我沒那麼嬌弱。醫生說我恢復得很好。」

「那你也得注意一點。」

姜屹被她管得服服貼貼的，和她回去病房。

「曉曉，妳工作忙，就不用老是過來了。」

「工作的事我都交代好了。爸，這是誰送來的花？」姜曉看到櫃上的花束。

姜屹沉默了一下，「妳媽媽昨晚來過。」

姜曉的笑容凝滯了。

「曉曉，我和妳媽媽的事……」

「爸，我們不說她了。我們現在過得好好的，這麼多年她都沒有參與我們的生活，以後也不會有什麼變化。」姜曉轉開話題，「對了，姑姑他們要回來了，源源想回國發展。」

「源源怎麼又要回來了？」

這一打岔，父女倆的心情都好了很多。

不一會兒，姜曉又借著晉導的光上了新聞，記者現在越來越會取標題了。

『姜曉殷勤探望晉紳』

『姜曉父親與晉紳導演在同一家醫院』

『周修林親赴醫院探望姜曉父親』

新聞一爆出來，宋譯文、許佳人他們四個人陸陸續續傳了慰問訊息給她，並且都附上了一個紅包。

易寒：姜姊，妳怎麼不告訴我們！

秦一璐：連周總都去探望叔叔了！

秦一璐：周總人真好，這麼有愛的老闆！我一定好好拍戲，等我紅了，我就幫公司賺大錢。

但姜曉並不打算收他們的紅包。

秦一璐又發來一句：我現在賺得不多，妳從我身上也抽不到多少錢。我們幾個也就譯文賺得多，妳現在在晉城連套房子都沒有。這錢妳就收下吧！妳不收，我們幾個也不能安心工作。

姜曉只好一一收下了紅包。晚上回家，她問周修林，她是不是讓人感覺很窮？

周修林上下打量著她，「妳要是告訴他們妳先生是誰，沒有人會覺得妳窮。」

姜曉笑道，「我覺得我現在要是告訴他們，你是我先生，他們會覺得我在撒謊。」

「賭一賭？」

姜曉：「……不敢。」

周修林將她拉近，「周太太，為夫什麼時候能光明正大地和妳一起出現？嗯？」

姜曉沒有說話，就這麼望著他片刻，她的眼下有一圈淡淡的青黑色。

周修林順勢圈過她，「這幾天妳也辛苦了，要不要休個假？」

姜曉搖搖頭，「過一段時間吧。等十月，到時候帶小豆芽，我們一起。」

周修林顯然有些漫不經心，「度假可以，我並沒有打算帶他。」

「周先生，別這麼小氣嘛。」姜曉捏了捏他的下巴。

兩人又說了一會兒話，姜曉抵不住睏意，閉上了眼睛，慢慢入睡。

第十四章 不復當初

一週後，姜屹出院，姜曉也收心投入工作。《倚天》已經拍攝大半個月，新聞上也開始陸陸續續出現了幾位演員的消息。尤其是秦一璐和易寒的CP，吸引了一票路人粉。一個俊俏，一個英氣，倒是相配。

姜曉抽了一天時間去劇組探班，秦一璐正好沒有戲分，「姜姊，叔叔身體怎麼樣了？」

「好多了，謝謝你們。」

「姜姊，我最近聽到一個新聞。」秦一璐神神祕祕的。

「什麼？」

「就是有關妳和周總的。」秦一璐穿著劇中的蒙古公主服，華麗大氣，說話時額角的墜子一晃一晃的，顧盼生輝，「他們說妳和周總有不尋常的關係。妳為了我們，被周總潛規則了。」

姜曉哭笑不得，「妳覺得我會為了你們這麼做嗎？再說，真要這樣，我就自己去演戲了。」

「我是不相信。」秦一璐撇了撇嘴角，「鄒雨彤說的。」

「鄒雨彤？哪個鄒雨彤？」

「就是周總上次的緋聞女友。」

「她也在劇組？演什麼？」

「蛛兒。」

姜曉笑了笑，臉上一點異樣都沒有。秦一璐直看著她，「姜姊，妳連一點反應都沒有？」

姜曉正色道，「妳和易寒給我好好演，別的事暫時別管。演技提升，一個趙敏會讓妳走很遠。還有你們這段時間不要在微博互動了，CP粉炒不好只會引火自焚。」

「我們最近除了拍戲，也沒有別的娛樂了。」

「總之少發點微博，妳想想去年的熱播劇。」姜曉親歷了另一組CP最後被CP粉撕碎了。

秦一璐瞬間明白了，「姜姊，要是沒了妳，我可怎麼辦！」

姜曉話鋒一轉，「見多了，妳也會知道。一璐，這部劇張無忌身邊有四個性格不一樣的女人，妳也要好好學著。就算哪天我們不在一起，妳自己也要獨當一面。」

秦一璐一愣，「姜姊，妳準備不要我們了？」

姜曉望著她，「天下無不散之宴席，我可能哪天就不做經紀人了。好了，妳去準備吧，我晚上還得趕回去。《長汀》明天開機，周總和我都要過去一趟。」

秦一璐了然，「那妳路上小心。」

姜曉離開前，正好遇到了剛拍完戲的鄒雨彤。鄒雨彤此時演的是少年時代的蛛兒，打扮很少女。她本來就長得漂亮，古裝扮相更美了幾分。這就是想勾引她老公的女人啊！

姜曉回去的路上，傳了一張照片給周修林。

周修林看到照片後回道：姜大經紀人，妳又要簽人了？

姜曉：周總的緋聞女友，我可不敢簽？

周修林：這是誰？

姜曉忍著笑意，回覆道：你的緋聞女友之一。

周修林細看才認出來：回來了？

姜曉：馬上去機場，周先生明天陵南見。

周修林放下手機，問正前方的蔣勤。「你女朋友吃醋，通常會有什麼表現？」

蔣勤的臉瞬間僵了，「周總，我還沒有女朋友。」

周修林望著他好幾秒，「嗯。」

♀♂

第二天，姜曉和周修林一前一後來到陵南影視城。

《長汀》的開機儀式非常熱鬧。現在不論是電視劇或電影，都盛行開機儀式，燒香拜神，祈求一切順利的同時，也希望作品能夠收視長紅。

許佳人作為主演，站在導演旁邊。開機儀式結束後，記者單獨採訪了許佳人。許佳人是個很機靈的演員，很會和記者互動。等採訪結束，姜曉走過去，遞了一瓶礦泉水給她。

許佳人在她面前不掩飾自己的喜悅，「姜姊，我感覺像作夢一樣。」

姜曉看著她，「佳人，加油。」

許佳人微微沉默，「姜姊，我會努力的。」

大紅大紫是靠命，小紅可是靠運靠捧。許佳人太想紅了，她知道自己和姜曉之間已經有了嫌隙。當初他們四個，是宋譯文和她最先出道，而秦一璐和易寒聽姜曉的話，默默等了一年。

兩人說了一會兒話，許佳人被叫走。姜曉站在原地，望著許佳人的身影若有所思。《長汀》拍攝結束，她和許佳人的合作關係也要結束了。她趕緊又和工作室聯繫，讓他們和常合作的幾家媒體聯絡，幫許佳人發宣傳。

「曉曉——」身後有人在叫她。

姜曉斂了斂神色，一轉身就看到梁月。梁月穿了一身旗袍，身材苗條，韻味十足。

「梁老師，您好。」姜曉語氣依舊。

梁月微微皺了皺眉，「妳不用擔心，佳人我會好好教她的。」許佳人很像她年輕時，一樣拚命。

「我想這次拍攝，佳人進步會很大，在這裡我先代她謝謝梁老師。」

梁月抿了抿嘴角，「妳不用這樣和我說話。」

姜曉深吸一口氣，只覺得有些諷刺。「我搞不懂。那麼您是想認我？記者就在門外。」

梁月望著她，眼裡的無奈一閃而逝。幸好，這時候周修林走來，「梁老師，我和姜曉晚上還要去參加一個盛典，先告辭了。」

「那好，我們有時間再聊。」梁月的臉色恢復如常。

晚上，兩人一起出席了華夏、星美、優哈影視聯合舉辦的慈善盛典。姜曉到了飯店後，立馬去換了一身禮服。禮服是周修林讓人準備的，今夏最新款，倒也適合她。姜曉見多了，也知道這是名牌。

兩家影視公司來了不少藝人，周一妍也向劇組請了假來參加活動，還有一些與周修林、莫以恒關係甚好的明星。姜曉作為主辦方的人，出現在這裡一點也不讓人起疑。

今晚莫以恒帶著未婚妻韓蕊一起出席，韓蕊一路挽著莫以恒的手，兩人之間親昵可見。韓蕊在紅毯上笑意言言，對著鏡頭揮手的一瞬間，無名指上的那顆鑽戒真是讓人無法忽視。

紅毯的最後半小時，趙欣然出現了，她是一個人走的紅毯，還是和以前一樣優雅大氣。演員就是演員，她好像一點都沒有受到影響。

最後登場的是周修林，他換了一身剪裁合身的黑色西裝，走出來時，腳步稍稍一頓，目光落下一旁的姜曉身上，「過來。」

姜曉一臉錯愕，她陪他參加過晚宴，但走紅毯是第一次，這還是在直播，她對他搖搖頭。周修林一直望著她，等著她。姜曉擰了一下眉，終於提起裙襬，緩緩朝他走去。

周修林伸出手，紳士地牽過她的手，「姜小姐，請。」

姜曉嘴角劃起了笑意，「你做什麼啊！」

周修林低頭望著她，「妳就把這當成我們婚禮前的紅毯演習。」

周修林和姜曉壓軸走完了最後的紅毯，慈善活動正式開始。姜曉長長地舒了一口氣，真的有點緊張。「我現在知道為什麼有的藝人走紅毯會摔倒了，都是緊張的。」

「第一次都這樣，走多了就習慣了。」

明星是活在閃光燈下的，一次兩次就習慣了，久而久之連面對媒體的笑容都制式化了。

眾人一一落座。

姜曉對他說道，「你是故意的。」

周修林拍拍她的手，「妳要做好心理準備。」

姜曉立馬抽回手，瞪了他一眼，「你們父子倆是吃定我了。」

他笑笑。

這一幕終究沒有逃過某些人的眼睛，比如，趙欣然。一場晚會下來，趙欣然大腦亂成了一團。她把這幾年的事一一串起來，眼裡滿是不可置信。

晚會結束後，她就去找姜曉。結果她還沒找到姜曉，就被韓蕊堵住了。

「趙小姐，妳好。」

趙欣然停下腳步，「妳好，韓小姐。」

韓蕊勾起嘴角，「現在大家都叫我莫太太。」

趙欣然望著她不語。韓蕊往前一步，咄咄逼人，「趙小姐果然比電視上還要漂亮，難怪那麼受男性歡迎。不過有一句話，我想告訴趙小姐，以色侍人焉能長久？」

趙欣然神色緊繃，「韓小姐，謝謝。不能長久，朝朝暮暮對我來說也夠了。」

韓蕊臉色一變，怒火湧上心頭，「趙欣然，妳要不要臉！」話落，抬手就是給了趙欣然一個巴掌，下手又狠又準。

趙欣然傻了，顯然沒有想到韓蕊會在這裡動手打人，「妳！」

前方正好有人，趙欣然只好生生忍下了。

韓蕊丟下了一句，「早點離開他。」

這時，莫以恒匆匆趕來，看了趙欣然一眼，最後陪韓蕊走了。趙欣然深深吸了一口氣，轉身走了。找到姜曉時，她臉上的指印清晰可見。

姜曉一愣，「妳的臉怎麼了？」

「韓蕊打的。」

「欣然，妳再不抽身，誰也救不了妳。」

趙欣然苦笑，「妳說我，那妳呢？妳和周總怎麼回事？姜曉，妳瞞得真隱密。這四年！你們真是一點風聲都沒有透出來。」

氣氛瞬間變了。紙包不住火，姜曉想過，她和周修林這麼頻繁地接觸，總會被發現的。

「我們結婚了，四年前。」

「天啊！四年前？那不是在我們拍《盛世天下》的時候。」趙欣然的大腦飛快運轉，「我果然猜得一點也沒錯。那周總的孩子？」

「我生的啊！」

趙欣然就算之前就猜到了，可親耳聽到還是嚇到了。「我們一直都在猜，一度都以為是程影，結果卻是妳。」

「當時情況特殊，我和他說好不公開。」

「妳傻啊！妳不知道多少人想勾引周修林？」

姜曉一言不發地望著她，「妳知道勸我，那妳呢？」

趙欣然搖搖頭，「我回不了頭，回不去了。」

「妳可以！欣然，和莫以恒斷乾淨，再也不見他。妳不要再執迷不悟了。韓蕊今天的態度妳也看到了，她不會輕易放過妳的。」

趙欣然一臉茫然，半晌回道：「好，我答應妳。其實，今天我原本不想過來的，但是我想看看他的太太。」

姜曉打了一個電話，讓人送來冰袋。「妳敷一下再走，我先出去了。」

「姜曉，妳最近也注意一點。」

「什麼？」

「妳的幾個藝人搶了那麼多好資源，不少人都眼紅盯著妳呢！圈子裡都在傳任何事！」趙欣然忽而一笑，「不過我現在很期待，他們知道真相的表情。」

♀♂

姜曉忙了一個晚上都沒有吃東西，現在去餐廳隨便點了一份義大利麵。她剛吃了一半，發現有人走到她這桌來。

「姜曉——」這聲音很熟。

姜曉抬頭一看，原來是盛美娜。她放下筷子，「好久不見。」

盛美娜和姜曉一樣，也是從助理做起。不過她當過當紅藝人的助理，後來直接去當了別的藝人的經紀人。現在盛美娜是當紅藝人楊媛的經紀人，而楊媛這一次也是《長汀》女主角呼聲最高的一位，結果她沒能出演，真是冤家路窄。

「還沒有恭喜妳，許佳人拿下《長汀》女主角。」

「是佳人的運氣好。」

「運氣又不能當飯吃，還是妳這個經紀人厲害。」

姜曉也不否認，有時候欲蓋彌彰這招還挺好用的。「過獎了。」

盛美娜一噎，看她得意的樣子，真是讓人恨得牙癢癢。怎麼辦？梁月和導演那裡，她也動了不少關係，可是人家就是要了許佳人！「聽說徐柯導演在準備新電影了。」

「沒有聽說啊，妳的消息向來靈通。」

「消息再靈通，也比上有些人手段厲害。我就怕竹籃打水一場空。」

姜曉裝糊塗，「也是，畢竟徐柯導演的演員都是他欽點的實力派。」

盛美娜心裡一堵，「我們比不上妳。」她話鋒一轉，「妳是周總的紅顏知己，自然有大把的資源。唉，我們只能撿漏。時間不早了，我先回去了，妳慢用。」

姜曉什麼胃口也沒了，上網查了一下，原來盛美娜已經帶楊媛去了星辰影視。星辰的老闆是姜曉上次剛好在B市開會見過的夏總，財大氣粗。而楊媛現在是星辰一姊，盛美娜也跟著水漲船高。姜曉想到了剛剛趙欣然提醒她的話。演藝圈的關係向來複雜，小團體很多，盛美娜入行比她早三年，加上善於交際，人緣還不錯。

這一晚，姜曉也是疲憊不堪，她起身離開餐廳，回房間休息。

♀♂

周修林晚上和幾位電影公司老總及圈內名流有活動，一大桌人喝了不少酒。聊完金融又聊起了最近幾個女新人，不免說了一些帶顏色的話。

幾個男人喝多了鬧起來，「周總，你拉著姜曉走紅毯，就不怕你太太吃醋啊？」

周修林淺笑，雙眸如黑曜石，「我太太和姜曉關係很好。」

「姜曉可是華夏現在的紅人，周總的左膀右臂。」

莫以恒有了興趣，「對了，和你們商量一下，我打算和T台一起搞一個經紀人的綜藝節目。」

天天看那些老面孔，這次換一換口味，讓我們的經紀人也上去活動活動。」

周修林端起面前的杯子，微微抿了一口，一言不發。

「修林，我覺得姜曉挺好的，她的形象合適。」

周修林望著他，「你自己和她說。」

「她可不聽我的話，所以我才來找你。」

周修林指尖輕輕敲了敲桌面，「我們家這位經紀人，脾氣大，有時連我都說服不了她。」

「唉，周總，你也太寵她了。」

周修林瞇起眼，「我不寵著，擔心她就會帶著她手裡的藝人跑到你們哪家公司了。」

一席話，眾人大笑不已。

周修林回去後，找到姜曉的房間。姜曉已經迷迷糊糊地睡著了，聽到動靜也沒有睜開眼。

周修林洗了澡，躺在她旁邊，把她往自己身邊拉了拉。姜曉嘟囔了一句，「別動，我肚子痛。」

周修林的手順勢摸到她的肚子，瞬間了然。大手附在她的肚子上，見她臉色懨懨的。「怎麼提早了？」早知道這樣，就不讓她過來了。

姜曉皺了皺眉，她親戚來的時候，肚子有時候會一抽一抽地疼。

周修林見她痛得不得了，「有沒有帶藥？薑糖呢？」

「什麼都沒有帶。」連衛生棉都是她打櫃台電話，請人送上來的。

周修林套上衣服，「我打個電話，讓他們送上來。」

姜曉拉住他的手，「算了，興師動眾的，今晚這裡還有記者在。我沒事，快睡吧。」

周修林重新躺下來，手摸著她的肚子。

姜曉換了位置，說道：「韓蕊今晚去找趙欣然了。」

周修林眉色未變，「難怪以恒在吃飯時臉色不對勁。趙欣然怎麼樣？」

「被打了。不知道她有沒有想通。」

「韓蕊感覺到了危機，應該不會善罷甘休。」

「看不出來，我以為她是那種很賢良淑德的人呢。」

「好了，別說別人了，妳先睡。」

「你把我吵醒了！」

周修林瞇著眼，「周太太，還是說妳想幹點別的？」

姜曉抬手勾著他的鼻子，柔聲細語，「你親我一下。」

周修林怎麼會猶豫，狠狠親了一會兒，最後還是停下來。姜曉貼著他的胸口，溫柔地磨蹭著，像極了豆奶。他輕輕梳了梳她的頭髮，在她耳邊說道，「趙欣然的事，妳別插手。」

姜曉緊緊地抱住他。演藝圈裡這樣的事屢見不鮮，不是莫以恒，還有別人。

周修林大概猜到了什麼，「我不是莫以恒，妳也不是趙欣然。」

姜曉呼吸一頓，「我媽媽和我爸爸也相愛過，但是她還是抵不住名利的誘惑。」

「傻瓜。妳要看到的是這個世界上，更多的是相愛相守一輩子的情侶愛人。」他揉了揉她的腦袋，「而我和妳也將是其中一員。」

她唔了一聲，「知道了，老公。」

第二天早上，趙欣然毫無預兆地上了微博熱搜。八卦工作室曝光了一組她的照片，一時間都是「趙欣然小三」、「趙欣然被賞耳光」的話題。

姜曉刷了一遍微博，不得不說，這個韓蕊真的很厲害，她昨天是有備而來。記者也是她事先安排好的，照片的角度很好。

原配打小三，這個消息已經撼動了微博。一波波湧向了趙欣然的微博，各種辱罵聲不斷。

姜曉打了電話給趙欣然，結果她的手機關機。姜曉說道，「看來，韓蕊是準備讓欣然身敗名裂。」

周修林斂了斂神色，「公關已經去處理了。不過這種照片一發出來，趙欣然難以洗白了。」

姜曉不禁搖搖頭，「真的看不出來，韓蕊做事這麼果斷。不知道莫總現在是什麼表情。」

「我看他們這婚也不見得能結成了。」

姜曉一愣，隨即明白了他的意思。莫以恒向來愛玩，韓蕊現在就這樣，怕是以後只會更加管著他。「韓蕊也是在斷自己的路。」

兩人回到公司後，姜曉一回來，小雨就把她拉到一邊，「姜姊，晉小姐來找您。等了一個早上了。」

「沒事，幫我沖杯咖啡。謝謝。」

晉姝言坐在會客室，她來一個上午了，知道姜曉上午會回來，她就一直沒有走。她想了好幾天，決定來見姜曉一面。

姜曉踩著高跟鞋，聲音清脆。晉姝言聽見聲音，抬首望過來。

姜曉輕輕一笑，「妳好，晉小姐。」

晉姝言咬了咬唇角，「我來找妳，是有些話想和妳說。」

姜曉放下包包，走到一旁。「不知道晉小姐想和我說什麼？」

晉姝言的目光緊鎖在她的臉上，「我都知道了。」

姜曉一愣，「什麼？」

「妳也是媽媽的女兒……」晉姝言的聲音輕了幾分。

姜曉陷入短暫的沉默，轉過臉看向窗外。今天真是好天氣啊，天空藍得如水洗過一樣，一片澄澈。

晉姝言望著她的側臉，從這個角度看過去，姜曉真的很像媽媽。「我也是意外聽到爸爸媽媽的話，知道妳是媽媽的女兒，還知道妳和周大哥結婚了。」

姜曉轉過臉來，看著她。晉姝言明顯憔悴了許多，臉都尖了。

「那妳是不是很討厭我？」她慢慢開口。

晉姝言立馬站起來，「怎麼會！我沒有！我只是覺得很震驚！這多年媽媽都沒有提過妳。

我聽哥哥說過妳的事，我覺得妳……」

「可憐？」她替她說下去。

「對不起。」晉姝言語氣裡含著幾分歉意。

「妳沒有對不起我，何須和我道歉。」

晉姝言微微沉默，「我也沒有想到妳和周大哥竟然結婚了。」她有些難以啟齒，「我之前還去找周大哥告白，結果他早就成了我姊夫！」

姜曉皺了皺眉。

「妳當時是不是很討厭我啊？」晉姝言猶豫地問道。

姜曉搖搖頭，在她眼裡，晉姝言就是一個沒長大的孩子，不諳世事。

「可是現在想起來就很尷尬。周大哥是不是也很氣我？」

「沒有。」

晉姝言望著她的眼睛，「妳說沒有，我就相信妳，姊姊。」

姊姊——

姜曉的眸子一震。

「姊姊——」她走到姜曉面前。

兩人隔著一步距離，四目相識。姜曉的手緊緊握著，緊咬著牙。

「晉小姐，這一聲我不敢當。」

晉姝言的臉上有些失落，「可妳就是我的姊姊啊，妳不承認，妳還是我的姊姊。」

姜曉舔了舔乾澀的嘴角。

晉姝言說道，「如果我是妳，我想我也不會認媽媽的。不管怎麼樣，母親都不能丟下自己的孩子。」

姜曉眼眶泛紅，心裡突然湧起一陣溫暖。她咽了咽喉嚨，「姝言，我在二十二歲那年告訴自己，莫強求。」

晉姝言也紅了眼眶，她知道姜曉能叫她的名字，已然是很大的一步——姜曉不想再和媽媽以及她扯上關係了。

「姊姊，我明白妳的想法。」晉姝言輕輕呼了一口氣，「姊姊，我替媽媽說聲對不起。」她深深彎下腰，鞠了一躬。姜曉則握住她的手，扶起她。

晉姝言離開後，打了一通電話給晉仲北。「哥哥，如你所料。」

晉仲北撫了撫額角，『她說了什麼？』

「唉，不想和我相認，連聲妹妹都不願意叫。」

晉仲北應了一聲，『我早就說過了，二十幾年，不是一朝一夕能改變的。』

「哥哥，還是你老奸巨猾，不知不覺間和姊姊處得很好，姊姊就喜歡你。不過，她肯叫我名字，應該不討厭我。」這一點晉姝言還是能感覺到，「我有點想見小豆芽啊！畢竟我是他小阿姨呢。」

『言言，暫時別去見孩子。周修林和姜曉一直隱婚，也是希望孩子的成長不受外界打擾。』

晉姝言咂咂舌，「我又不是外人。」

『妳要是把記者引過去，當心周修林扒了妳的皮。』

晉姝言哼了一聲，「我現在最討厭他了，不要再和我提他。哥哥，你也要加油了，周修林兒子都三歲了。」

晉仲北眼角抽了抽。『行了，妳收收心，該工作就工作去。』

晉仲北掛了電話，這時，他的經紀人過來找他。

「這個一路向北的微博，現在都十萬粉絲了，每週發一則你和秦一璐的影片。每條都有上千的轉發量，點讚數幾千個。我嚴重懷疑這是不是買了？你說，這是不是秦一璐的小號？」

晉仲北失笑，堅定地說：「不會。」

「你查過了？」

「以我所知，秦一璐是個電腦白痴。剪接短片她不會，她大概只會修圖。」

秦一璐特別擅長修成大長腿，大概是因為她身高不高的緣故。

經紀人搖搖頭，「當初我說別找姜曉，你不聽。你看，這次招來一個大麻煩。這是赤裸裸地在蹭你的人氣啊！唉！當年真是小看了姜曉，你看看她帶的幾個人，一個個現在發展勢頭真夠凶猛，倒和我們成了競爭對手。」

「那是她自己爭取來的。」

經紀人呿了一聲，「她啊，現在也得罪了不少人。我聽說，有人想找她麻煩。」

♀♂

五月底，姜曉姑姑一家從加拿大回國，姜曉帶著小豆芽去機場接人。

小豆芽三個月時，姜莉和姑丈回來看過小豆芽。

機場大廳內，姜曉和小豆芽穿著同款的牛仔吊帶褲、白色短袖T恤，明明是一對漂亮的母子又像姊弟。小豆芽踮起腳尖瞻望，蹙起了小眉頭。

「姑婆怎麼還沒有到啊？」他們已經等半個多小時了。

「可能在拿行李，再等一會兒啊。」

「我就是想快點見到姑婆啊！」

姜曉望著前方，突然揮了揮手，「源源！」她立馬抱起小豆芽，「快看，那個戴帽子的就是源源舅舅。」

宋源推著行李大步衝過來，「表姊，這就是豆芽啊！」

「源源舅舅好！」小豆芽有禮貌地喊道。

宋源拿下帽子，張開手，「舅舅抱抱！」

儘管是第一次見面，小豆芽還是很給面子。

「小傢伙，挺壯的嘛！像我！」

小豆芽好奇地摸了摸源源的一頭捲毛，一本正經地說道：「慕慕不像源源舅舅。」

宋源清清嗓子，「小豆芽，叫我James。」

「James?My name is William. Nice to meet you!」一口純正流利的英語。

宋源一臉驚訝，「Nice to meet you too!」他回頭問道，「表姊，小豆芽會說英語。」

「他兩歲就上英語班了，現在的幼稚園也是英語教學。」不過，姜曉很少聽小豆芽說。

源源舅舅心痛了，「表姊，妳可不能揠苗助長！小孩子要給他一個愉快的童年。好了，現在James回來了，以後舅舅會罩著你。」

小豆芽眨著大眼睛，「嗯！」

這時，姑姑和姑丈推著行李車來了。女人就是感性，姑姑和姜曉一見面就紅了眼眶。小豆芽好奇地看著姑婆婆和姑爺爺。

姑姑不由得感嘆，「這孩子和妳小時候真是一個模子印出來的。」

姑丈連連附和，「是啊，像曉曉，長得可真好看。」

小豆芽害羞地捂上了眼睛。

姑姑假意說道，「慕慕忘了姑婆和姑爺了嗎？」

小豆芽放下手，連連搖頭，「慕慕很想姑婆姑爺，還有——James！」

這軟軟的聲音讓姑姑心裡樂開了花，「我的小乖乖，姑婆抱。」

姜曉說道：「姑姑，你們也累了，讓他坐行李箱上就好。」

話落，小豆芽自覺地坐在行李箱上，雙手握著拉桿，仰著一張小臉。「媽媽，慕慕坐好了，可以出發了！」

姑姑一家越來越喜歡小傢伙了。姜曉推著行李箱，小豆芽乖乖地坐在上面，晃著小短腿，悠閒自在。

姜曉把他們接回家，姜屹已等候多時。這麼多年，姜家人難得團聚在一起，免不了一場熱淚盈眶。好在有小豆芽在，加上宋源這個大活寶，氣氛非常熱鬧。

晚上，周修林來了，姑姑忍不住誇讚，「修林，你把慕慕教得真好。」

「姑姑，我不敢居功。我一直覺得父母是孩子最好的老師，言傳身教很重要。」

姑丈喝了一口茶，「慕慕比他舅舅懂事。」

姑姑看著一旁玩耍的兩個人，皺了皺眉。「源源就像沒長大似的。」

「源源的個性很好。」比姜曉小幾歲，看起來就是一個大男孩。

「唉，我們也不希望他能有什麼出息，可至少有一份穩定的工作吧。」

「源源現在在做什麼？」

「在大學和一群狐朋狗友搞樂團，唱什麼搖滾音樂，鬼哭狼嚎的。」姑姑嘆了一口氣，「不說他了，一說我就氣。」

姜屹突然開口，「做什麼不重要，關鍵是他能堅持下去。小莉，我之前看過源源樂團演出的影片，唱得還不錯，搖滾音樂需要這些年輕人。」

姜曉用手肘輕輕碰了碰周修林，對他使了一個眼色。周修林有默契地開始喝茶。家家有本難念的經，在父母眼裡，孩子不照著他們的期望發展，可能就是失敗。

晚上回去，姜曉告訴他，「源源這次回來是要參加歌手選秀比賽。」

周修林倒也不覺得奇怪，「參加比賽也是一個機會。」

「姑姑和姑丈都不同意。」

「我看姑姑和姑丈拗不過源源。」

「姑姑怪姑丈，說是小時候讓源源去上什麼舞蹈班。」

「可以和肖妮打個招呼。」

姜曉搖搖頭，「順其自然。源源也不追求名利，現在就隨他吧。」

周修林點點頭，「我們有這個條件可以提供，但是成與不成，還是要看他自己。」

「源源回來，自然有他的目的。」

「什麼？」

「他已經報名參加第六季選秀節目了，讓我們當他的粉絲後援會，一個都不準缺席。搞事啊！姑姑說她要帶青島沙灘面具。」

周修林：「……」

「對了，明天小豆芽下午要去電視臺錄六一節目。」

「我明天下午要去法國。」

姜曉想起來了，「本來老師就給了兩個名額，你不能去，這個名額給誰？」兩人都有些無奈，幾個長輩都想去看小豆芽錄節目，簡直虎視眈眈。

「抽籤吧。」

姜曉沒忍住笑意，「好主意。」

第二天早上，周修林和姜曉都還在睡覺，小豆芽早早地就醒了。扭開了爸爸媽媽的房門，趴在床沿看著兩個人。周修林淺眠，已經察覺到了，故意不睜開眼。

小豆芽左看看右看看，最後嘆了一口氣。「爸爸是個大懶蟲。」說完，他又輕輕出去了。

周修林這才睜開眼，換上衣服，出去一看，小豆芽踩在板凳上，自己刷牙呢，嘴邊沾了一圈白色的泡沫。周修林站在他身後護著他，他洗臉刮鬍子。父子倆一起洗完臉，姜曉也醒了。

美好的一天繼續開始。吃過早飯，周修林先送小豆芽去學校。

「爸爸今天要去出差，過幾天才回來，你在家要聽媽媽的話。」

「爸爸，你下午不去看我的表演嗎？」

「爸爸要工作。」

「爸爸，你不來我會很傷心的。」說完，他又加了一個詞，「傷心欲絕！」

「爸爸也沒有辦法。」

「爸爸，你不愛慕慕了嗎？」

姜曉咳了一聲，「去拿書包，要遲到了。」

小豆芽立馬喔了一聲，「知道了。」

周修林不禁搖搖頭，「他現在又開始演戲了？」

姜曉：「你說是不是因為當初我懷他的時候，正好在《盛世天下》劇組，他在潛移默化中受到了影響？」

對於家裡這個戲精，兩人有時候也挺措手不及的。

周修林將他送進幼稚園，離別時，小豆芽又來了一句：「爸爸，你和誰一起出差？是漂亮阿姨嗎？」

「是你蔣叔叔！」

「喔！」

「你好像很失落？」周修林揉了一下他的小腦袋。

小豆芽聳聳肩，「我只是很難受，爸爸媽媽不能一起看我的表演。」

周修林表情一沉，慢慢蹲下身子，與他對視，「慕慕，這次爸爸很抱歉。只是工作是早就計畫好的，做人先講信用，答應別人的事就要做到。」他儘量用他能聽懂的語句解釋。

小豆芽卻突然拍拍他的肩頭，「好啦好啦，我知道。那你下一次要來看我的表演。」

「好，爸爸答應你。」

下午，姜曉和姑姑一起去看小豆芽的表演。

小豆芽他們表演的是兒童話劇《小馬過河》，並且是英文版的。他演的是小松鼠，穿著松鼠外套，拖著毛絨絨的大尾巴，只露出一張小臉。

「Colt, stop! You'll be drowned! One of my friends was drowned yesterday just in the river.」

臺詞不多，當他念出臺詞時，台下的觀眾都不免有點驚訝。三歲多的孩子，英語竟然說得這麼流暢，還是標準的美式發音。但姜曉知道，小豆芽這次表演，周修林和他模擬了大半個月。周修林在美國留學，英語堪比母語，小豆芽英語說得好都多虧了他。

姜曉開始拍影片，小豆芽演得活靈活現。

在舞台後臺，晉姝言站在角落裡，同樣舉著手機錄影片。她一臉驚訝，怎麼會有這麼可愛的孩子。

話劇結束後，姜曉去幫小豆芽買霜淇淋，姑姑帶著他去上洗手間。

晉姝言也來到洗手間門口，她帶著粗框眼鏡，「小朋友，有沒有興趣演戲啊？」

姑姑拉著小豆芽，「這位小姐，妳是？」

「我是星探，我覺得妳家小朋友很有當童星的潛質，肯定會大紅大紫的。」

「謝謝啊，我們家不當明星的。」

小豆芽奶聲奶氣地回道：「阿姨，我現在還是小孩，我媽媽說小孩子呢要玩，也要好好學習，等我長大了再考慮工作的事。」

晉姝言的心都要萌化了，「那我幫你拍張照片？我是專業攝影師。」

小豆芽：「那妳的相機呢？」

「阿姨今天出門太急了，我用手機也能拍出效果。不信，我幫你拍一張看看。」

小豆芽突然跳起來，「姑婆，要尿出來了……」

姑姑一急，「哎呦！」立馬抱著他就衝進女廁。

那邊小豆芽嚎叫，「我是男生，要去男廁……」

不一會兒，姜曉買了霜淇淋回來，姑姑帶著小豆芽洗好手，小豆芽苦著臉，一臉委屈。

姑姑把事情的經過告訴姜曉，「這麼小就有性別意識了？」

姜曉點點頭，「慕慕，有時候在外面也沒有辦法。男子漢要能屈能伸，知道嗎？」

小豆芽撇撇嘴，「我沒有生氣，我就是有點害羞，被女生看到屁股了。」

姜曉把霜淇淋遞給他。小豆芽舉起霜淇淋，「姑婆吃。」

「姑婆不吃，牙齒不好。」

小豆芽又遞到姜曉嘴邊，「媽媽吃。」

姜曉可沒客氣，咬了一口，「真甜。」

小豆芽咬了一口，臉上滿是滿足，「好好吃喔。兒童節真好，我又可以吃霜淇淋了。」平常家人對他的飲食管得很嚴，不常讓他吃冰。難得吃一次，小孩子就覺得特別開心。

晉姝言回去之後，把影片傳給了她媽媽。梁月在劇組，拍完戲後一直在看影片。她沒想到一個三歲的孩子在舞臺上竟然如此淡然，眼中浮起了驕傲。她有些相信隔代遺傳了。

許佳人讓助理熬了綠豆湯，她送來一碗給梁月。「梁老師，喝點綠豆湯，消消暑。」

「謝謝。」梁月報以一笑。

「您看什麼？啊，誰家的孩子這麼可愛？」

梁月不著痕跡地收起了手機，「別人傳的。哪來的綠豆湯？」

「我讓助理煮的，今天氣溫高，怕大家中暑。」

梁月點點頭，「明天那場戲，晚上妳再準備一下，要演出那個味道。妳現在的方言沒有問題，但是角色一定要自然，寶菱一開始是個很單純的女孩子，妳的眼神要演出那種單純感。」

「好的，我再琢磨琢磨。」梁月和趙導對她都挺好的，經常為她講戲。她也很努力，她以為梁月是喜歡她的。

梁月喝了幾口綠豆湯，抬首問道：「《長汀》要拍到九月底，預計明年三月上映。姜曉有沒有和妳說過宣傳的事？」

許佳人搖搖頭，「還沒有。」

「可以和她商量一下，電影上映時妳也要參加路演宣傳，到時候可能會影響妳接下來的工作。」

許佳人面色一沉，「有時間我會和姜姊商量的。」

「姜曉很認真，這幾年宋譯文已經躍居一線男演員的行列，還有那個——」梁月一時想不起名字來。

「秦一璐。」

「對，是她。小女孩長得很靈，姜曉很會挑人。」

許佳人沒想到梁月這麼看重姜曉，「梁老師，我有一個疑問，我能出演《長汀》是您欽點的，外界一直有傳聞是您和姜姊關係匪淺，因為姜姊，我才能拿到這個的女主角。」

梁月望著她，眸色深沉，她微微一笑，「佳人，妳要記住現在妳就是《長汀》的女主。」

許佳人怔愣，她可以感覺到梁月和姜曉關係應該很不錯，梁月也是看著姜曉的面子才照顧她的吧。

♀♂

六月一過，就迎來了七八月的暑假，學生放假。這一年暑假，電影院異常熱鬧，一部熱血的現代軍事戰爭片橫掃華語電影票房，一路領先，像龍捲風一樣在各類網路平臺有大量網友主動幫忙宣傳。

於此同時，宋譯文的民國新劇《天涯赤子心》開拍在即。劇組的導演、製片人和幾位主演在皇庭會所提前辦了一個聚餐，姜曉和宋譯文當晚也去了。

這部劇，出演男二的演員是莫以恒的弟弟莫淩晨。他是電影咖，近來也會挑一些好劇本，演一些電視劇裡好的角色。女一的扮演者是喬雨菲，演過兩部青春偶像劇，這次也是衝著口碑來的。喬雨菲的經紀人也是新陽傳媒的投資人之一，叫呂品，三十多歲，圈子裡稱呼他呂總或者呂哥。

姜曉和宋譯文和呂品打了招呼。呂品和兩人握握手，目光一直落在姜曉身上，「我們的姜美女終於來了，快請坐。」

一番場面話後，飯局開始。

這位喬雨菲看起來嬌滴滴的，喝起酒來非常豪爽，真可謂酒桌上的「巾幗英雄」。飯桌漸漸熱鬧起來，幾位女士都端起了酒杯，你來我往。

姜曉不喝酒是眾所周知的事。呂品勸了幾次，「難得合作，給個面子。這樣吧，姜大經紀人就喝一口，剩下的我代。」姜曉的嘴角拂過一抹冷笑。

那邊幾個男人笑道：「呂總，也不見你幫我們代酒，還是姜曉有面子。」

姜曉看著這一大桌人，表面上大家是各聊各的，怎麼今晚都把搶指向她。「我是不能喝酒的，不然回家無法法交代。」

「妳都成年了，難道妳父母還會管妳？」呂品走到她身邊，一把抓住她的手，膚若凝脂，真是叫人愛不釋手。姜曉剛想掙脫開來，呂品握得更緊了。他望著她，一雙眼睛情意綿綿。姜曉被譽為圈子裡第一美女經紀人，確實名副其實，就是不夠「聰明」。

姜曉也不是沒有遇到過這樣的無賴，她的臉色漸漸清冷，這個呂品，她一定會讓他好看。

姜曉不動聲色地說道：「我真不能喝酒，酒精過敏。我老公要是知道我喝酒，估計明天我就不用在這行混了。」

「哎呦，妳都結婚了？」眾人驚訝，一時間談話都靜止了，大家齊齊看著她。

呂品見大家都看過來，乾乾地放開了手。姜曉的笑容不深，「我是畢婚族。」也不多說，她端起杯子，「我以茶代酒敬各位，真是抱歉。」

眾人對她的話有些半信半疑，圈子裡傳言姜曉有男朋友，誰想到她結婚了。

「姜曉，不知道妳先生做什麼的？」

姜曉：「他也是做傳媒的。」

「哎呦，你們真是夫唱婦隨。」

姜曉笑笑。大家見她不願多說，也沒有再多問，畢竟她不是什麼主角。

姜曉重新坐下，坐在她右側的莫淩晨側首，問道：「妳好像比我還小？」

「誰說的，我都二十八了，對外界，我都虛報的。沒看到他們都叫我一聲姊嗎？」

莫淩晨聳聳肩，「大幾歲又怎麼樣？我們圈子裡不是好幾對姊弟戀嗎？」

姜曉：「……」

莫淩晨又說道：「妳剛唬人的表情倒是挺真的。」

姜曉伸出手，「不，我說的都是實話。」

莫淩晨掃了一眼她無名指上的戒指，眉宇間帶著幾分痞氣，「妳這個道具，劇組很多。淘寶幾十塊人民幣，像幾千塊的。」

姜曉端起水杯，莫淩晨的眼睛絕對有問題。這戒指雖然不貴，上面鑲的也是鑽石，難道下次她再說自己結婚，非得把結婚證書拿出來，大家才會相信？

期間，姜曉出去接了通電話，順便在外面透透氣。她和周修林約好了晚上去看電影。周修林打電話來告訴她，已經把小豆芽哄睡著了，他正準備出門。

姜曉站在走廊上，吹了一會兒涼風，準備進去拿包包告辭。

「姜曉，」呂品叫道，「怎麼一直站在這裡？」以他的身分，追女人還從來沒有失手過，他見過太多欲擒故縱的女人了。

姜曉不著痕跡地蹙了蹙眉，「呂總，不好意思，家裡有點事，我得回去了。」

呂品覺得她結婚的話都是藉口，「姜曉，我手裡有個劇本，有沒有時間？我們一起看看。」

昏黃的燈光下，偶爾有人走過。姜曉此刻一點敷衍他的心情都沒有，呂品這種人多得是，仗著有點錢，追求圈子裡剛出道的小明星或者經紀人，甚至連漂亮的小助理都不放過。

「謝謝，不過他們幾個的工作都已經排到明年了。」

呂品勾起一抹笑，「姜曉，其實是這樣的，不知道妳有沒有興趣來我們新陽，如果妳帶著妳手裡的藝人過來，我可以和董事會說一聲，可以給妳百分之三的股份。」

「呂總真是抱歉，我和華夏簽了終生合約。」她錯開身子，從他身邊徑直走過。

「姜曉——」呂品一把抓住她的手，四下無人，他也收起了平日的假面孔，「做經紀人多辛苦，妳想要的我都可以給妳！」他一點一點靠近她，把她逼近牆壁。

姜曉的臉色黑到極點，幾乎沒有猶豫，抬腿踢他一下，「抱歉！我真的不需要！」

呂品吃痛，放開她的手，彎著腰嗷嗷直叫，他又痛又氣，「姜曉！妳！我只要一句話就可以讓宋譯文失去這次的主角。」

姜曉停下腳步，臉上毫不掩飾的厭惡。「你大可以試試。」

呂品咬著牙，「妳知道出品人是我表哥。」

姜曉轉身，望著他聳聳肩，無所謂地笑笑，「隨你。」

呂品從來沒有吃過這樣的虧，「妳等著，妳不要來求我。」

姜曉懶得理他，直接往包廂走去。

莫淩晨雙手抱臂，一直在暗處觀察，直到姜曉走近才發現他。

「姜——大姊，佩服！」他嘴角浮著笑意，還以為今晚他可以演一齣英雄救美的戲碼，可惜劇本裡沒有安排他的角色。

姜曉淡淡掃了他一眼，莫淩晨對著她笑，「我還是第一次見到經紀人打人，妳真是讓我刮目相看，難怪莫以恒也誇過妳。」

「莫總會誇我？」當初趙欣然和莫以恒在一起，姜曉沒少勸趙欣然和他分手。

莫淩晨拖長了尾音，「莫以恒說妳是一朵——帶刺的玫瑰！」

姜曉落落一笑，「戲結束了，莫大神也可以回家了。」

姜曉回到包廂，大家照舊談笑風生，但喬雨菲見到姜曉進來，有點錯愕。姜曉拿起包包，過去和孫導打了一聲招呼，宋譯文正在和孫導聊劇本。

孫導點頭，「那妳先走吧，回來再聯繫。」

宋譯文一眼就看出她臉色不對勁，也跟著出去了，「怎麼了？」

姜曉把剛剛的小插曲告訴他，宋譯文黑著臉，「這個呂品真是膽子越來越大了，我去教訓他。」

姜曉拉住他，「算了，別惹事，小心有記者。再說他也被我打了，不值得為這種人生氣。」

宋譯文冷哼一聲，「他就是欠教訓，一次又一次得手，讓他無法無天了。」

「我先走了。」

「我送妳。」

「不用，我去看電影，《XX》最近太火了，不去電影院看，對不起導演和演員的付出。」

宋譯文笑笑，「一妍也這麼說的，我回來被她拉去看了兩場。」

姜曉不厚道地笑了，但宋譯文欲言又止，「姜曉，你們高中是不是有個叫秦珩的男生？」

姜曉臉上閃過一抹錯愕，「一妍和你提過？」

「上次她去B市出差，喝醉了，我聽她提到這個名字。」

「秦珩是我們的高中同學，不過，我們也很久沒有聯繫了。」

宋譯文點點頭，沒有再問。

「我先走了。」

♀♂

周修林才準備走，周思慕就醒了。

「爸爸，你不在家我害怕！」

「姑婆不是也在家嗎？好了，快睡吧。」

「爸爸，我們老師說，說謊的人鼻子會變長。」他望著周修林，突然抬手摸了摸他的鼻子。「爸爸，你明明要和媽媽去約會。」

周修林擰眉，明天不能再讓他在白天睡太久了。他看看手錶，已經九點了。「周思慕，你想幹嘛？」

「我也想去。」

周修林二話不說，幫他換上衣服，帶他出門。他早已摸準了他兒子的小心思。

姜曉站在路邊等他，看到他的車，她往前走過去，開了車門上車。

「媽媽！」

「咦，你不是睡著了嗎？」

小豆芽鼓起嘴巴，「媽媽，妳沒有回家我睡不著。」

姜曉：「……」她看著周修林，嘻嘻一笑，壓著聲音，「哎呀呀，你也治不了他。」

周修林開著車，一臉無奈。「下週幫他報名了夏令營，不能老宅在家裡。」

姜曉忍著笑意，「你忘了我們現在上面有五座大山。」

「我去說。」周修林字字有力。

小豆芽得意，「我還沒有晚上出來看過電影呢，好開心啊。」

姜曉說道：「人生總有許多第一次。」

一家三口最後買了十點十分的場次。這時候還來看電影的，大多都是年輕的情侶。

周修林抱著小豆芽，姜曉在櫃檯買爆米花和飲料，畢竟這是看電影的標配，雖然周修林不會吃。姜曉覺得這就是她和周修林在生活上的差別，有些東西明知道沒營養、不健康，只要吃得開心，她就會睜一隻眼閉一隻眼，但是周修林不一樣，他的原則性很強。

小豆芽也很少吃這些東西，這一點他完全遺傳了周修林，嘴巴挑得很。他唯一念叨的就是他的霜淇淋，「為什麼賣霜淇淋的姊姊下班了呢？」

姜曉解釋，「因為晚上吃霜淇淋會肚子疼。」

小豆芽看著他媽媽手裡的一桶爆米花，「可是媽媽，晚上吃爆米花會變胖的。」

姜曉被戳中了。周修林笑而不語，放任他們母子倆相互傷害。

沒想到晚場的人也不少，滿場率也有六七十。一家三口坐在倒數第二排，一場電影看到一半，小豆芽就睡著了。周修林把他抱在懷裡，姜曉也靠在他的肩頭。

看到海軍首長喊出「開砲！」那兩個字時，姜曉的眼淚止不住地掉，濕了周修林的肩頭，她吸了吸鼻子。周修林抬起右手，用袖口輕輕擦了擦她眼角的淚，又揉揉她的腦袋，一臉寵溺。姜曉回頭看了他一眼，他這件昂貴的襯衫，徹底被她的淚水、兒子的口水毀了。

影院裡的光線變化明明暗暗。這一幕真是讓人感動得眼前一陣溫暖。身後那兩個年輕的女孩子爆米花也吃不下了，半夜看電影還被虐，嘔死了！

兩個人等到看完彩蛋，最後才離開。

姜曉紅著眼睛，「好久沒有看到這麼熱血的電影了，選對角色真的是扭轉成敗的關鍵。」

周修林抱著小豆芽，「妳的那幾個人，哪一個的角色不是妳精挑細選的。」

姜曉抿抿嘴角，「沒辦法，我得對他們負責。」

出了電影院，夜色一片安寧。燈影綽綽，光線柔和，兩人刻意放慢了腳步。

姜曉彎起了雙眸，「我們好久沒有一起出來看電影了。」她歪過頭，「突然覺得自己好幸福啊。」

周修林應了一聲，「陪妳看一場電影妳就覺得幸福了，妳的要求還真不高。」

姜曉咧著嘴角，「那不一樣，因為你和小豆芽陪著我啊。」

兩人一路說說笑笑，回到家都快淩晨兩點了。

第二天一大早，姜曉接到助理小雨打來的電話。

姜曉聲音沙啞，「喂。」

『姜姊，淩晨有人在貓區發文黑妳。』「貓區」是國內著名的論壇，很多明星的粉絲混跡於此，明星和其工作人員都很關注這裡的一舉一動。

「妳把貼文傳給我，現在只有貓區有嗎？微博上有沒有？有沒有提到譯文或者佳人？」

『我去看一下，再和妳聯繫。』

「先別急，可能是那些無聊的人。」

『我看這次不像……』小雨欲言又止，『姜姊，妳先看。』

「好。」

姜曉皺起了眉，她一個明星經紀人都能在貓區被黑。

周修林也醒了，「發生什麼事了？」

姜曉笑意妍妍，「老公，你老婆要紅了！」

幸好姜曉只是一個經紀人，不是什麼大明星，貓區的這則貼文也沒有掀起什麼浪花。她看過後一笑而過。

周修林也看完，「妳最近又拿了什麼劇本？」

姜曉搖搖頭，「沒有。他們幾個都在拍戲，有幾個劇本也只是在談，還沒有定下來。」

周修林沉思一瞬，「妳那幾個人，最近勢頭太猛，擋到別人的路了。」

姜曉感嘆，「明槍易躲，暗箭難防。」這圈子有光鮮，也有黑暗與齷齪。她想到那個呂品，以為自己有點錢，就各種潛規則一些新人。呂品就是頭號懷疑對象。

周修林捏了捏她的脖子，「這件事妳準備怎麼處理？」

姜曉早已不是當年的小助理，「如果這是有人刻意為之，後續肯定還會有動作。我等對方出招。」

「要查出這個人不難。」

姜曉睨了他一眼，「周先生，不用著急。」她下床，換上衣服，「你真的要幫小豆芽報名夏令營？他才三歲啊。」

周修林糾正，「周太太，他已經三歲又三個月了。」

姜曉拉開窗簾，陽光從室外打進來，一片光明。

「其實可以送小豆芽去參加小戲骨的訓練營。」

周修林赤腳走過去，從她的身後抱住她，下巴抵在她的肩頭，「現在不學都是戲精了，再去培訓一下，妳想讓妳兒子將來拿影帝啊？」

姜曉轉頭，正好看著他的側顏，又被他的側顏殺迷惑了，愣愣地說道：「好像也不錯呢。」

周修林玩味地看著她，看著自己的老婆沉迷在自己美色中，感覺真是不錯。

她推推他，「我去看看小豆芽，他該醒了。」

周修林放開她，拿了衣服去浴室。

上午，周修林回到公司，開了兩個視訊會議。華夏在B市註冊了一家子公司，公司名叫慕曉傳媒，以後主要是針對電視劇這塊。

周修林交代蔣勤，「如果網路上再爆出有關姜曉的新聞，你把公司的事放給媒體。」

蔣勤問道：「咦，這不是您準備送給夫人的七夕禮物嗎？」

周修林應了一聲。

「夫人一定會喜歡的。」姜曉擁有子公司百分之七十的股份，以後就是姜總了。

姜曉在貓區被黑之後，一整個早上，他們這層樓的氣氛依舊，畢竟都是見慣大場面的人，這點小風小浪不算什麼。結果中午，貓區又爆了一則貼文。

『某當紅一線小生經紀人為了藝人資源不擇手段，陪睡、送錢……』

論壇網友炸了。

會飛的魚：樓主你敢直接點嗎？這樣不指名道姓，會誤傷很多人的。

寶寶要變瘦：大家一起來排除法。當紅一年小生，ZWA、HQ、SYW……

陸家寶寶：怎麼今天都是經紀人？是不是宋家經紀人？

月球一號：宋家？宋仲基歐巴？

SYW迷妹：靠！樓主不會說的是我家的吧？姜姊我見過，人很好，很親切。
陸家寶寶：知人知面不知心！小妹妹，還有很多妳看不到的地方呢？
三月你好：《倚天》的男女主都是這位的藝人，厲害了！看來後臺很硬！
粉絲終於討論起來。於此同時，微博也有幾個娛樂大號開始發布消息。
『經紀人的原則在哪裡？底線在哪裡？經紀人為了藝人的資源就可以不擇手段嗎？』
沒有點名，然而評論含沙射影地指向姜姓某經紀人。
姜曉喝著茶刷文，哭笑不得，「我有這麼有名嗎？怎麼搞得像粉絲都認識我似的？」
小雨都急得要命，怒氣攻心了。
「這肯定是請了水軍！不然怎麼可能帶出這麼多評論！這誰啊？在背後中傷人。」
姜曉點開看看，一路「正義之士」大罵她不要臉，竟然罵了六千條，現在有不少人殺到她的微博了。
「姜姊，不然妳把評論關了吧？」
姜曉搖搖頭，「我以前就告訴過他們，要想紅，就必須有強大的心理承受能力。」
「姜姊，妳想紅？」
「不想，但是人家想讓我紅！」
「真是皇帝不急太監急，不，是宮女急。」
「不急不急，看看他們還有什麼招。」

論壇那裡已經吵得不可開交，連在劇組拍攝的秦一璐都披著馬甲上陣了。

北北的可愛路人粉：鑒證完畢，樓主思想齷齪，把別人也想得和你一樣了。樓主是哪家經紀人？羡慕嫉妒恨，不如好好加油，趕緊幫你家藝人挑些好劇本。

我是樓主：可惜實力比不上人家的手段？人以類聚物以群分。趙欣然是出了名的小三，某人是她的助理，這幾年爬得這麼快，妳以為怎麼來的？

北北的可愛路人粉：去你的，哪家的狗沒有拴緊，出來亂吠。

追夢人：我插嘴問一句，樓上「北北的可愛路人粉」，你是北哥粉絲群的那位吧？

秦一璐生怕露餡，秒退縮，立馬跑了。真是越來越熱鬧。

蔣勤從樓上下來，春風拂面。「夫人，喔，不，我以後見您該稱呼您姜總了。」

姜曉不解，「蔣特助，你又在發什麼神經？」

蔣勤把文件遞給她，「周總的禮物。」

姜曉接過來，「什麼東西？」她細細一看，「慕曉傳媒——」慕曉，慕慕和她名字的合稱。

姜曉臉上浮著笑意。

「周總特意為您準備的。您看什麼時候公布？」

姜曉只知道周修林的意思，「蔣特助，勞煩您上去替我謝謝周總一聲。」

「我想周總更希望您親自上去說。」

姜曉：「……我現在忙得抽不開身。」

「妳知道是誰了？」

姜曉沉吟，「越優秀的人，無形中樹立的敵人就越多。」

蔣勤：「……」

兩人說話時，小雨衝進來，一臉興奮。「姜姊，快上微博。譯哥出馬了！」

宋譯文：這是我的經紀人，我的家人，我相信她。@姜曉經紀人

易寒：這是我的經紀人，我的家人，我相信她。@姜曉經紀人

秦一璐：這是我的經紀人，我的家人，我相信她。@姜曉經紀人

許佳兒：這是我的經紀人，我的家人，我相信她。@姜曉經紀人

華夏影視：關於網路上對我公司@姜曉經紀人的誹謗、謠傳，我司已經交給法務部處理。@姜曉經紀人加入我公司以來，本著對影視的熱愛，兢兢業業。華夏不容一些小人對我公司員工的詆毀與汙蔑，我司將追究到底。

小雨難以抑制地興奮，「還有周總！有周總！周總的第一條微博！」

周修林：我是周修林，姜曉曾是我的助理。我在這裡，她不需要巴結任何人。@姜曉經紀人

誰也沒想到，周修林竟然會出來替姜曉說話，可見姜曉在華夏有非同一般的位置。她這個華夏首席經紀人不是假的。

小雨要哭了，「周總真的太關心員工了！姜姊，妳為什麼都不關注周總啊？」

姜曉：「他什麼時候開微博的？」

蔣勤：「可能也是在剛剛。」

於是這場鬧劇，還是要由姜曉來總結。她想了想，從手機裡翻出一張照片，這是他們一家三口在遊樂場拍的，三個人的影子，親昵幸福。

姜曉經紀人V：風風雨雨，有我身後兩個男人在！我會加油！感謝大家的信任！

因為圖片是動圖的關係，拍攝時還把小豆芽的聲音錄進去了。

『媽媽，可不可以吃一點點霜淇淋？』奶聲奶氣的聲音萌化了一眾圍觀群眾。

『看影子就知道是幸福的一家三口！』

『求正臉！求正臉！求小正太的正臉。阿姨買霜淇淋給你！』

『難道沒人發現，老公的影子看起來也很帥嗎？』

『樓上帥有什麼用？都孩子爸了！』

不少路人轉粉，紛紛表示：這麼漂亮的女經紀人果然早就名花有主了。

公司上下也炸了，與姜曉相識的人都難以置信。人家不僅結婚了，連孩子都可以打醬油了。

姜曉的手機一時間訊息一條接著一條。

人家早就結婚了，貓區貼文、微博大號的言辭都淪為笑柄。明明是來黑人的！怎麼最後被餵了一把狗糧！這就是別人的生活，你不知道，你看不到的地方多著呢，人家幸福著呢！

姜曉放下手機，輕輕呼了一口氣。這時候她的手機鈴聲又響起來，螢幕上顯示的正是周先生的名字。

『周太太，準備什麼時候下班？』他的聲音滿是愉悅，作為姜大經紀人背後的男人，終於浮出一角了。

「你怎麼都沒告訴我一聲，慕曉傳媒是怎麼回事？」

『七夕禮物。』

姜曉沉默半晌，心裡一陣感慨，「周先生，再給我幾個月，我幫他們幾個都找到好人家，我就退出！」語氣鏗鏘有力，字字發自肺腑。

周修林一時間沉默了，他倒是沒有想過讓姜曉退出的事。

「周修林——」

『我在。』

「你來接我下班吧。」

『好。』

當天，兩人一起先回了父母家。周父周母沒有上網，不知道發生什麼事。周修林把送周思慕去上小戲骨訓練營的想法告訴父母。

周母反對，「孩子這麼小，去受那個罪做什麼！」

周父斂了斂神色，沒有發表意見。

周修林說道：「慕慕自己也想去，也可以鍛煉一下。」

周母態度堅決，「我反對，我堅決不同意慕慕進演藝圈。你們要是不想帶，以後孩子就交給我們。」

「媽，這個訓練營都是專業老師，更會教他們禮儀，還有琴棋書畫古文方面的教養。」姜曉解釋道。

周母望著她，「別拿你們演藝圈的那套來家裡，慕慕現在的教育很好。就像你們說的，你們現在不強求他學什麼，都按照他的興趣。人家孩子放暑假，不是出去玩，就是上才藝班。你們兩個除了工作就是工作，有帶他出去旅行嗎？」

周修林和姜曉知道這時候和周母爭辯，都說不出個所以然。

周母喊了一聲，「慕慕，到奶奶這裡來一下。」

周思慕立馬放下手中的玩具跑過來，「奶奶！」

「奶奶問你，你想上那個小戲骨訓練營，還是和爺爺奶奶在一起？爺爺教你練書法，奶奶講故事給你聽。」

周思慕抿著小嘴巴，點了點頭，「我認真地想了想，我還是去小戲骨訓練營吧。」

周母胸口一口悶氣，上不去下不來，氣啊。周父默默起身回了書房，周修林和姜曉不動聲色。

周思慕轉了轉眼珠，「我在商場，有星探找我去當小演員演戲呢。」人家可是一棵好苗。

周母鬱悶，不情願地對周修林和姜曉說道，「你們安排吧，不過，我重申一遍，慕慕的安全第一。」

當然，周修林和姜曉也不是希望小豆芽將來進演藝圈，不過在小豆芽正式上小學前，他們都希望小豆芽能有一個快樂多彩的童年體驗。

決定送小豆芽去上小戲骨訓練營之後，周修林鬆了一口氣。長輩們可以對他嚴厲要求，但是到了小豆芽這裡，所有原則都不存在。周修林一度擔心家人會不會把小豆芽寵成一妍這樣，不過還好，小豆芽沒有長歪。

晚上，周父周母的心情明顯低落，吃飯時都不怎麼說話。

姜曉看在眼裡，心裡感慨頗深，晚上一家三口相處時，她和周修林說：「做父母真的挺不容易的，盼著兒女長大了，又盼著他們的孩子長大。爸爸媽媽一定很想小豆芽陪在他們身邊，我還是第一次看到爸爸失落的樣子。」

周修林自然也明白父母的心思，但他有他的堅持。「我三歲的時候，可不是像他這樣。」

姜曉的童年比起周修林的，算是輕鬆多了，他走的是高智商學霸風，而她是放養長大的，玩泥巴、下河捉魚捉蝦，她什麼都玩過。

「放心吧，爸媽過兩天會適應的。我現在倒是擔心慕慕能不能適應訓練營。」

「我問過了，他這個年紀基本上不會被選上去演戲，也就去學學唐詩宋詞。」姜曉笑著問道，「慕慕，如果讓你去演小書僮，你願意嗎？」

周思慕同學放下手中的魔術方塊，「古裝劇嗎？不要啦，我不喜歡戴辮子。」

姜曉忍著笑意看著周修林，「聽到了吧。」

回去之後，周修林接到一通電話，是蔣勤打來的，他還在公司加班。

『周總，已經查到發文的人了，是呂品。』

「什麼人？」周修林壓根就沒有聽過這號人物。

『《天涯赤子心》的出品方之一，女一的經紀人。昨天晚上，夫人才和他聚過餐。』

周修林的指尖輕輕敲了敲桌面，「把你查到的消息寄到我信箱。」

『好的。』蔣勤又說了一句，『呂品這個人人品很渣，喜歡追求一些剛出道的女藝人，尤其是漂亮的女孩子。』

周修林輕笑。

『周總，我還查到，昨晚夫人打人了，被打的就是他。』

周修林倒是有些意外，「怎麼回事？」昨晚他並沒有聽姜曉提到這件事。

『詳細內容我馬上寄到您的信箱。』蔣勤可不敢說，就怕這位老大等等發飆。

周修林很快就瞭解了事情的來龍去脈。不輕易動怒的他，臉色冷得和冰塊一樣，這種跳樑小丑簡直是演藝圈的毒瘤。再看到影片中，姜曉惡狠狠地給他一腳的模樣，他不覺失笑，緊繃的神情慢慢舒展開來，身手還不錯。

出品人是嗎？他倒要看看這位大神到底有什麼能耐。

門口在這時傳來了動靜——周思慕又在搞怪了。

「媽媽，我是男人，妳不能再幫我洗澡了。」

「你自己怎麼洗？還要洗頭髮。」

「我要爸爸幫我洗。」

在姜曉抓狂之前，周修林起身出門了，就看著周思慕光溜溜地站在浴室門口，一手抵在門邊上，抵死不從，腰上掛著一個游泳圈。

「爸爸，爸爸，我們去洗澡。」小豆芽歡樂地喊道。

周修林拿起他的游泳圈，「只能洗澡，今晚不能游泳。」說完，他看向姜曉，「我來吧。」

姜曉嘀咕了一句，「你以後還不是會和你老婆一起洗！」

周修林腳步一頓，忍住笑意，默默回頭望著他老婆，他老婆的吐槽能力有時候真的很了不起。他輕輕推推小豆芽，「你先去，爸爸一會兒就來。」

姜曉不想搭理他們父子倆，「我去書房。」

周修林拉住她的手，她瞬間撞到他的懷裡。「幹嘛啊，還不陪你兒子去洗澡？」

「吃醋了？」周修林眼裡滿是笑意，「你老公先幫你兒子洗，一會兒再陪妳洗。」

「去去去！不知羞恥的。」姜曉的臉一下子紅了，連忙推開他，一溜煙地跑去書房了。

姜曉去了書房，繼續用書桌上的電腦。她上了微博，發現今天自己竟然漲了十萬粉絲，都是蹭宋譯文他們幾個人的粉。不少粉絲都留言鼓勵她，讓她不要受那些留言影響，幫他們的偶像簽下更好的劇，讓偶像大紅。粉絲也是操碎了心。

當然，不少粉絲也留言表示要看她們一家三口的正面照。姜曉自然不會發，不過，她想了想，發了一條微博。

『週末，和先生帶著小豆芽去J大，目的是讓小豆芽體驗學校氛圍，將來能像先生一樣文武兼備。路上很多男生騎著車載自己的女朋友，從我們身邊而過。小豆芽很喜歡騎自行車，當然他的車目前還是四輪的。他看到哥哥姊姊們羨慕不已，說道：媽媽，等我學會以後……我心想兒子會說，以後騎車帶媽媽。結果，我兒子說：媽媽，等我學會以後我要載朵朵（他們班女同學）。這兒子註定是別人的。一旁的先生，雲淡風輕地說道：沒關係，我可以載妳。』

她發完，就去看宋譯文他們幾個人的微博了。宋譯文的微博是工作室在打理，秦一璐和易寒的目前還在他們自己手中。姜曉現在也要盯著，生怕他們突然發出什麼炸彈。她打算等《倚天》拍完，收回他們兩個的微博，以後也都交給工作室打理。

秦一璐現在按照她的要求來，微博都是隔天發一條。微博的數據看起來還不錯，她的「趙敏」扮相確實讓人驚喜，劇組服裝和造型考究，再加上秦一璐的男裝扮相又多了一分英氣。儘管珠玉在前，這部翻拍劇也讓人期待。

就在這時，微博突然跳出了幾條評論，姜曉點開，全是粉絲在點評她剛發的那條。

『大晚上又吃了一大盆狗糧！我吃撐了！』

『姜姊，帶小豆芽出來演戲啊！讓小豆芽演譯哥兒子！』

『婆婆，您兒媳婦在這裡！』

評論一條接著一條，完全超出了姜曉的意料。姜曉終於明白其他幾個經紀人所說的萌娃類的節目市場在哪裡了。當今萌娃堪比當年八點檔鼎盛時期的幾位師奶殺手了。

她家小豆芽原來真的有紅的潛質。

『姜姊姊，好幸福啊！』

粉絲對她的老公不感興趣，倒是對小豆芽表現出強烈好感。姜曉心情舒暢，幻想將來周修林帶著小豆芽參加《爸爸去哪裡》這類的節目也不錯，不然她帶小豆芽去參加《媽媽是女神》。

等她準備退出時，剛好瞄到了桌面上的一個資料夾。姜曉不由自主地點開，看了一遍，她就明白了。

周修林幫小豆芽洗完澡已經是半個小時後，在臥室不見姜曉，他又來到書房。知道他進來，她該幹什麼還是幹什麼。周修林掃了一眼電腦螢幕，「偷看！」

姜曉撇撇嘴，「不，我是光明正大地看。你準備怎麼做？」

周修林瞇著眼睛，「這種人還混什麼圈。」

姜曉沉吟道：「你別插手好不好？我自己能處理好。」她抓住他的手，「你還記得當初我和你說的那些話嗎？我不想什麼都靠你。當然，如果沒有你，我也不可能有現在的成就。」

周修林抿了一下唇角，「妳忘了我也是一個商人，幫妳也是幫我自己。」

他說得倒是輕鬆，姜曉說：「你不知道現在圈裡都在傳我有人罩著嗎？羨慕嫉妒恨！」她湊到他耳邊，「謝謝你！」

他們之間，彼此從未說過，我愛你。比語言更美的承諾，那就是相知相守了。

「對了，我聽到消息，莫以恒真的要和韓蕊解除婚約？」今天她被罵，連帶著趙欣然也被人挖出來。那件事當時鬧得滿城風雨，逼得趙欣然引退才平靜下來。

周修林應了一聲，「本來就是聯姻，韓蕊控制欲太強，以恒不會給自己找個枷鎖。」

姜曉嘆了一口氣，心裡突然覺得有些酸澀。能遇到周修林，真的是她運氣好。「希望欣然快點走出來。」女人遇到這種男人也是命。「你以後還是少和莫以恒一起玩了。」說完，她又後悔了。

周修林好整以暇地看著她，眼裡閃著戲謔。他低首，清和的聲音中帶著一絲誘惑，「妳要是擔心，等引退之後，可以來做我的助理。」

「想得美。」姜曉拍了一下他的胸口，「我去洗澡了。」

「周太太，我不介意再洗一次。」

♀♂

第二天，《天涯赤子心》片方開了緊急會議，要換男主角。

導演急得上火，「還有一週時間，你現在倒是給我一個男一啊！」

呂品：「男一多得是，我馬上幫你找。」

「呂總，您別鬧了。現在你去哪裡找一個宋譯文？」

「那就讓莫淩晨演男一。」

「莫淩晨這位祖宗你還不知道？就是因為男二戲分少，人設他也滿意，他才接的。」

「你急什麼？資金的事你不用擔心。」

「呂總，宋譯文出演男一，以他現在的流量會在無形中把這部劇帶動起來，女一已經是新人了，男一號再找新人來，我不拍了。」他能不急嗎？遇到這麼拖後腿的出資方也是倒霉！

呂品就是想讓姜曉來求他，華夏首席經紀人是嗎？這部劇要是談飛了，看妳的位置還保不保！

姜曉和宋譯文都收到了消息。她才準備找宋譯文，宋譯文已經來找她了。

「姜姊，我決定推了《天涯赤子心》。」

「先不要急，那邊也沒有正式解除合約。他們就是說說，解除合約，要賠三倍違約金。」

姜曉笑著。

「不用等了。呂品這種人人品太差，和這種人有什麼好合作的。」

姜曉思考了一秒，「那我們放消息吧，拒演！」她眨眨眼，「我最近正在幫你談一部電影，吳導的。我之前找他談過，他也有意找你演男一，不過電影是在年底開拍。」

宋譯文笑著：「吳導的電影值得等。」

兩人商量好之後，以工作室的名義發了一則聲明。

『近日，網上出現一些傳言，關於這些傳言，請勿信！譯文決定辭演《天涯赤子心》男一，感謝大家對譯文的支持，他會潛心挑選更好的劇本，挑選合作夥伴，為大家呈現更優秀的作品。』

消息一出，宋譯文這邊的粉絲炸了。於此同時，出品方也炸了。如導演所說，現在去哪裡找一個和宋譯文差不多等級的男一？

呂品氣得吐血，「打電話給姜曉，約她見面。」

小助理戰戰兢兢，「打了，姜曉說不想見你。」

「媽的！這女人瘋了嗎？辭演！他媽的，他們要是不拍要賠錢的。」

「那邊說，賠款明天就匯到帳戶。」

「宋譯文他媽的著魔了嗎？姜曉給他下了什麼蠱！」

第十五章　時光溫柔

宋譯文一辭演，圈子裡瞬間引發了一陣熱議。不少人感慨，宋譯文重感情，這麼保護經紀人。另一方面，圈裡的人也開始關注姜曉，這位經紀人真是不容小覷。難道又是下一個周韻？華夏也真夠厲害，走了一個周韻，又來了一個姜曉。怎麼圈裡有點本事的經紀人都是華夏的？周修林前世是修了什麼福氣？

周修林自然不會輕易放過呂品，以其人之道還治其人之身。沒過兩天，各大網站上有關呂品潛規則新人的消息徹底爆發。當時，呂品正在公司開會，打算聯繫另一個小生來出演《天涯赤子心》的男一，在心裡把宋譯文罵了一千遍時，助理匆匆忙忙地衝進來。

「呂總，不好了！」

呂品一看，臉都綠了，緊張道：「快和各家媒體聯繫，讓他們趕緊撤下！」

助理僵著臉，「我這就去。」

媒體對呂品這邊敷衍了事，該怎麼樣還是怎麼樣。經過媒體上大肆宣傳之後，緊接著幾個和呂品有親密關係的女藝人也出來了。一號大罵呂品不要臉，當初許諾他女一，結果睡了她，再無此事；二號大罵呂品玩弄她的感情，和她在一起時，還和別的女人在一起。照片、錄音一一爆出來，鐵證如山，年度大戲不過如此。

呂品渾身無力地坐在那裡，聽著助理的彙報。「幾家媒體都聯繫過了……」

「聯繫過了？為什麼不撤掉！」

「呂總，我也沒有辦法，要不然您和他們聯繫。」

呂品的雙眼瞪得像銅鈴，抬手就砸了桌上的水杯。「媽的！到底是誰在搞老子！是不是姜曉幹的？」

助理搖搖頭，「我不知道，不過感覺不像。姜曉這兩天好像要去參加一檔經紀人節目。」人家沒空！

呂品咬牙，「讓我查出來是誰在黑我，我非抽死他！趕緊幫我訂機票，我去澳洲待一段時間。」

「那這件事怎麼處理？」

「公關部在做什麼？公司養他們都是白拿錢嗎？」他一陣狂吼，自己心裡也明白，這時候再澄清，別人也不會信了。

助理硬著頭皮回道：「我明白了。」

反正無論怎麼公關，呂品也洗不白了。

呂品這件事爆出來，也讓不少當初的受害者大快人心。不過有心人一看，就猜到了呂品是得罪人了，關鍵是他自己不知道得罪了誰。

姜曉讓工作室直接把違約金匯過去，也不想再和呂品接觸。呂品那邊現在鬧得人仰馬翻，聽說有公司高層把他撤職了。像呂品這種人，什麼圈子都有。不過她是有能力可以與他對抗，那些沒有力量又貪心的人，自然會著了他的道。

♀♂

姜曉正在研究《最美經紀人》，這檔節目是J台今年要重點打造的綜藝節目，固定邀請四位經紀人去海邊小鎮住三天時間，圍繞著經紀人的生活、工作。節目要求，每位經紀人每集可以邀請一位親友團來做客。

姜曉起身離開辦公室，「小雨，我去找一下周總談個事。」

小雨猶豫地說道：「姜姊，您不帶個東西上去嗎？」

「嗯？」

小雨：「周總都幫您在網路上說話了，而且他是為了您才開微博。這份恩情，您不請周總吃頓飯，至少也買個禮物表示一下吧。您怎麼能空手上去呢？」

姜曉：「……」妳怎麼知道我沒有感謝過他？

小雨：「姜姊——」

姜曉咽了咽喉嚨，「我知道了，今天我沒有準備，下次我再補吧。」她在助理憤憤的眼神中上樓去見周修林了。

蔣勤一見到她就笑，笑得和花兒一樣燦爛。「夫人，來查勤啊。」

姜曉靠近他，蔣勤連忙往後一退，「夫人，請保持距離。我怕我和您太靠近，先生會殺了我。」

姜曉有時候在想，周修林會這麼喜歡蔣勤，大概是蔣勤有趣吧。「蔣特助，小雨好像有禮物要送你。」

蔣勤的眼神遊移，「她也太客氣了，我就舉手之勞而已。」

姜曉笑，「舉手之勞，就來了一個女朋友，你這手舉得真好。」

蔣勤斂了斂神色，「夫人，我哪敢挖妳的牆角啊。」

「你能挖走嗎？」

「姜姊——」蔣勤立馬改口，信誓旦旦，「您放心，只要我和先生出差，先生三公尺內絕不會有女性靠近。」

話落，會議室的門打開，周修林和一個身材高挑氣質出眾的美女一起走出來，蔣勤嘀咕了一句，「打臉要不要這麼狠啊！」

姜曉輕笑一聲。

而周修林紳士地伸出手，「余總，合作愉快。」

美女化著精緻的妝容，一顰一笑，顧盼生姿，「合作愉快，周總。我很期待。」

兩人站在一起，真是讓人移不開眼。周修林餘光看到一旁，轉過視線來，看到姜曉和蔣勤。美女也移開視線，目光落在那兩人身上，沒有過多注視。「那周總您先忙，我先告辭了。」人一走，周修林望著她，饒有興趣，「怎麼突然上來了？」

姜曉走過去，「公事。」她挺著背脊，走進他的辦公室。

周修林幫她倒了一杯水，姜曉看著杯子，竟然和他的是一對。「你什麼時候買的？我怎麼不知道。」

「上次出差順便買回來的。」

這個人真悶騷。

姜曉望著他，「這檔綜藝節目，你是不是也投資了？」

周修林點點頭，「照妳自己的意思來，想去就去。」

姜曉眨眨眼，「不過每集要找一個朋友來，這個我倒是說不準。」

「妳現在有人選了？」周修林知道她這麼說，是有參加的意思了。

「譯文可以，本來就打算將他往綜藝節目推。一璐不行，我怕她放飛自我，收不回來。」

姜曉放下杯子，走到他面前，「我可以邀請晉仲北，他人氣那麼高，要是參加，肯定會很轟動。」

周修林似笑非笑，見她一臉認真，想得可真美。

姜曉說著又有幾分悵然，「實在不行，我就帶源源上吧。表姊帶表弟，姊弟情深也不錯。」

周修林挑眉，定定地說道：「也是可以帶家屬的。」

姜曉疑惑了，「帶你還是小豆芽？」

周修林瞇了瞇眼，眼神危險，「妳說呢？」

姜曉那雙烏黑的眸子閃過一絲狡黠，「老公，你平時工作太辛苦了，我上個節目怎麼可以再勞煩你呢。嘻嘻，我帶兒子上就可以了。」和他一起上節目，那不是要鬧翻天了！

「可以。我不上，晉仲北也不能上。」

什麼在商言商，狗屁。某人吃起醋來，霸道得無法無天了！

♀♂

七月過去後，《最美經紀人》第一季嘉賓敲定，常駐嘉賓為姜曉、盛美娜、方牧（男）、孫婧四人。四位經紀人年紀差不多，手裡都有時下最紅的藝人，這樣也方便到時候帶起節目的熱度。

姜曉在嘉賓人選上一直很糾結。家人知道她要參加節目後，對嘉賓人選討論了一番，周一南、周一北都想報名。二嬸特意來找姜曉，讓她帶周修澤去參加節目，這樣可以順便幫周修澤在節目中相個親。

姜曉忍著笑意，「嬸嬸，那就是在全國觀眾面前幫修澤徵婚啊？」

二嬸也笑了，「就讓他知道，我有多急。」

周母倒是提議道，「曉曉，妳可以和一妍一起去參加，不說妳們是姑嫂關係，就說妳們是同學關係。」

姜曉：「……」萬一她們在節目中一言不合吵起來，誰來救場？她沒有直接回絕，就說回去之後再考慮一下。

後來，這件事周修林說了，他都沒有進入備選名單，其他人就不要參加了。一句話就解了姜曉的難題。思前想後，姜曉決定嘉賓人選，她父親、宋譯文、晉仲北（備案），最後一個是神祕嘉賓，暫時不對外公布。

宋源想悄悄地打聽，最後一個神祕嘉賓有沒有可能是他？畢竟只有最後一個名額了。他不好直接去問他姊，便去找了周修林。宋源還染著一頭金髮，要不是蔣勤帶他進來，他根本連這層樓都進不來。

他站在周修林的辦公桌前，「姊夫，我姊有沒有和你提過神祕嘉賓？」

周修林搖搖頭。

「那我有沒有可能？」宋源指了指自己。

周修林笑，「應該不可能。」

宋源嘆了一口氣，「姊夫，你看我多符合標準，年輕帥氣，才華橫溢，在節目中，我可以唱歌啊……我當初在酒吧駐唱，吸引了不少女粉絲，至今他們都還關注我的Facebook。」

周修林沉吟道：「源源，現在國內觀眾不太吃泰國洗剪吹的髮型。」

宋源沉默片刻，嘴角哆嗦，「姊夫，再見。」被侮辱了！太氣人了！這是他花了一千八百八十八塊人民幣請 Tony 總監設計的髮型。

他一走，周修林不厚道地笑了。其實，關於神祕嘉賓，姜曉真的沒有和他說過。他覺得大概是小豆芽。

工作敲定後，姜曉難得閒下來。這天下午，姑姑和姜曉一起去小戲骨訓練營接小豆芽。兩人邊走邊聊，來到教室走廊。裡面還在上課，老師在講臺上示範著。

姜曉看清楚講臺上的人時，表情瞬間一頓。梁月怎麼會來這裡？

姑姑也看到了梁月，她瞇著眼睛，似在回憶一般，「那是馮婉嗎？」是這個這世界太小了，還是血緣在牽絆？姜曉掐緊手。

梁月在表演的是《西遊記》的一個片段，每一個表情和臺詞演繹得十分傳神。

「好啦，今天的課我們就上到這裡，等下次我有時間再來看你們的表演，好不好？」

「好！」

下了課，孩子們陸陸續續離開了。小豆芽坐在第一排，梁月走到他面前，變魔術似的從包裡拿出一根棒棒糖。小豆芽看見了，眨著大眼睛，「是送給我的嗎？」他開心地笑著。

梁月微微低下身子，「是的。」孩子很像姜曉。

小豆芽咧著嘴角說，「謝謝。」不過他沒有接，「等等我姑婆會來接我，我得問她能不能拿。」

梁月微不可聞地嘆了一口氣，「妳媽媽最近好嗎？」

「媽媽很忙，她要工作。」

「是嗎？那你想她嗎？」

「想啊。我晚上就可以見到我媽媽了，媽媽每天都會陪我。」

「慕慕，你是想當演員嗎？」

「我不想，我想上學。我媽媽說，小朋友要好好讀書。」

梁月感慨，「你媽媽說得很對。」她剛要伸手摸摸他，小豆芽眼尖地看到了姜曉，跳下椅子。「媽媽~妳怎麼來接我了？」

姜曉把他抱在懷裡，「媽媽今天在外面談工作，正好路過就過來接你了。」她看向梁月，點了點頭，客客氣氣，「梁老師，我們先走了。」

「曉曉，既然遇到了，一起去吃個飯吧。」

姜曉身形一頓，「不好意思，梁老師，我的家人還在等我們回去，下次吧。」

梁月蹙了蹙眉心，不再勉強，「那好，我們有機會再約。」

姜曉帶著小豆芽出來，姑姑迎上來。她不想和梁月打照面，剛剛就沒有進去。姑姑沉默了一路，忍不住問道：「曉曉，妳是不是早就知道了？」

「嗯。」

姑姑嘆了一口氣。

「姑姑，我爸和她之間到底是怎麼回事？」

姑姑皺起了眉，「都過去了。」

「還是不能告訴我？」

♀♂

姜莉第一次見到梁月時，就被她漂亮的外表迷住了。那個年代沒有整容，沒有奢侈的化妝品，梁月的美不僅僅是外表，而是骨子裡散發出來的，美得讓人窒息。

姜莉一直都忘不了那天的畫面，當時梁月還叫馮婉。哥哥牽著她的手，一臉溫柔。

「婉婉，這是我妹妹。」

梁月衝著她甜甜一笑，「妳好，莉莉，妳哥哥常和我說起妳。」

在姜莉的記憶裡，哥哥和馮婉真的是一對金童女玉，只是姜家父母並不贊成他們在一起。以至於，哥哥和父母的關係越來越緊張。

姜莉知道，馮婉一直有一個演員夢。而這個演員夢，在她看來是不切實際的。可是誰想得到馮婉真的做到了。她去參加了劇組的面試，結果就被選上了。全國海選的機率，馮婉被選上了。

哥哥並不贊成她去，兩人第一次鬧起脾氣，結果最後哥哥妥協了。也許那時候，哥哥就知道馮婉日後會離他而去吧。所以，那時候他的反應才那麼大。

可是，如今曉曉都已經做了母親，馮婉現在出現又有什麼意義。每個人的選擇不一樣，她也不好指責哥哥、馮婉當初的做法，但是自始至終，她都不贊同他們的選擇。不過，現在曉曉幸福，她也釋然了。

♀♂

姜曉還是隨小豆芽的意，他想繼續去訓練營就讓他去。她把這件事告訴周修林，周修林和她一樣，反正都是順其自然，梁月的存在不會改變他們一家人的生活。反正九月開學，小豆芽又要去上學了。

梁月一週會抽出兩天半天去小戲骨訓練營，每次小豆芽回來都會說，今天老師誇他了，獎勵了他棒棒糖或者巧克力。「奶奶人好好喔！」

姜曉聽後，嘆了一口氣，零食是收買小吃貨的最佳利器。她只當作什麼都不知道，當她是一個陌生人。

八月，姜曉瘦了二點五公斤之後，去參加了《最美經紀人》第一次的熱場見面會，幾位嘉賓聚在一起。同行是冤家，尤其他們幾個，經常涉及到資源的競爭。臉上雖然有說有笑，但是私底下，彼此芥蒂都不少。

盛美娜一過來，左右逢源，和另外兩個人一直在聊，姜曉似乎被孤立了。演員要拚演技，如今他們這些經紀人也要開始拚了。

盛美娜笑著問道：「姜曉，妳真是太厲害。隱婚生子，比我們的藝人還不容易。」

姜曉淡淡一笑，「算不上是隱婚，畢竟我只是經紀人，也沒人關心我的私生活。」

盛美娜：「那妳結婚得可真早。你們在學校就在談了？」

姜曉喝了一口水，剛想回話，她的手機就響起來，「抱歉，我去接個電話。」

她一走，盛美娜那邊就冷聲說道，「聽說她老公四十幾了，還是個禿頭。」

「真的嗎？那不是鮮花插在牛糞上。姜曉什麼眼光啊！」

「錢唄！」盛美娜擠擠眼睛，「大家都知道，姜曉家境不好。」

「唉。」

姜曉來到走廊接通電話，聲音輕快，「周先生。」

周修林吸了一口氣，『曉曉，妳那邊結束了嗎？』

「快了，導演已經說完了。怎麼了？」

周修林頓了一下，『一妍在劇組受傷，現在被送到醫院。』

「嚴重嗎？」

『嗯。』周修林擰著眉，『爸媽已經去醫院了。』

姜曉臉色沉下來，「我現在去和導演說一聲，馬上回去。我和你一起過去。」

『好。』

姜曉和周修林一個小時後到達市第一醫院。周一妍手術後，已經被送到無菌病房。

周母趴在周父懷裡哭著，悲傷得不能自已，周修林和主治醫師來到一旁。

醫生翻著報告單，「左手和左腿百分之二十燒傷，就算以後做植皮手術，還是會留疤。」

姜曉的心一沉再沉，她輕輕握緊了周修林的手。

周修林眉頭擰成了川字，他舔了舔乾澀的嘴角，「我知道了。」

周一妍從小就非常在意自己的容貌，現在這樣，對她來說無疑會是一個非常大的打擊。

姜曉深吸一口氣，「我打通電話給譯文。」

周修林斂了斂神色，「我去看看媽媽。」

周母心裡很難受，她從小寶貝的女兒，身上一塊疤都沒有，現在卻遭受到這樣的罪。

「修林，怎麼會這樣？一妍以後怎麼辦？」

周修林沉聲道：「媽，以後會好的。」

「你別騙我，我都知道。就算好了，也不可能和以前一樣了。她以後怎麼辦啊？」

周修林舒了一口氣，「您想想，至少她沒有生命危險。」

周母沉默了。周父拍拍她的肩頭，「等一妍醒了，我們可不能在她面前表現出很難過的樣子。」

周母咬咬唇，「等她好了，說什麼也要讓她退出演藝圈。」

周修林和姜曉商量好，媒體的報導都壓了下來，他們不想一妍在這時候再受到太多關注。

宋譯文趕過來的時候見到姜曉，眼底有詫異一閃而逝，什麼都沒有問。「一妍怎麼樣了？」

姜曉把情況都告訴他後，宋譯文的臉色微微蒼白，「她人沒事就好。」

「醫生說，麻醉退掉後，她要到夜裡才能醒來。」

「我在這裡陪著她。」宋譯文眼底滿是擔憂。

周父周母見到宋譯文，大家都沒有太多心思，彼此點了點頭。

那幾天，宋譯文都在醫院陪著周一妍。周一妍醒來後，情緒很糟糕，幾度崩潰。周母受不了，被周父拉走了，好在宋譯文把她安撫下來。

周修林和姜曉再來看她時，周一妍的情緒已經穩定下來了。雖然話不多，倒也不像先前那樣發狂了。

「哥哥，我沒事。」她輕輕說著，又看向姜曉，「譯文，我還沒有為你們介紹，姜曉是我大嫂。」

這是周一妍第一次叫她大嫂，姜曉微微愣了幾秒。

宋譯文看向姜曉，忽而一笑，「我真沒想到，妳是老闆娘！」

老闆娘——

姜曉窘迫。

周一妍的嘴角浮出了一抹笑意，「這個詞倒是很有趣。」

周修林見到她這樣，緊繃的心終於放鬆了。「妳好好休息。」

「哥哥，慕慕呢？」

姜曉咽了咽喉嚨，「他今天在上課，我們打算過兩天帶他過來。」

周一妍沉默了一下，「算了，別帶他來，我怕嚇到他。」

「不會的。」姜曉定定地說道。

周一妍倚在床頭，「感覺像作了一個夢，夢醒了，什麼都不一樣了。」

宋譯文摸摸她的腦袋，「哪裡不一樣？妳還是妳，我還是我。」

周一妍沒說話。這時，病房門外傳來幾聲敲門聲，晉姝言推門進來。

周一妍：「姝言，妳怎麼來了？」

晉姝言：「我聽說妳受傷了，現在好一點了嗎？」

周一妍：「運氣好，撿回一條小命。」

晉姝言面含擔憂，也不知道該說什麼好。尤其是在這裡看到周修林，她不自覺地就想到了在B市的那個晚上，她又不好向周修林道歉，抱都抱了，周大哥一定覺得她很輕浮吧。

病房裡的氣氛一度低沉。這時，醫生和護士進來，除了宋譯文，其他人都要迴避。

晉姝言默默出來，「姊姊。」

姜曉嘴角苦澀，只是抿了抿嘴角。

「我也不知道你們今天在這裡。」晉姝言嘟嘟嘴角，悶悶地說道，「我就是來看一妍的。」

「我知道。」姜曉說道。

晉姝言也不好意思再看一旁的周修林，除了尷尬，還有心酸。畢竟她曾那麼愛慕周修林。

「周大哥，你也在啊。」話一說完，她就想撞牆。一個多月沒有見面，她讓自己放鬆那麼久，見到他時，還是手足無措。

周修林不動聲色，「姝言，謝謝妳來看一妍。妳們關係好，有時間的話，還請妳多多開導她。」

晉姝言暗暗舒了一口氣。「周大哥，你放心！」

周修林點點頭，又看向姜曉，目光柔和，「我下午有個會，晚上有個飯局。」

「你趕緊過去吧，別遲到了。」這兩天也夠他忙的，公司的事一大堆，他都沒有好好休息過。周一妍的事，他也自責。姜曉明白他的意思，如果當初他能堅持不讓周一妍進演藝圈，也不會有現在的事了。

「晚上少喝一點。」她擔心地說道。

周修林的嘴角忍不住翹起來，點了一下頭。兩人明明沒有任何親昵的動作，可是就讓人覺得他們之間無人能介入。

他一走，晉姝言明顯自在多了，她長長地舒了一口氣。「姊姊，我聽說妳要去參加《最美經紀人》了。」

姜曉點點頭。

「最後一個神祕嘉賓是周大哥嗎？」

姜曉：「……」

晉姝言臉上掛起了一抹笑容，「我看到微博上大家都在猜，說妳可能帶妳的先生露面。」

姜曉實話實說道：「其實我並沒有想好人選。」

晉姝言想了想，「可是妳不想讓別人知道妳的先生是誰嗎？」

「別人知道了又能怎樣？日子是我和他在過啊。」

晉姝言沉默了一下，「哥哥說我是溫室的玫瑰，而妳是草原的格桑花，我終於明白他的意思了。姊姊，我見過慕慕了，他真的很可愛。」當初她到底愚蠢到什麼地步，才會相信周修林的兒子是做出來的。

姜曉抿抿嘴角，心裡嘆了一口氣。晉導和梁月到底是怎麼養出晉姝言這樣的女兒。

「姊姊——」晉姝言見她出神，輕輕喊了一聲。

姜曉對她也不知道該說什麼，她神色平靜，「到現在，我公公婆婆都不知道我的親生母親是誰，我也沒有打算解釋。」

「我知道。只是，妳不是因為想媽媽才會做這行的嗎？為什麼現在又——」

「正因為我以前不知道，如果早點知道，我可能也不會做這行了。」姜曉說這話時，語氣有點悵然。「妳不會明白我以前的心情。」梁月把所有的母愛都給了晉姝言，而她一絲一毫都沒有得到過。這種委屈姜曉深埋於心底，不表示她會原諒梁月。

晉姝言自然體會不到她那種矛盾的心情，大概是童話故事看多了。她也想著闔家歡樂大團圓的結局，可是空缺二十幾年的感情，那是妳說母女相認，我就要認妳？

世間哪有這麼便宜的事？姜曉不是木頭人。

晉姝言鬱悶地離開了，當天，她獨自開車去了陵南影視城。梁月這段時間也抽時間回訓練營上課，但是因為時間緊迫，倒是很少能和晉姝言見面。

「今天怎麼跑到我這裡來了？」她語氣溫柔。

晉姝言一改往日風格，回來之後就悶不吭聲，對於母親的問話，她重重地嘆了一口氣，「我去看一妍了。」

「聽說傷得挺重的，現在怎麼樣了？」女孩子皮膚受傷，確實是個很大的問題，弄不好就會影響一生。

「精神好多了。」晉姝言頓了頓，「媽媽，我在醫院遇到姊姊了。」

梁月的表情依舊，「一妍是她的小姑，她在也正常。」

晉姝言的語氣卻急切起來，「媽媽，妳為什麼這麼平靜？難道妳和姊姊就這樣了嗎？」

梁月抬手揉了揉她的腦袋，「妳見到她，應該知道她的態度。不是媽媽不想，姜曉對我的態度妳應該猜得到。」

「那是妳從來沒有努力過。」

「媽媽知道結局。言言，媽媽會盡力彌補她的。」梁月也明白，以周家的背景，姜曉怕是也不需要什麼了。

晉姝言心裡澀澀的，媽媽她到底有沒有把姊姊當她的女兒呢？

「妳不是一直想來陵南看看嗎？相機帶了吧，明天我讓人陪妳去逛逛。」

「不用了。」她興致不高，「我一個人走走吧。」

「言言，我知道妳心裡想什麼。妳可能覺得我對姜曉無情，因為當時的環境就是那樣。我什麼背景都沒有，我想成功，我不能讓別人知道我的過去，我也是沒有辦法。」

「媽媽，妳不要說了……」她知道姜曉為什麼那麼堅持了，不是她淡漠，而是媽媽她真的太狠心了。而她能做什麼？

♀♂

周一妍受傷的事不久後還是被媒體爆出來了，媒體為了新聞的關注度，不少記者都來到醫院蹲守，想要多拍一些照片。不過周一妍沒拍到，但是讓他們拍到了不少宋譯文出入醫院的照片，這樣新聞價值更高了！

這些日子，周一妍越來越樂觀了。一週後，在微博上發了一張自拍照。

『人生的痕跡，浴火重生（愛心）』

宋譯文拿過她的手機，「妳好好休息，就別搞這些了。餓不餓？我去訂餐。」

周一妍搖搖頭，又看看自己身上的傷，「那時候我以為我要死了，身上痛得沒感覺。」

他板著臉，「別胡說。」

周一妍淺淺說道：「手術那天晚上，我作了一個夢。」

宋譯文問道：「什麼夢？」

周一妍瞇了瞇眼，「我夢到了我回到高三，我們剛上完數學課。下週就要月考，林蕪和秦珩在討論題目，姜曉也在，我也在。我和林蕪、姜曉的關係一直不好……」

「因為秦珩？」宋譯文灼灼地看著她。

周一妍沒有避開他的目光，「是的。我們班有很多女生喜歡他，而我就是其中之一。他成績很好，現在是一名醫生。譯文，因為他，我選了理科，高二分班時，我讓爸爸找人把我和他分到一個班。」

病房裡，一片安寧。

宋譯文的聲音沙啞而低沉，「一妍，妳想說什麼？」

「我以前很任性，做錯了很多事。我討厭姜曉，把她的 2B 鉛筆芯換了，導致她的答案讀不出來。」

宋譯文握住她的右手，下巴緊繃，眉宇之間流露出一股悵然若失的神態，「妳那時候還沒有長大。」

周一妍勾了勾嘴角，「我還做錯了一件事。」她抽出手，摸著他的臉，「譯文，你知道嗎？其實你的側臉和秦珩很像。」

宋譯文的臉瞬間沉了。

「我很抱歉。」周一妍神色複雜，對他微微一笑。

宋譯文抿著嘴角，許久，他才開口，「那天晚上，妳昏迷時，一直在叫他的名字。」

周一妍怔然，嘴裡喃喃地念道：「對不起。」

道歉能改變什麼呢？

門外，姜曉牽著小豆芽的手站在那裡。

「媽媽，我們不進去嗎？」

姜曉也不是故意要聽他們的談話，只是聽到了，她也不可避免的有些悲傷。她斂了斂神色，抬手敲了敲門。

「門沒關，進來──」

小豆芽跑進去，「姑姑～」

周一妍的嘴角掛起一抹笑，「慕慕，你終於來看姑姑了。」

小豆芽鼓著雙頰，「姑姑，是不是很疼？」

「不疼了。」

小豆芽看著她的手臂和雙腿都被包著，他傷心不已，「姑姑，妳要快快好起來。」

姜曉看向一旁的宋譯文，他坐在那裡，沒有太多的表情，只是對她報之一笑。小豆芽看完姑姑，又好奇地看著宋譯文。他本來就不是怕生的孩子，見宋譯文也在看他，他便露出一口小白牙。

周一妍說道：「慕慕，叫叔叔啊。」

小豆芽邁著小短腿走到宋譯文面前，「我見過你喔。」

姜曉解釋：「他看過你演的電視劇。」

小豆芽仰起頭，「你是我姑丈嘛，姑姑給我看過你的照片。姑丈——」這一聲叫得又響又讓人尷尬。

姜曉神色一滯，僵硬地扯了一抹笑，「慕慕，你不是帶了好吃的給姑姑嗎？快給姑姑。」

小豆芽被哄騙，轉移了注意力。

宋譯文起身，「我明天要去巴黎，先回家準備了。一妍，妳好好休息。」

周一妍沒想到他會怎麼突然，卻也沒有再多問。「那你注意安全。」

宋譯文點點頭，姜曉和他一起出去。他從褲子口袋裡掏出一包菸，抽了一支，含在嘴裡點燃。

「你也不怕被記者拍到。」姜曉剛要抽走他的菸，宋譯文避開了。「我就抽一根。姜姊，妳有話直說，我聽著呢。」

「這次我就不過去了，記得讓攝影師多拍一些照片。給媒體的照片，不要修得太多了。」

「姜姊，我和秦珩像嗎？」

姜曉喉嚨一澀，「有一點。」

宋譯文勾了勾嘴角，「我對我的這張臉有點不滿意了。」

「一妍說的話你別放心上。」

「我沒事。我先回去了。」宋譯文笑道，「只是我第一次戀愛就遇到這麼棘手的事，有些措手不及。之後等我經驗多了，估計就刀槍不入了。」

姜曉咬牙，「你給我好好去工作！狀態拿出來！你們也先冷靜一下。」

「妳狠！」他揮揮手，轉身，背影漸漸遠去。身影透著冷峻淡漠，不管周圍打量的目光，他徑直地往前走，一步也沒有再回頭。

這個時候，工作是最好的調和劑。

姜曉再回到病房。周一妍悠閒地靠在靠枕上，和周思慕一起看著偶像劇。

周一妍抬抬眼皮，「我哥呢？」

「今晚他一個朋友過生日。」姜曉欲言又止，想了想，還是沒有問。她和周一妍關係本來就一般，她自然也不能逾越。她拿出保溫桶，幫她盛了一碗瘦肉粥。

周一妍情緒如常，喝光了粥，把他們打發走了。

♀♂

周修林去參加合作方余笑語的生日。晚上不可避免地被那些人灌了酒，由蔣勤送他回來。

姜曉皺起了眉，「他到底喝了多少？」

「差不多一瓶紅酒。」

姜曉：「余總的魅力果然很大，我還是第一次見他喝醉。」

蔣勤乾乾一笑，「是和莫總他們喝的，大家都喝了不少。」

姜曉：「你也趕緊回去休息吧。」

蔣勤立馬走人了。姜曉坐在他一旁，抬手去解他的襯衫鈕子，鈕子扣得很緊，她解了半天。

周修林哼哼了一聲，「幹什麼？」

姜曉真想把他掐醒，剛要發怒，豆奶慢悠悠地蹭到兩人身邊，「喵～喵～」叫了兩聲，一雙黑亮亮的眸子望著他們。

姜曉抿抿嘴角，指尖滑過他的脖子，惡趣味滿滿，「先生，需要服務嗎?不滿意不要錢！」

周修林瞇著眼，目光定在姜曉臉上，一把握住她的手，把她往自己身上拉，「妳長得很像我老婆！」

姜曉跨坐在他的腿上，「你老婆有我漂亮嗎？」

周修林嘴角的笑意越發深了，「我老婆是我的小仙女。」

姜曉終於憋不住，大笑起來。她剛準備起身要去幫他倒杯水，周修林緊緊地扣住她的腰。

「噯，讓我下去——」

「不滿意不要錢是嗎？」

不久後，客房臥室傳來一聲聲的叫聲。

「周修林，你這個騙子！」

「周修林！以後不准你再喝這麼多酒了。」

第二天早上，姜曉睡得迷迷糊糊，發現脖子癢癢的，她抬手拍拍他。

周修林吻著她的脖子，「今天不去跑步了？」

姜曉嘟囔一聲，翻了個身，繼續睡。還有三天，她就要出發去雲霓鎮錄節目，大半個月見不了呢！

周修林起床，換了衣服才走出臥室。他兒子已經醒了，在和豆奶玩。

「爸爸，我媽媽還沒有起床嗎？」

「媽媽昨晚熬夜，再讓她睡一會兒。」

小豆芽說道：「你們天天讓我早睡覺，我睡著了，你們就自己玩！哼！」

周修林一愣，揉揉他的腦袋。「臭小子，因為我們是大人。」他弄了牛奶和雞蛋，小豆芽自己坐在餐桌上吃得乾乾淨淨。

周修林端著牛奶回臥室，姜曉還在睡。他半抱著她，餵她喝了大半杯牛奶。「今天不是說要去買上節目穿的衣服嗎？」

姜曉沒有力氣，閉著眼睛憤憤地說：「你明知道我有多忙，還折磨我。」

周修林失笑，「東西少帶一點，之後缺什麼，我讓人送過去。」

姜曉抬起眼皮，「我不打算邀請你去參加我的節目啊！」

周修林揚起眉眼，「介於妳昨晚的服務我很滿意，後援工作我會安排好的。」

♀♂

八月底，姜曉踏上旅行之路。離開的那天，一家三口站在院子中，那對父子齊看著她，眉宇間都流露著不捨。不愧是父子，兩人的眼神在這一刻這麼統一。

姜曉心塞，這是兩人婚後以來，她出差最久的一次。「我很快就會回來。」

周修林還沒有說話，兒子就開始抽泣，傷心欲絕，「媽媽，妳真的不帶我去嗎？」

「媽媽是去工作。」

小豆芽抱著她的大腿，「媽媽，我要快快長大，我賺錢了，妳就不用老是出去工作了。」

這話說的好像他爸多沒用似的。周修林一臉嫌棄地掃了小豆芽一眼，「周思慕，你早上是不是沒幫豆奶準備貓糧？」

小豆芽眨了兩下，「好像是，哎呀，爸爸你去幫我餵一下嘛。」

周修林雲淡風輕，「真是可憐，一整個晚上沒吃東西了，現在應該餓得肚子痛了吧。」

小豆芽皺起了眉毛，摸摸自己的小肚子，又想和媽媽說說話，又生怕豆奶餓死了。「媽媽，妳要注意安全，不要和陌生人說話，也不能亂吃東西喔！媽媽～我先去餵豆奶了。」

姜曉：「……好的。」你娘現在已經不敵貓在你心中的位置了。

周修林也皺了皺眉，臭小子，你把你爸的臺詞搶走了。

所幸，大燈泡終於離開了，周修林開口：「如果節目中遇到什麼突發狀況，妳隨機應變，不用在意我。」

姜曉挑眉，「還能有什麼事？我不是明星，網友對我老公也不好奇。現在大家最想看的就是小豆芽了。」

周修林理了理她的頭髮，「節目組為了收視率和話題性，肯定會想方設法找爆點的。」幾個經紀人都不是省油的燈。這麼多年在演藝圈打拚下來，誰都有幾把刷子。

「放心好了，我會注意的，那接下來這段時間就辛苦你了。」她微微仰著頭，就這麼望著他。眸光繾綣，趁著自下無人時，她突然踮起腳尖，親了一下他的嘴角，「我走了。」

「等一下。」蜻蜓點水般的一吻就想打發他？

「嗯？」

「吻別是這樣的。」話落，他的唇角覆在她的唇角，一片溫熱。

幸好是在他們家的院子裡，還好當初姜曉堅持不讓節目組的人來接她，不然，這畫面播出去，肯定會鬧很大！

周修林的指尖又輕輕摸索著她的唇角，「記住妳兒子剛剛說的話。」

姜曉眼底噙著笑，「我會偷偷打電話給你的。」

周修林眉心蹙了一下，「周太太，我不介意妳光明正大地打電話給我。無論我在做什麼，我都會第一時間接起來。」

姜曉抿抿嘴角，輕笑著。「我走啦。」

♀♂

雲霓鎮是J省東邊沿海一座海濱小鎮，海水碧藍如洗，空氣清新怡人，節目組確實費心了。這兩年當地政府想把小鎮打造成度假風景區，建了不少兩層別墅，可長住也可短租。不過，小鎮沒有一些有名的著名景點，因而來旅遊的人並不多。

《最美經紀人》節目組正式入駐後，四位嘉賓兩兩一組，分在一個院子裡生活。

為了公平起見，抽籤決定誰和誰一起。最後，姜曉和盛美娜一組，方牧和孫婧一組。

一開始面對鏡頭，大家都有些放不開，顯得有幾分拘束，表情也很僵硬。儘管之前節目組已經為他們做了心理建設，但是大家畢竟都不是真正的藝人。導演常掛在嘴邊的兩句話是：

「拿出最真實的一面。」

「不要把我們當人！」

每次他們幾個太認真時，導演都要喊上一句。

不過第二天，大家就習慣了，進入狀態。真的如導演所說，不把他們當人了。四個人一起下田摘菜，一起做飯，一起整理房子，各自等待他們的首位搭檔。

等他們把一切安排妥當，第一批搭檔抵達。

盛美娜請來了演員，方牧請的是一個體育界男運動員，孫婧請的是一個女主持人。節目剛開始，大家都還沒有把大咖請出來。當姜爸出現時，畫風突然一變，滄桑的老藝術家，有種走錯片場的感覺。

其實當初節目組也問過姜曉，確定嗎？

姜曉回道：「這是我第一次和我父親出來旅遊。」

節目組感動了。

姜屹還是先前的風格，頭髮又長了，可以紮一個小馬尾了。姜曉幫他提著行李箱。

「我來。」

「你剛做過手術。爸，你那袋子裡裝著什麼？」

「小豆芽要我帶給妳的西瓜。」

姜曉：「……很重吧？」

姜屹：「重倒是其次，一路上我就擔心西瓜破了，一路抱著過來。」

姜曉：「小東西就喜歡給你們出難題。」

姜屹笑，「妳小時候也這樣，第一次在幼稚園吃小番茄，自己不吃，偷偷裝在口袋裡帶回來給我。」

姜曉傻了，一是自己根本不記得這件事了，二是，這是在錄節目呢，她爸說這個。姜曉對他眨眨眼睛。

姜屹問：「怎麼了？眼睛進沙子了。」

姜曉：「……」她爸真的忘了他們是在錄節目嗎？她躲開鏡頭，趕緊提醒她爸注意一下。

姜屹恍然：「妳看看，我都忘了。」

晚上，為了歡迎首批客人，大家聚在一起吃飯。他們平時都習慣叫外賣吃餐廳，現在參加節目，為了露一手，紛紛都下廚做菜。姜屹和姜曉就沒有參與，幫大家泡泡茶。

姜屹作為長輩，大家都禮貌地稱呼他為姜叔。方牧作為在場唯一的男士，和姜屹走得比較近。「姜叔，這是什麼茶？」茶水是深紅色，喝在嘴裡有股鹹鹹的味道。

「我從青海帶回來的，當地叫『熬茶』，加了鹽還有花椒，你們可能喝不慣。不過這茶對胃好。」

方牧胃不好，一聽還有這個功效，咕嚕咕嚕喝了一大杯。「我還是第一次喝，姜叔，你是不是去過很多地方？」

姜屹點點頭，說著自己的遠遊經歷。大家忙好之後都圍過來，聽著姜爸爸說過去的事。

姜屹見他們感興趣，挑著途中有趣的事說。後來，孫婧出於好奇去查了姜屹的名字。眾人大吃一驚，原來姜屹是國內很厲害的畫家。之前他們都以為畫畫只是他的業餘愛好，製作組怎麼也不說清楚！正所謂隔行如隔山。

夜深人靜，工作人員都收工休息。孫婧把盛美娜拉到一邊，「不是說姜曉家境不好嗎？我查過了，姜叔一幅畫在拍賣行至少也有二十萬美金。」

盛美娜面色不甘，「誰知道她啊！藏得這麼深！」

孫婧：「大家都被她騙了。」他們本就愛比較，見慣了別人不如自己，突然間，別人這麼好，大家的心裡都有些微妙。

盛美娜皺了皺眉，「回去休息吧，我倒是期待她的神祕嘉賓了。」

《最美經紀人》官方微博發了一張大合照，月色下，大家圍坐在院子長桌邊，其樂融融。微博一發出來，他們幾個一一轉發了，熱度隨之高漲，幾位嘉賓也招來了不少關注度。

節目組也抓住了姜曉和姜屹的「父女」組合，劇組工作人員微博帳號流露出的「西瓜照」也讓看到觀眾感動不已。老父親辛辛苦苦為女兒帶來了她愛吃的西瓜，父愛如山啊！

於此同時，姜曉也發了「西瓜照」的微博。

『小豆芽讓我爸帶來的西瓜。謝謝啊！兒子！PS. 小豆芽從小不愛吃西瓜，第一次吃就哭了。他覺得西瓜是一種很恐怖的水果，像血……於是每次家裡的西瓜，都是我和先生吃。』

流浪的呱呱：姜姊，一定要帶小豆芽上節目！

我愛譯文大boss：求小豆芽登場！

北北的可愛路人粉：小豆芽！小豆芽！我要換偶像了！

姜曉看到「北北的可愛路人粉」莫名地就點了進去。這個微博的畫風，吃、穿、偶像……肯定是秦一璐無疑！

她立馬打了通電話給她：「最近怎麼樣了？」

『挺好的，導演說我演技進步很多。』

「那就好。」

『劇組的演員都挺好的，我們幾個相處得還不錯。』

「相處還是要注意一點，防人之心不可無。一璐，不要留下把柄。」

『我知道，姜姊，我沒那麼蠢的。』

姜曉冷笑一聲，「妳那個微博小號怎麼回事？要是被人扒出來！我看妳怎麼收場！」

『妳怎麼知道的？』

「全都刪了！尤其是和晉仲北相關的，妳現在就去刪，他的粉絲要是去搜，妳就等著被剝皮吧。」

『我只是一個單純喜歡他的粉絲。』

「妳還是一位要大紅的演員！明天開始，不準再發了。我會讓人盯著的，另外——算了，等我錄完節目之後再說吧。」

『另外什麼？姜姊，妳什麼時候發喜糖？還有紅雞蛋！結婚生孩子都會發的。』

姜曉壓著聲音，「想想妳的體重，妳還有心思吃啊！」

偏偏這時候，攝影機對著她了。這麼惡狠狠的一面，如此真實。

姜曉後知後覺地看到了攝影機，她能想像到她剛剛的表情和語氣，她只能硬著頭皮，語調一轉，「注意飲食啊！少吃辣！多敷點面膜！」

『姜姊，那邊是不是在拍妳啊？對了，姊夫到底是誰啊？我聽到傳言，說姊夫是個四十多歲的禿頭，我不信。妳的眼光肯定不會那麼差！還有啊，他們說妳在網路上的照片是假的！那個男人不是妳老公！是妳花錢雇來的。』

姜曉維持著笑意，「嗯，好，那再見。等妳過來我們再聊。」她是戲精的媽，怎麼說也有幾分演技。

秦一璐登入了小號，不看不知道，微博小號她已經發三千多條了。一時間也刪不完，她想等哪天有時間再慢慢刪吧。

首批客人走的前一天晚上，大家各自活動。姜曉和姜屹坐在花架下，院子裡開滿了紫色的小雛菊，淡淡的花香飄滿了整座院子。姜曉喝著咖啡，姜屹喝茶，畫面溫馨。

「爸，你這次怎麼不畫畫了？」

姜屹這次是來純旅遊的。「回去再畫，雲霓鎮和我們陵南一樣，挺安靜的。」

「這裡有海，陵南可沒有。」

姜屹笑著，臉上的皺紋清晰可見。「曉曉，這是我們第一次出來旅遊啊。」

姜曉嘴角一酸，「以後機會多的是。」

姜屹笑著對她說道，「我等著。」他來參加節目，也是想彌補父女之間缺失的遺憾。

而誰也沒有想到，隨著《最美經紀人》官方微博發出照片，這時美術界有人跳出來了。

『真是嚇我一跳，姜老師竟然去參加綜藝節目了。我很喜歡老師的畫，競標過，沒機會買到。話說，姜老師參加這檔節目是因為周修林的關係嗎？』

『什麼關係？』

『每次姜老師新畫拍賣，周修林可從沒有缺席過。』

『所以，《最美經紀人》是影視圈和美術界的混搭，我有點期待了。』

網友恍然大悟，終於有人點出來：『難道姜曉背後的老大是周修林？』

這突如而來的爆料，一瞬間，讓官方微博熱鬧起來。節目組措手不及，一時間趕緊和當事人聯繫。姜曉也看了那位網友的留言，原本她還覺得可能是假的。但現在她可以確定不是，那位網友的微博都是與畫相關的內容。

只是姜曉從未聽說過這件事，她老公是她爸的粉絲？可是周修林從來沒有展現過他對繪畫的愛好啊，她爸也從來沒有提過。

導演見姜曉恍然：「要不要和周總聯繫一下？我們得做好事前準備吧。」

「嗯，我和周總聯繫一下。」

第十六章 往事重提

導演走後，姜曉想了很久，把事情前後在大腦裡順過了一遍，才打電話給周修林。那時候已經十一點了，周修林習慣晚睡，何況今天他們還沒有通話，他也不可能睡。

正是夜深人靜，周修林剛把小豆芽哄睡了。臭小子今天結束了訓練營的課程，白天看了表演，晚上興奮得不行，一直不肯睡覺。看到她的來電，他自然知道她可能要問什麼。網路上的消息他都看到了。姜爸上節目，他之前就預見到接下來會發生什麼。

周修林穿著拖鞋，邊走邊接通了電話，「還在錄節目？」

姜曉盤腿坐在沙發上，『沒有，休息了，我把攝影機都關了。爸爸他們下午離開了，明天下午一璐和易寒會過來。』

周修林來到露臺，隔著玻璃，抬首就能望見夜空中的星星，「真快，三天過去了。」

姜曉沉默了一下，『你看到網路上的新聞了嗎？』

「嗯？什麼？」他故意問道。

姜曉咬牙，『就是你和爸爸的事。』

「都是真的。」

『我都沒有聽你們說過，這到底是怎麼回事？』

周修林輕輕一笑，「我在美國讀書時，就認識爸爸了。」

『天啊！那是什麼時候？』

「大概就是妳第一次見到我之後的第二年，我在美國遇到槍擊案，當時爸爸也在現場。」

姜曉簡直不相信這世界有這麼巧的事，周修林緩緩敘說了那天的事。「爸爸中了一槍，擔心自己撐不住，讓我回到國內找妳。」

『那你就知道我了？』

「他給了我一張妳的照片。」

『所以你早就認出了我。』

「沒錯。」

姜曉深深吸了一口氣，『周修林你這隻狡猾的狐狸，果然商人就是老謀深算。這麼久了！你和爸爸竟然瞞了我這麼久！』真是一孕傻三年，她怎麼就沒有發現一點點蛛絲馬跡。

「夫人，為夫錯了。」

『你別想矇混過關！這件事等我回來再說！』

「願打願罰。好了，時間也不早了，妳先好好睡一覺，別多想！」

姜曉氣呼呼地掛了電話。這麼說來，周修林對她好，也是因為她爸。爸爸當初幫他擋了一槍，他和她在一起，一開始肯定有這個因素在裡面。難怪，她後來能從一個默默無名的小助理，調到趙欣然身邊。原來，還有她不知道的事啊。

夜越來越深，考慮到明天的工作，姜曉只得去睡覺，整理枕頭時，她突然發現床上有一個信封。姜曉心裡莫名一陣緊張，這時候早已沒有攝影機了，不然她真以為是節目的活動。

信封上的字跡她很熟悉，是姜爸寫的。

『曉曉親啟。』

姜曉打開信封，看到了姜爸寫給她的信。洋洋灑灑整整一頁的字，姜曉的手捏著信紙，後背發涼。前前後後，她看了十多分鐘，全身的力氣一點一點地被抽離，她頹敗地坐在床沿。

原來如此！原來如此！爸爸，所以你這次來參加節目，就是想告訴我這件事嗎？

她早已不在乎了。姜曉眼角泛著淚光，她低著頭，燈光打在她的臉上，留下一片陰影。

第二天早上，姜曉起床時就發現有點低燒，她不當一回事。傍晚，第二波客人一一抵達，易寒和秦一璐兩人一起來的。秦一璐穿著短袖和短褲，紮著馬尾，一臉興奮，顯然在拍戲期間還能出來放個風，於她而言，真的是從天而降的禮物。

「姜姊～」她給了她一個大大的擁抱。

姜曉神色如常，混跡演藝圈多年，她的演技也提升了，一路領著兩個人進了院子。

秦一璐好奇地問道：「姜姊，妳的第三個嘉賓真的是晉老師嗎？」

姜曉歪著頭，「嗯，他答應了。」

秦一璐激動，「哇，好棒。姜姊，妳應該下一集叫我來的。」

姜曉好氣又好笑，「妳冷靜點啊，別露餡了！當心晉仲北的粉絲罵死妳。」

秦一璐嘻嘻一笑，「妳放心。我會拿出專業演員的素養來，不會給妳丟臉的。等等我就和易寒去劈柴煮飯。」

張無忌和趙敏的加盟，無疑是姜曉在為自己的藝人增加曝光率。幾個經紀人參加這個節目都抱著這個想法來的，一方面要展示自己各方面的能力，另一方面就是想方設法，加強自家藝人的曝光度。不帶自家藝人來，傻啊！

秦一璐性格活潑，易寒也是同屬性。新人加入之後，兩個院子都熱鬧了很多。製作組也越來越滿意了，私底下大家都覺得《最美經紀人》播出後，收視率一定會很高。當天晚上，大家聚在一起，十幾個人玩起了「真心話大冒險」。而姜曉這組運氣不佳，頻頻被擊中。

盛美娜拍著手問道：「姜曉，真心話還是大冒險？」

姜曉一看是她，「真心話。」

盛美娜挑眉，和孫婧商量了一下。「妳先生多大多高？」

姜曉噗哧一笑，「娜姊，妳可真愛我。我先生比我大六歲，身高一百八十六公分。」

盛美娜：「一百八十六公分？」

姜曉點頭，「對啊。我微博放的影子照，就是我們一家人，貨真價實。」

盛美娜：「那妳應該把妳先生帶來上節目。」

姜曉：「他不喜歡拋頭露面。」

方牧打著圓場，「娜姊，妳也太偏心了，就這麼簡單的問題，剛剛我可是被妳們問到底褲都沒了。」大家一陣哄笑。

遊戲繼續，沒想到，這次竟然又落在了秦一璐。

秦一璐苦笑，「我要換位置，姜姊有毒。」

「好啦好啦，真心話還是大冒險？」

「大冒險！」秦一璐豪邁地回道。

「好。打電話給合作過的男演員，學三聲貓叫。」

這招真的太狠了。要不是現在在錄節目，秦一璐差點就拍桌子了，「易寒算嗎？」

「當然不算。」易寒連忙擺手。

秦一璐咬牙，「算你們狠。」她拿出手機，翻了一遍電話簿。

眾人鬧著，「一璐，找個厲害的，妳不是和晉仲北合作過嗎？打給他啊！」

「喂，你們不要害我啊！」

「對對對，打給晉老師，好想聽聽晉老師磁性一般的聲音。」

秦一璐確實沒有什麼男演員可以打，除了宋譯文，好像就只有晉仲北了。

她點開了名字，備註是晉大神。幸好，當初沒亂寫備註，寫什麼小甜心。

大家屏住呼吸。電話音樂響了十幾秒，接通了。

『喂，哪位？』

哪位——

心痛了！眾人強忍著笑意。

秦一璐的臉色漲得通紅，在全國人民面前丟人了。「喵～喵～喵～這裡是璐璐流浪貓收留基地，現召募志願者若干，期待您的加入，再見！」她說完就掛斷了。

眾人懵了：「……」

秦一璐撩了撩頭髮，又喝了一口水。「繼續啊！我要換個位置！」

姜曉的嘴角浮出一抹滿意的笑意。也許，她來參加這個節目後，對自己今後不會有太大的改變，倒是對一璐和易寒很不一樣。

前排的攝影大哥們看著秦一璐，一臉妳厲害的表情。

今晚真是有趣的一晚，遊戲結束後，大家各自回去。秦一璐湊到姜曉身邊，「姜姊，我表現得不錯吧？」

姜曉扯了一抹笑，「一璐，我還以為妳會在《倚天》這部劇播出後，也就是明年會大紅，但是現在我覺得，這集節目播出後，又會為妳帶來一大波人氣。」她確實很有綜藝感，活潑不做作，青春中又帶著幾分英氣，現在就缺乏這類型的，年輕女演員中很少有這樣的。

秦一璐挽著她的手，「姜姊，妳這麼誇我，我都有點不好意思了。咦，妳身上怎麼這麼燙啊？是不是發燒了？」

姜曉確實有些難受，「我帶了藥，回去吃一點就好。」

回去之後，姜曉吃了藥就早早休息了。秦一璐和她住在同一間房間，忙前忙後。

「一璐，妳去睡吧。」

「我不睏，在劇組都習慣了。」

「你們也快拍完了。下本劇本，是本 **IP** 小說，校園劇。」

「公司買的？」

「上半年買下來的。」

秦一璐有些興奮，「姜姊，周總對您可真好。這個年代都是拚爹的年代，周總作為叔叔的粉絲，也是愛屋及烏了。我爸怎麼就沒有救過老大呢？」

姜曉：「……早點睡，明天妳和易寒不是要出海嗎？」

秦一璐：「嗯。我這段時間拍古裝劇，我都覺得自己與現代脫軌了。那天打電話給我媽，開口就是娘！我媽說我笨！」

姜曉聽著秦一璐的嘮叨，漸漸入睡。半睡半醒間，聽見電話鈴聲在響。她接通，聲音含糊：「喂？」

『睡覺了？』周修林聽得出來。

「嗯，有點睏。」

『感冒了？』

姜曉沉默了一下，「我爸離開前留了一封信給我。」

周修林皺了皺眉，『爸爸回來後就收拾行李，要離開。』他打電話也是想告訴她這件事。

姜曉心裡酸酸的，「讓他走吧，我們都攔不住他的。」

『爸爸在信上說了什麼？』她情緒不高，應該是和這封信有關係。

姜曉吸吸鼻子，「有關我的出生。」她頓了頓，「等見面再說吧。小豆芽睡了嗎？」

『在聽故事呢，姑姑買了一個故事機給他，他自己會弄了，這兩天晚上天天都要聽。』

提到兒子，她的心情又好了很多。「我很想他，還有你。」

周修林沉默片刻，又提醒她，『記得吃藥，藥包在妳銀色行李箱裡。』

「我吃了。晚安。」

周修林哪裡能安心。姜曉最介意不就是她的母親嗎？如今，爸爸一定是把當年的事都告訴她了。那麼，到底是什麼樣的故事，能讓姜曉情緒這麼低落？

周修林看了看時間，已經十一點多了。他去了臥室，周思慕還沒有睡，坐在大床上自己聽故事。

「爸爸，你和我媽媽打完電話了？」

「你媽媽讓我轉告你，早點睡覺。」

小豆芽躺在那裡，眨著大眼睛，「媽媽一定想我想得睡不著，爸爸，我好想媽媽啊。你想不想你老婆啊？」

周修林知道臭小子的套路又要來了。

「哎呦，要是明天可以去看看媽媽就好了。爸爸，你說對不對？」

周修林輕笑，「對！我是可以去看你媽媽，但是你要上學。」

小豆芽鼓起臉頰，「壞爸爸！」

「睡覺吧。周思慕同學，你是個小男人了，你要知道，你媽媽首先是我的老婆，一輩子只能是我一個人的。」他也不知道臭東西能不能聽懂。

小豆芽撇撇嘴，「我是我媽媽的大寶貝，我媽媽最愛我。」

周修林：「……」是的，沒有你，或許你爸爸也不能輕易追到你媽媽。

第二天早上，天微微亮，周修林就開車去了雲霓鎮。以至於周思慕早上醒來沒見到爸爸，情緒非常失落，連他姑婆的動物小饅頭都不能讓他開心起來。

周思慕非常不開心地來到幼稚園，又和幾個小朋友開始探討人生苦惱。

周思慕：「我媽媽去外地工作，今天我爸爸一個人偷偷去看她了。我也想去看我媽媽呢，我都一個星期沒看到媽媽了。」

洋洋：「你爸爸太壞了，怎麼不帶你過去？這樣你今天就可以不上幼稚園了。」

周思慕：「我可是愛上幼稚園的好孩子。」

洋洋：「你要是想你媽媽，你可以自己去找她，你有錢嗎？有錢就可以坐車。」

周思慕：「我有錢。」

洋洋：「你知道你媽媽在什麼地方嗎？」

周思慕：「我不知道。」

洋洋：「那就沒辦法了。」

周思慕：「我回去可以問我姑婆。」

洋洋：「那你加油。不過，還有個辦法，可以去找員警叔叔幫忙，就可以找到你媽媽了。」

周思慕點頭：「洋洋你真厲害。」

洋洋嘻嘻一笑，「那下次再玩扮家家酒，我當爸爸，朵朵當媽媽，你做我們的寶寶，好不好？」

周思慕思考了幾秒鐘：「不好吧。」

洋洋氣走了。

♀♂

周修林到達雲霓鎮，停好車後，他慢慢朝著姜曉所在的院子走去。

小鎮有一個好聽的名字，風景比姜曉傳給他的照片還要美。鄉間都是水泥路，放眼望去，一片質樸安寧。周修林一身西裝革履的裝扮出現在這裡，一路引來了村民的關注。不過，因為知道最近有節目組在錄節目，大家並沒有太好奇。

周修林來到院門前，門沒有關，他駐足片刻，裡面很安靜。他咽了咽喉嚨，嘴角翹起一抹弧度。嗯，今天他只是提前登場而已。

周修林推門而入，一步一步走到院中。三面平房，整整齊齊，東北角有一棵梨樹，比房子還要高。

「您找誰啊？」秦一璐踩著拖鞋，頭髮簡單地紮成一個丸子，完全不像平時的她。拍攝組都去拍他們下田了，因為姜曉生病，她留下來照顧她。

周修林背對著她，背影筆挺。秦一璐瞇著眼睛，她的近視有四百多度，現在沒戴眼鏡，依稀感覺這位帥哥有幾分熟悉。

周修林轉身，對她點點頭，「姜曉在哪裡？」

秦一璐的嘴巴張大，「啊！喔～老闆，你好。」他們私下都稱呼周修林老闆，喊習慣了，現在見到真人，她下意識地喊了出來，隨即意識到不妥。「周總，姜姊在房間休息，您請進。」

周修林信步而入。

秦一璐緊張不已，隨即反應過來，自己還沒有梳洗打扮，只能硬著頭皮陪著老闆。姜曉也是剛醒，昨晚吃了藥，她的燒退了，但是人還是有些提不起勁來。

「姜姊，周總來了！」秦一璐友善地提醒道。

姜曉表情怔怔的，茫然地看著他，「你怎麼來了？」

秦一璐：「……周總，您請坐，我去幫你倒杯茶。」姜姊是燒糊塗了嗎？怎麼這樣和老闆說話。

「不用了，我和姜曉有話要說。秦小姐，麻煩妳幫我看一下，暫時不要讓旁人進來。」

「好。」秦一璐看了一眼姜曉，只見姜曉朝她點點頭，她趕緊離開。只是好像有什麼不對勁的地方。

周修林摸了摸姜曉的額頭，「燒退了？」

「吃了藥就好了。你怎麼過來了？」姜曉嘀咕，「我在工作呢，周總不要影響我。」

周修林捏了一下她的鼻頭，「燒退了。今天有什麼行程？」

「他們下田去了，我今天享受特殊福利，休息一天。」

周修林見她精神不是特別好，「早飯吃過了嗎？」

「還沒。」

「妳先去洗漱，我去廚房看看。」

姜曉眼角一閃而逝的狡黠，「周先生來送愛心早餐啊？廚房在東邊第一間。」

周修林解著襯衫釦子，姜曉幫他捲到手肘。兩人的無名指都戴著婚戒，有心人一看就懂。

周修林進了廚房，秦一璐立馬回來。「姜姊～姜姊～」

姜曉嗯了一聲。

「姜姊，我有個疑問。」

「說吧。」

「周總他怎麼突然來了？」秦一璐表情充滿了疑惑，「我剛剛有個想法——」

姜曉挑眉期待著她的話。

「姜姊，妳和周總到底是什麼關係？」

姜曉深深嘆了一口氣，一璐有時候聰明得很，為什麼這時候偏偏犯蠢了？

「剛剛應該和妳介紹的，我先生，周修林。」

「一百八十六公分是周總？Oh my god！姜姊，妳太厲害了，原來是妳啊！周總的神祕女人！誰能想到是妳！你們這對真是太太太神奇了。」秦一璐震驚了，她在房間失控，邊走邊嘀咕，明顯是驚嚇過度。

姜曉拉住她，「行了，他就是一個普通人。」

「姜姊，妳說這種話，真的讓人很想打妳！」秦一璐恨恨地說道，「我好期待大家的表情啊。到底是誰說妳老公是個禿頭的？哈哈哈哈……」

姜曉：「……嫉妒使人醜陋！」

秦一璐大笑不止。

而在廚房的周修林頭痛了。農村的大鍋灶，他確實為難了。沒辦法，他只好回頭去找姜曉幫忙。姜曉嘴角滿是笑意，「原來也有你不會的。」

周修林就知道她剛剛是故意的，一把攬著她的腰，「逗我好玩嗎？」

姜曉咯咯直笑。

陽光正好，微風拂面，空氣都是甜的。農家養的小黃狗搖著尾巴晃來晃去，秦一璐眼巴巴地看著，虐狗啊！

「可惜啊，攝影大哥們都不在，這才是節目最大的亮點。」

周修林只待了兩個小時就得回去。姜曉去送他，兩人走在鄉間小路上。田邊風光無限好，呼吸間帶著淡淡的青草味。

她的聲音澀澀的，「爸爸在信上說，當初我媽查出懷孕時，她正好被選中要去拍戲。媽媽堅持要打掉我的，但是……是他跪著求她，求她生下我，因為我媽如果打掉我，她這輩子可能都無法再有孩子了。」

曉曉，爸爸對不起妳。這些事，我原本不想告訴妳的。妳媽媽想流掉孩子，當時她年紀不大。醫生說，如果流掉孩子，她這輩子可能都不能再有孩子了。我跪著求她生下妳，我答應過她，此生都不會告訴妳，妳的母親是誰，不會去打擾她……當年妳漸漸長大，越來越像妳媽媽，我突然間又無法面對妳。我和妳媽媽這輩子都無法贖罪了……

周修林握緊她的手，微微用力。姜屹怕是無顏面對她，這麼多年來一直放逐自己，漂泊在外。人有時候很善良，可是，有善良就有狠心。

姜屹因為愛梁月，為了一己之私，讓梁月生下孩子。而梁月真的做到了，為了演員夢，對這個女兒不聞不問。就像她的簡歷上寫的一樣，這一段被抹得乾乾淨淨。如果姜曉不出現，也許，梁月真的會把這段徹徹底底地忘掉。沒有人知道，也不會有人去提起，就可以自欺欺人地當作什麼也沒有發生過。

人心有最柔軟的一面，也有最冷漠的一面。周修林始終都沒有猜出來，姜曉的出生竟是這樣。難怪當初，她會問他一個母親意外懷孕，會不會因為稀有血型，無奈地生下孩子。

周修林停下腳步，眸色深沉地望著她。

姜曉抬首，與他對視著，「我沒事，早就平靜了。」從前她只能把這些悲傷藏在心底，現在因為他和小豆芽，她已經慢慢放下了。

周修林的聲音漸漸恢復，「妳沒事就好，我始終不放心，這是妳心中最大的心結了，現在解開了，我們就忘掉。這個世界有很多說不清楚的事。」

「是啊。我也沒有想到你和爸爸竟然在美國就認識了，還是那麼凶險的經歷。」她的指尖點了點他的胸口，「我很懷疑，你是不是因為報答我爸的救命之恩，才娶我的？」

周修林嘴角翹起，聲音溫潤，「以身相許，我這麼報恩，姜小姐還不滿意？」

姜曉哼了一聲，「明明就是蓄謀已久，害我惴惴不安。」她低下頭抱著他，「還以為你就是想要孩子呢。」

周修林吻了吻她的髮絲，「很抱歉，一開始沒有說清楚。我怕我說了，妳會跑得更遠。」

那時候的她，是那麼敏感。

姜曉的臉在他的胸口，「我們都要謝謝小豆芽是不是？如果不是他的突然降臨，或許我們就不是現在的結局。」

「是。他是大功臣，所以，周太太婚禮的時候，讓他當花僮。」

姜曉應了一聲。

「等這次節目結束，十月我們舉行婚禮。」

「好。」

遠處傳來了一陣陣的喧鬧聲。姜曉望過去，「是他們回來了，噯，你快走吧。」

周修林：「……」

姜曉替他拉開車門，「路上小心。」

周修林不禁搖搖頭，「妳啊！」他被她推上了車。

姜曉站在一旁，面色猶豫，終於說道，「你把後面幾天空出來吧。」

周修林挑眉，「周太太，過幾天我要出差，妳又有什麼安排？」

姜曉瞪了他一眼，「空不出來就算了。」她轉身，一步一步往前走，步履歡快，嘴角帶著幸福的笑意。周修林搖上車窗，啟動車子。匆匆而來，匆匆而去。

姜曉在回去路上正好碰到了盛美娜他們。

盛美娜問道：「姜曉，剛剛有輛黑色賓士，妳看到了嗎？」

姜曉點點頭。

「是誰啊？」

姜曉搖搖頭，含糊道：「不清楚。」

盛美娜蹙著眉，「妳怎麼出來了？」

姜曉：「出來運動一下，不然骨頭都僵了。」

盛美娜笑了一聲，「妳倒是很舒服。」她沉思著，那輛車是晉城的車牌，怎麼會到雲霓鎮來？她暗暗把車牌號記下來。

回到院子，盛美娜趁著去洗手間的空檔，打了電話給助理。「你幫我查查這個車牌號。」

『娜姊，這是晉城的車啊。』

「是的，查到儘快告訴我。」

『好。』

♀♂

周修林來過的事，秦一璐沒有告訴任何人，走的時候，她還一臉惋惜，「我真的不想走。馬上晉仲北就要來了，後面姊夫也要來。」

一旁的易寒聽到了，「姊夫真的要來？姜姊，妳要放大招了！秀恩愛啊！」

姜曉催他們快走，一陣耳提面命，讓他們好好拍戲。

秦一璐感嘆，「我感覺我要錯過最精彩的戲分了，我能冷靜嗎？」

離開的路上，秦一璐打開微博，發了一條內容。

『超級超級期待《最美經紀人》的播出，驚喜加精彩，我不想走啊！十一月見（期待）（期待）』

她一發完，粉絲就行動了。

璐璐家的寶貝：咦！錄完了？

一路向北：璐姊，我們家北哥好像也去了，有碰到嗎？

蛙兒子去哪兒了：求透露！求爆照！

秦一璐回覆了一路向北：沒有（攤手）

她一回覆，評論又沸騰了。

以至於，晉仲北到雲霓鎮後，姜曉看到他都有些尷尬。她的好朋友是他的粉絲，她的藝人又是他的粉絲。

盛美娜是在一天後接到助理的電話。

『娜姊，我查到了，那個車牌的主人華夏的周總，周修林。』

盛美娜深吸一口氣，「確定嗎？」

『嗯。』

「這麼說來，姜曉和周修林？」盛美娜大腦飛快地轉動著，「難道姜曉的先生是周修林？」

『周總不是早就結婚生子了嗎？會不會姜曉是他的情人？不然，姜曉這幾年的資源怎麼會這麼好？而且，如果姜曉是周太太，她還會做經紀人嗎？』

盛美娜也是這麼想的，「你把這個消息發給扒扒週刊，還有呂品。接下來怎麼做，他們知道，馬上去。」

『好。』

《最美經紀人》第三波客人，目前出現的最大咖就是晉仲北了。老幹部一來，節目由先前的活潑風格變得一本正經，眾人也不敢輕易造次。製作組心裡恨！難怪沒人請晉仲北上綜藝節目，原來如此。

晚上的遊戲變成了廚藝大賽。晉仲北親自出馬做了松鼠魚、扇貝，菜一上桌，大家都很給面子地紛紛動手，結果嘗了一口，好吃得堪比五星級酒店大廚，大家真的一點都不客氣。

「北哥，你廚藝怎麼這麼好啊？」

晉仲北笑笑，「我妹妹的嘴巴很挑，因為長輩工作忙，她小時候我照顧過一段時間，她不肯吃飯，怎麼哄都不行，後來我就試著做給她吃。」

「老天欠我一個哥哥。」

姜曉端著她剛做好的孜然馬鈴薯上桌，也聽到他們的對話，她做的馬鈴薯可是小豆芽的最愛。

「姜姊，妳平時在家常下廚嗎？」

「我在家下廚的機會不多，平時常在我公公婆婆那邊吃飯。」

「妳老公會下廚嗎？」

「他廚藝比我好。」

「姜曉，妳怎麼會這麼早結婚？」

眾人似乎對這個問題很感興趣，連晉仲北都看向她。

姜曉微微一笑，「我高中就見過我先生。」

「哇～一見鍾情！」

「我先生是我同學的哥哥，後來，等我大學畢業，我們遇到，就結婚了。」

「妳漏了中間最重要的內容。」

姜曉笑，「今天晉老師在喔，機會難得，你們不問晉老師啊？」

一旁的盛美娜冷笑，姜曉不光把自己的藝人包裝好，連自己也包裝了，妳怎麼不出道啊？

這時，節目組送上活動卡，大家一一接過來。

『請你們現在打電話給第四位神祕嘉賓，邀請他們明天來上節目。』

大家臉上一陣激動。其實，人人心裡早就知道這個環節了，神祕嘉賓也只是對觀眾來說神祕而已。大家次序一一撥通電話。

盛美娜邀請的是她的大學學長，孫婧邀請的是歌手，方牧邀請的是他的藝人，最後一個輪到姜曉，所有人的目光都落在她身上。

晉仲北打趣道：「姜曉，妳別緊張。」

姜曉拿著手機，深深吸了一口氣。她笑著，聲音清晰。「我邀請的嘉賓就是我先生。」

她撥通了電話，聽著熟悉的音樂聲，沒多久，電話接通了。

「你好，周先生。」

『周太太，想我了？』周修林悅耳的聲音傳過來，又開始撩他太太了。

電話開著擴音，所以，他剛剛這句話不光在場的人聽到，之後全國觀眾都能聽到。

盛美娜猛然一震，滿是不可置信。這個聲音……

姜曉顧不得別人的表情，連忙提醒他，「我在錄節目。」

周修林：『……』他清清嗓音，『周太太有什麼指示？』

姜曉：「邀請你明天到雲霓鎮。」

周修林的嘴角劃起一抹笑容，『周太太，我會如約而至的。』

姜曉實在沒辦法坦然地在眾目睽睽之下和周修林講電話，「先掛了。」

『等一下。』

「嗯？」

『妳兒子在我旁邊，一直要和妳說話。』

姜曉笑了。

小豆芽高興地拿過手機，清脆地喊道，『曉曉，我好想妳啊！』聲音又軟又萌，姜曉知道她家這戲精又開始模仿他爸了。

『曉曉，怎麼不開視訊啊？』

「媽媽在工作啊，你在做什麼呢？」

『爸爸在教我寫作業呢。媽媽，妳什麼時候回家啊？慕慕很想妳。』

姜曉的心被戳了一下，眼角酸酸的，聲音溫柔如水，滿滿的母愛。「還有四天，你數一下吧，媽媽四天後就回來。」

『好，一、二、三、四，數完了……』

姜曉：「……媽媽的意思是要經過四個白天和四個黑夜。」

『媽媽，我在逗妳呢。』小豆芽樂滋滋的，『媽媽，我悄悄告訴你一件事，源源小舅舅談戀愛了，妳別告訴姑婆，小舅舅帶著女朋友來幼稚園看我，買了五瓶養樂多給我。』

姜曉忍著笑意，「好的，我不告訴別人。媽媽回去買十瓶養樂多給你！」

小豆芽笑得屁股晃啊晃。『媽媽，爸爸太過分了，我都不想和他好了。他趁我睡著時，偷偷去看妳，都不帶我去！媽媽，下次妳出差把我帶去吧。』

姜曉尷尬地眼角冒黑線，「媽媽知道了，我們回去再說啊。」再說下去，家裡的祕密都要被他說出來了。她火速掛了電話，一臉歉意地解釋道，「我兒子他——很可愛。」

眾人：「……」

短暫的沉默之後，有人後知後覺地問道：「姜曉，妳老公姓周？」

姜曉點點頭。

「這麼巧啊！你們老闆也姓周吧。」

姜曉呼了一口氣，神色坦然，「很巧，我先生叫周修林。」

眾人：「……」

盛美娜神色慌亂，漸漸地有些坐立難安。

孫婧問道：「妳怎麼了？臉色這麼差？」

盛美娜握緊拳頭，「我去一趟洗手間。」

她不知道扒扒週刊和呂品那邊到底有沒有把消息發出去，她得抓緊時間，在一切都沒有發生前，讓那邊停下來。她關了麥克風，走進洗手間，趕緊打電話給呂品，一直沒有人接聽。

盛美娜急得走來走去，掌心冒著冷汗。她咬著唇角，又打了一遍，結果還是不通。

孫婧見她這麼久沒有出來，過來找她。「美娜，妳怎麼了？」

盛美娜眼底滿是灰暗，她拉開門，「我沒事。」

「美娜，妳是不是有事？」

盛美娜輕笑，笑容黯淡，「突然覺得自己太不自量力了。」

孫婧明白她的意思，「誰也想不到吧，姜曉竟然是華夏的老闆娘。這次很多人真的要跌破眼鏡了。」

盛美娜咽了咽喉嚨，自從許佳人搶走了《長汀》女主角之後，她一直咽不下這口氣。知道姜曉也要來上節目，她本來就存著打壓姜曉的心思。「是啊，太多想不到了。」

兩人重新回到大廳來，一切好像都還和之前一樣，可是，氛圍明顯變了。幾位嘉賓和姜曉相處的態度熱情了許多，七嘴八舌地問了很多問題。華夏老闆娘的頭銜，誰都想巴結吧。

這就是現實。

姜曉依舊禮貌地回答大家的問題，不過大家都是聰明人，也不會問什麼私密的問題。一旁的晉仲北依舊雲淡風輕地喝著茶，姜曉好不容易脫了身，端著水杯走到他身旁。

「晉老師。」

晉仲北面帶微笑，「辛苦了。」

姜曉沒有在意他的打趣，「晉老師，謝謝你能來。我以茶代酒，敬你一杯。」

晉仲北也舉起杯子，「舉手之勞而已。」

「我有個問題。為什麼你會答應來參加節目？」

晉仲北不甚在意，「我和妳先生一樣大。」

姜曉：「……」

「周修林的兒子都打醬油了，而我還是單身。」

「所以你是來徵婚的？那你應該去參加《非誠勿擾》。」

晉仲北搖頭，「是言言讓我來的，她說我要是不來，她一年內都不回家了。」

姜曉愕然。

「姜曉，長輩的事我不會多說什麼，言言她很善良，她知道你的身分後，一直很歉疚。」

姜曉低下頭。

「如果可以，把她當成妳的一個普通朋友，偶爾約她喝喝茶。梁姨那邊，妳不想認，也不用勉強。」

「晉老師，謝謝你。」姜曉的神色沉重，「這些年，你對我的幫助。一直以來，我都沒有機會和你說一聲謝謝，不管你是出於何種原因。」

晉仲北的面色依舊，「一開始出於同情，後來我發現是值得。妳知道嗎？妳有一樣東西很特別。」

「什麼？」

「妳身上有一種不服輸的韌勁。」

姜曉沉默了一下，「打不死的小強啊。」她瞇著眼睛，「年輕的時候總有種衝勁，什麼都不怕，什麼都不在乎。」

晉仲北放下杯子，「是啊。這一點，言言和妳很像。」

姜曉沒了聲音。其實這一點，她們應該都是遺傳梁月吧。「晉老師，我真的很羡慕言言。」

「嗯？」

「社會欠我一個像你這樣的哥哥。」

晉仲北笑起來，他張開雙臂，「來，哥哥抱一下。」

姜曉難以置信，被他擁在懷裡，他的身上有股很好聞的味道。

晉仲北在她耳邊低語，「別動，攝影機在。」攝影機正好對著他們，他保證，這一拍下來一定很唯美。「姜曉，言言在B市做的事是有點荒唐，周修林對她的做法也該如此。不過，誰讓我是好哥哥呢。聽說，周修林很反對我來參加節目，我現在抱著妳，我想他的表情應該很精彩。」

果然，影帝的惡趣味真是讓人猝不及防。

當天晚上，節目錄製結束已經十點了。大家各自回去休息，走在鄉間路上時，方牧突然從後面跑上來。

「姜曉，妳看看微博，有妳的事。」

姜曉臉色一黑，「壞事？」她連忙打開微博，一百多條私訊和評論，再搜索一下自己的名字，幾條娛樂微博帳號發布了消息。

『圈內美女經紀人姜曉疑似華夏總裁周修林的小三』

接著有種種羅列，指向了這一切都是真的。

姜曉舒了一口氣，「我今天要是不說，你們是不是都覺得我和周修林是那種關係？」

方牧沒說話。女人太成功了，總會讓人浮想聯翩，尤其是漂亮女人。

姜曉低著頭，睫毛微微顫了顫。「隨他去吧。」

方牧提議，「妳要不要發一則聲明？」

姜曉眉色清淺，語氣卻堅定，「我要坐等打臉，另外，我要追究名譽損失費。」

方牧摸摸鼻子，「我看這家週刊可能要關門了。」

這條八卦新聞就這樣出來，圍觀群眾不少，大家各抒己見。

其實姜曉知道，自己頻頻被傳出這樣的新聞並不好。一，她不是藝人，二，這樣對她的藝人也不好，三，太頻繁地被拉出曝光，路人轉黑的也不在少數，這樣只會讓人反感。可是她現在再做什麼，都不及節目播出洗白的效果，索性任憑扒扒週刊去說。

扒扒週刊發布完消息後，周修林和姜曉的事就在圈內傳遍了，華語演藝圈震驚不已。估計誰也沒有想到，周修林的太太竟然是姜曉。從頭到尾，都沒有人把他們聯想在一起。

扒扒週刊原本和呂品計畫好了，發布消息後，立馬買熱搜，連水軍都買好了，這次勢必要撕了姜曉的真面目。現在姜曉和周修林公開，扒扒週刊騎虎難下，打電話給呂品和盛美娜，把兩人臭罵了一頓。扒扒週刊放話，「以後不要再找我們！」

呂品氣得吐血，這件事要是被查出來，他以後也不用在圈裡混了。與此同時，周修林的私下一幫朋友紛紛傳訊息給他，狠狠地譴責他，言辭激烈！

這對夫妻才是演藝圈最棒的演員，老婆演助理！老公演老闆！奥斯卡欠他們一座小金人！

末了，有人在圈裡甩出一句話：周修林，我要看你兒子的照片。

周修林的身分曝光了，他的心情甚好，挑選了一張慕慕前兩天剛拍的照片——小傢伙揹著小書包走進校園的側影。照片一發，圈子裡沸騰了。

『周修林，你真不是人。生個兒子這麼好看！』

『老周，我們十幾年的關係了，結個親家。』

周修林親親兒子的睡眼，一想到明天他就要去雲霓鎮和老婆一起錄節目，而這個臭小子還要上學，確實有點於心不忍。不過，他還是不會帶他去上節目的。

第二天，周修林熟門熟路地抵達雲霓鎮。作為最後一波神祕嘉賓的他們，受到了節目組和嘉賓的熱烈歡迎，大家一起在村口等著。

姜曉一眼就看到了人群中的周修林。他穿著白色T恤，黑色長褲，不再是西裝革履，他筆挺地站在那裡，陽光下，他是那麼引人目光。姜曉一瞬不瞬地看著他。

周修林像有感應一般，視線和她的視線碰上了。原本的疏離在看到她的時候都變了，眸中淨是柔情似水。四目相視，那一刻，他們彼此似乎都知道對方心裡所想。

他抬腳走到她面前，她抬首，咧嘴笑著。周修林伸出手，修長的手指牽起她的手，指腹摸索著她的掌心，雙眸深深地凝視著她，「從此以後，我可以正大光明地介紹——這是我太太。」

姜曉喉嚨上下滾了滾，她深吸一口氣，看向眾人。「為大家介紹一下，這是我先生——周修林。」有一絲羞澀，更多的是發自內心的喜歡。

周修林的出現，最開心的莫過於製作組。現實中的夫妻檔多好啊，真實的ＣＰ，本身就帶著神祕感，互動又暖又甜，只是總覺得這一對應該去另一檔節目才是。

♀♂

各自回房休息時，姜曉問道：「你怎麼和小豆芽說的？」

周修林聳肩，「我說我去出差了。」

「他信了？」

周修林蹙了蹙眉心，「你兒子老是偷聽我們說話。早上我走的時候，他問我，是不是又來偷看妳了。」

姜曉抿嘴直笑。周修林從行李箱裡拿出一個塑膠袋，「他讓我帶來送給妳。」

「什麼啊？」姜曉打開一看，竟是一袋零食。

「壞東西，竟然讓我不要偷吃！」周修林哼了一聲。

姜曉忍俊不禁，「他雖然貪吃，不過還是懂得分享的。」

周修林挑眉，從身後圈住她，「那是自然，不然以後怎麼照顧弟弟妹妹。」

姜曉連忙提醒他，「有攝影機在。」

周修林彎著嘴角，「總要讓有心人知道我們有多恩愛。」他們背對著鏡頭，看不到表情。

他的聲音低沉，「終於可以抱抱妳了。妳知道嗎？剛剛妳在眾人面前介紹我，我有多——」欣喜若狂嗎？我的先生——比他任何一個頭銜都要動聽。

她側首揚起下巴，吻了下他的下巴。她怎麼可能不愛這個男人呢！

其實，蔣勤早就和節目組打過招呼了，儘量多拍別的藝人，姜曉和周總不需要太多宣傳。

導演氣得要暴走，可是，這節目本身就是華夏影視參與投資的，他能反對嗎？

「放心，後期剪接會做效果的，要是真不想露面，我們可以考慮在周總臉上打馬賽克！」

這是導演說的氣話，他怎麼捨得。

蔣勤：「那也不行，把我們周總醜化了，會影響華夏形象。你們拍的時候要會找角度，拍側臉啊，背影啊！」

導演腹誹，關公門前耍大刀！

午後，大家休息好了之後，來到指定地點集合。導演公布下午的行程，首先是遊戲。遊戲很幼稚，兩人三腳，眾人在心裡吐槽真是無聊！但周修林似乎一點也不覺得，他低著頭認真地綁著鞋帶，和姜曉還演練了一下。

姜曉嘀咕了一句：「你腿長，步伐大。」

周修林：「我邁小一點。」

姜曉：「我們第一局就輸了吧。」

周修林：「周太太？」

姜曉：「贏了還得第二局呢。你不會想贏吧？」

周修林：「我倒是很期待。」他一點一點靠近她，「畢竟我和妳唯一的遺憾就是沒談戀愛。」

姜曉：「周……修林，你是不是早就想來參加這個節目了？」

周修林的神色有一絲不自然。他當然不會承認。

那天比賽，還是如了周修林的願，他們拿了第一名。有人感嘆，像是回到讀書時光，和同學一起玩遊戲。姜曉附和一句，「我上次玩這個遊戲，還是高二，我和我的搭檔是倒數第一。」

方牧和她打趣道，「你們這一組平時沒少練習，勝之不武。」

周修林回道：「我太太不愛運動，這幾年我都陪著她鍛煉。」

眾人：「……」聽不下去了，單身狗沒辦法活了。

方牧和朋友感嘆，「這要是讓周總的愛慕者看到，心都要碎成渣了吧。」

「只怕他們這段會剪掉。」

「嗯？」

「這兩位都不是高調的人，公不公開都無所謂。」

周修林話不多，別人和他說話，他都會禮貌地回應。不說話的時候，他的目光總是追隨在姜曉身上。

幼稚而熱鬧的遊戲結束後，大家一起去包餃子。周修林包的餃子規規矩矩的，又引來了其他嘉賓的注目，畢竟這些人沒有一個包得好。

「修林哥，姜姊說你在家會下廚，我們現在信了。」

姜曉立馬說：「我也是第一次看到他包餃子。」

「姜姊，妳和修林哥到底怎麼認識的？」

「我和一妍是同班同學。高一，周先生來幫他妹妹送東西，我正好在校門口，就幫忙帶進去了。」

「我的天啊！太浪漫了。」

「一見鍾情啊！」

姜曉嘆了一口氣，「多年後，我再和他說起這件事，人家當時根本就不記得我。」

「哈哈哈哈！」

周修林噙著笑意，眼底滿是寵溺，和平時給外人的形象簡直判若兩人。

節目錄製最後一天晚上，大家聚在一起。節目組沒有設定今晚的內容，大家可以聊天，可以唱歌，反正隨意。

孫婧說著這段時間的感觸，「我要謝謝節目組，我做經紀人這行才兩年，收到節目組邀請，我有點不敢相信。謝謝哥哥姊姊們這些日子的照顧，我也學習到很多。未來的路還很長，讓我們一起努力。」

方牧笑著說：「過來的時候，我就想到節目肯定會狠狠折磨我們。果然，下田、抓魚、磨豆子……我一輩子要做的農活都在雲霓鎮做了。感謝節目組的精心安排，導演我記住你了。」

盛美娜這兩天早已沒有先前的活躍，她扯了一抹笑，「人生就像一個節目，永遠不知道下一次會有什麼的安排。工作很多年了，一直以來，大家都叫我『拚命三娘』，我對工作不敢有絲毫的停滯，怕一停下來，資源就沒了。這幾天暫時的放鬆，讓我想了很多事。」

有人點點頭，演藝圈淘汰得特別快，誰都怕自己會被替代，而這也是無法避免的。

「我很羨慕妳，姜曉。」

院子裡的光線不是很明亮，每個人的臉色似乎都蒙上了一層淡淡的光澤。大家看著姜曉，似乎很期待她接下來要說的話。

姜曉端起面前的杯子淺淺喝了一口水，「我和我先生剛認識時，我曾大言不慚地說過，三年內我要做一名王牌經紀人。可現在都第四年了，我還是沒有實現當初的願望。」

「妳也別氣餒，還年輕。」

姜曉笑笑，「這幾年，我先生一直很支持我的工作，我想做什麼，他從來沒有反對過。我兒子今年三歲半了，我們平時出門都小心翼翼，生怕曝光，我一直覺得很虧欠他。」

「姜姊，妳說的是修林哥還是小朋友啊？」

「都有！」姜曉硬著頭皮說道。

周修林側首望著她，「妳知道就好。」順便抬手揉了揉她的腦袋。

姜曉回了他一個笑臉，繼續說道：「我是單親家庭，內心很沒有安全感。這些年，都是我先生包容我。」她頓了頓，「在來這個節目前，我就做了一個決定，我將不再做經紀人。」

話落，現場的氣氛瞬間就變了。

「姜曉，為什麼？」

「因為我想有更多的時間陪我的兒子和周先生。」她歪頭看著周修林。她的眼睛特別美，眸光安靜，卻特別勾人。周修林握著她的手，眸裡的驚訝很快就過去了。

「當然，我還是會從事幕後工作。」姜曉說道，「希望我們今後有機會合作。」

現場瞬間響起了一片歡呼聲。

那一晚，姜曉還唱了一首《小幸運》。她曾想過，要為周先生唱一首歌，現在終於有了這樣的機會。

星月當空，月色迷人。她站在中間，淺淺吟唱。那麼多人都在，而她的眼裡只看到他一人。

遇見他，真的是她的幸運。感激遇見你，在我最迷茫的時刻。

♀♂

爸爸媽媽在外面開開心心，周思慕小朋友卻還要上課，週五傍晚，他被周母接回了家。他揹著自己青蛙形狀的小書包，裡面放了幾張一百塊人民幣。晚上，周父為他講故事時，他問了好多不相關的問題。

「媽媽出差，爸爸為什麼也要過去啊？」

「你爸爸也是去參加和你媽媽一樣的節目，不是去玩的。」周父怕孫子多想，還是特意強調一下。

「為什麼媽媽不帶我去呢？現在不是有很多爸爸媽媽帶小朋友去旅遊的嗎？」

「你媽媽參加的不是那個節目。」

「那媽媽是去哪裡？」

「雲霓鎮。」

「雲霓鎮在哪裡？」

「在……」周父細細說著。

小豆芽眨了眨眼睛，記在心中。「爺爺，我睏啦。」

周父摸摸他的腦袋，「那爺爺出去了。」

房間裡留了一盞卡通床頭燈，光線溫馨又不刺眼。周父一出門，周思慕一下就爬起來，拿過蠟筆和紙，在紙上塗塗寫寫，畫了一條路線。忙完後，他把路線圖放在小書包裡收拾好。

第二天早上，周父出門見朋友，周母在照顧周一妍，周思慕趁機溜出門。等周母叫他吃點心時，小傢伙沒出聲，周母猛地意識到什麼，前前後後差點把屋子都翻了一遍，也不見周思慕的蹤影。

周母趕緊打電話給周父：「你有沒有帶思慕出去？」

周父反問道，『他不是在家嗎？』

周母咬著牙，「他不在啊！」

周父一聽，驚覺不妙，『妳先別急，我馬上回去，他可能是跑出去玩了。』

周母急得不得了，周一妍安慰她，「媽，妳別急，慕慕不會亂跑的。妳去看看他房間，有沒有少什麼東西？」

周母去檢查了一下，發現小書包也不在了。周一妍想了想，「難道離家出走了？」

周母眉心緊皺，心裡慌得六神無主。

「媽，我覺得他是去找哥哥了，昨天晚上，他不是一直念叨著要去找他媽媽嗎？」

「他這麼小，怎麼去找？萬一路上遇到壞人怎麼辦？」

周一妍這時候也不能再說什麼，越說她媽媽只會越急。她想了想，打了通電話給宋譯文，他有個同學在警察局，請他幫忙找一下。

周思慕帶著鴨舌帽，揹著小書包，一路就這樣走出了社區。他記性好，沿路來到月臺。可惜啊，他畢竟不認識太多字，根本不知道要去哪裡。最後他在路邊待了二十多分鐘，找了月臺上的一位漂亮大姊姊問路。

女孩是高中生，週末出來補課，看到小蘿蔔頭獨自一人，一臉茫然。「你要去哪裡？」

「雲霓鎮。」

「那很遠耶。你爸爸媽媽呢？」

「我爸爸媽媽就在那裡。」

「小弟弟，你家在哪裡？我送你回家，你這樣出來會被人拐走的。」

周思慕鼓著嘴巴，「妳能不能幫我叫車？我可以自己搭車去找我媽媽，我有錢的。」他拉開小書包，給漂亮姊姊看。

女孩子嘀咕了一句，「我靠！竟然比我的零用錢還多。」

周思慕咧著嘴角，「應該夠吧？」

女孩子牽著他的手，「那我就做一回好事吧。反正我不想去上課，哈哈哈！」

周思慕仰著頭，「我媽媽說，要好好學習，姊姊，妳要翹課嗎？」

女孩子：「當然不是，我可是很愛學習的。小弟弟，你話很多耶，我在幫你。」等等把你送到警察局。

「謝謝姊姊，我只是覺得妳很漂亮。」

女孩子：「……」現在的小孩嘴巴都這麼甜嗎？這麼小就會撩妹了！

過了一會兒，周思慕被送到了警察局。女孩指了指警車，「員警叔叔會送你回家的。」

周思慕一臉興奮，「我們班洋洋也說，員警叔叔會幫我找到媽媽的。」

員警問清楚了之後，哭笑不得，而周思慕開始他的表演。

「我媽媽好多天都沒有回家了，我很想她，想得飯都吃不下。叔叔，你看我的小肚肚都扁了。」說著，他摸摸自己的小肚子。

幾位男員警忍著笑意。

「那你也不能自己跑出來，萬一遇到壞人怎麼辦？」

「可我爸爸偷偷去看我媽媽了，我也想去啊。」他還舉起兩根手指，「我爸爸去兩次了。」

「知道爸爸媽媽叫什麼名字嗎？」

「我爸爸叫周修林，我媽媽叫姜曉。」他皺了皺眉。

「怎麼了？」

「我不能告訴別人爸爸媽媽的名字，但是你們是員警叔叔，應該是可以的。」

「為什麼啊？」

「為了媽媽的工作，要幫媽媽保密。」他若有其事地嘆了一口氣，「其實我有個想法——」

「什麼？」

「我覺得我可能是我爸爸撿來的。」

員警：現在的孩子內心戲都這麼豐富嗎？

這邊，當姜曉接到員警電話時嚇了一跳。

『您好，是姜女士嗎？我這裡是警察局，是這樣的……』

姜曉嚇得腿都軟了，「修林，小豆芽離家出走了。」

第十七章 與你相遇好幸運

周思慕小朋友不只帶了錢，還帶了兩瓶養樂多、幾包小餅乾，這離家出走的準備工作也做得很充分。

「叔叔，剛剛那個姊姊呢？」周思慕坐在椅子上晃著小短腿，小口小口地喝著養樂多。

員警：「她做了好事，別的叔叔開警車送她去補習班了。」

周思慕喔了一聲，「我都不知道姊姊的名字，以後我要怎麼聯繫她啊？」

員警：「……」

那邊，姜曉和周修林接到員警的電話後，只能立馬離開節目。幸好，今天也是最後一集，以告別為主。大家一聽到他們的兒子離家出走了，又擔心又覺得好笑。

跟拍姜曉的攝影師兢兢業業，一直拍到姜曉和周修林上車離去的背影。

十二月，《最美經紀人》播出時，姜曉和周修林的最後一幕，節目組還配上了一段話：

『由於周家寶寶想念父母離家出走，這兩位不得不提前回去。希望周寶寶快點回家！』

許多年後，周思慕帶女朋友回來，女朋友在他家看了一下午《最美經紀人》，再看到最後一集，笑得眼淚都掉出來了。「思慕，你小時候求關注的方式可真讓人震撼。」

♀♂

姜曉和周修林在回去的路上和家裡聯繫，告訴他們小豆芽在警局。

周父、周母、姑姑、姑丈急得不得了，四位長輩恨不得立馬到警察局報警。在接到周修林的電話後，大家終於放下心來。周母表示要立刻去警察局。

周修林淡淡地說道：「不用，讓他在那裡反省一下。我和姜曉去接他。」

周母：『……你也別生氣。』

看，這就是隔代疼愛。這要是小時候的周修林，免不了一頓罰。

周修林：「我知道。」周思慕啊，你可真厲害，三歲多就進警局了。

姜曉真的覺得太匪夷所思了，小豆芽離家出走了？小豆芽那麼乖，怎麼會做出這麼大膽的事？

周修林說：「這次要好好給他上上課了。」

姜曉皺了皺眉，「我這段時間不在家，他是不是有點反常？」

周修林也很無奈，「長大了，主意越來越多，別擔心。」

「他現在大了，有想法了，我們也不能再把他當小孩了。」姜曉幽幽道。

「小男孩總有調皮的時候。」周修林倒是不怎麼擔心，他家這個就是想太多。

三個多小時後，兩人來到警局。姜曉一看到小豆芽，顧不得什麼就把他緊緊地抱在懷裡。

「慕慕，你嚇死媽媽了。」

小豆芽看到媽媽，開心地眉開眼笑，小手捏了捏她的臉，「媽媽，妳終於來了，我都等好久了。」

姜曉上下看了看他，終於放下心來。

周修林和員警道謝，「不好意思，麻煩你們了。」

「不用客氣，這是我們應該做的。只是你們工作再忙，也不能忽視孩子，也要抽點時間陪陪孩子。賺錢重要，孩子的童年也不能忽視了。」

周修林點點頭，摸了摸小豆芽的腦袋，「謝謝員警叔叔。」

小豆芽仰著頭，「員警叔叔，你們真的太厲害了，真的幫我找到爸爸媽媽了。」

大家忍不住笑著。「好了，和爸爸媽媽回家吧，以後可不能再亂跑了。」

「離家出走」這麼大的事，自然不能說算就算了。一家三口回去之後，周修林示意長輩們別插手。

「周思慕，過來！」他板著臉，把他叫進書房。

小豆芽還沒有察覺爸爸在生氣，爽朗地喊了一聲，「爸爸！」

「你今天犯了一個很嚴重的錯誤。」

小豆芽眨眨眼，看著姜曉。姜曉撇過臉。

「你忘了爸爸媽媽和你說過不能亂跑的話了嗎？」周修林掃了一眼他的青蛙小背包，「你真的把自己當成旅行青蛙了？」

小豆芽立刻撲到姜曉身上，「可是慕慕很想媽媽。為什麼爸爸能去看媽媽，我就不可以？」

周修林被問倒了，「爸爸和媽媽是去工作。」

「媽媽是去錄節目，我也可以啊，我還參加過小戲骨訓練營。」這話的意思就是，你都沒有參加過培訓，還去錄什麼節目。

周修林定定地說道：「爸爸媽媽是大人。」

一句話把小豆芽堵住了。

周修林沉聲道：「知道自己錯了嗎？你偷跑出去，讓爺爺奶奶姑婆姑爺多擔心！爸爸媽媽工作都沒有做完就回來了。」

小豆芽癟著嘴巴，「嗚嗚嗚，我錯了！」

周修林還是第一次這麼嚴詞厲語，「以後不能再這樣了，知道了嗎？」

「嗯。」小豆芽眼裡積滿了淚水。

姜曉心疼不已，可是該訓他的時候，她不能偏袒。她蹲下身，「慕慕，這個世界有好人，也有壞人。媽媽的一個同學小時候一個人出去，就被人口販子拐走了。」

小豆芽緊緊抱著她，「慕慕不要這樣！」

「嗯，那以後千萬不能一個人亂跑了。」

小豆芽哼唧哼唧的，「媽媽，我的養樂多呢？十瓶呢。」

這時候還想喝養樂多，真的想得美。周修林清清嗓子，「犯了錯，就要接受懲罰。一瓶都沒有。」

小豆芽苦著臉，鼓著嘴巴，最終還是接受了。

孩子教完了，他們才從書房出來。一開門，四位長輩像門神一樣都守在門口。

周修林不禁搖頭，說了一句話，「放心，沒打他！」

周父嘴硬地說：「適當教育也是可以的。」

周修林扯了一抹笑意，他要是打周思慕一下，怕是這家的屋頂都要掀了。

周思慕離家出走，姜曉作為母親，心裡最不好受，她暗暗地自責。

晚上回去之後，她一直在兒童房陪著他。周思慕好奇地問了很多問題，姜曉把好玩的事都告訴他。

「媽媽，妳以後要是再出差，帶我去好不好？」

姜曉吻了吻他的額角，「好。以後只要你有時間，你想和媽媽去工作，媽媽就帶你去。」

周思慕使勁往她身上蹭，「媽媽，我好想妳啊。今天晚上妳陪我睡好不好？」

姜曉的心都軟成一團棉花了，「媽媽陪著你。」

周修林處理完工作後，過來就看到他們母子相擁的畫面。他輕輕躺倒一旁，姜曉被他的動作弄醒了。

「幾點了？」

「剛過十一點。」

姜曉動了動身子，側過身問道：「工作忙完了？」

周修林嗯了一聲，壓著聲音道：「那晚的新聞都刪了。妳猜是誰做的？」

姜曉的大腦漸漸清晰，「盛美娜？」

周修林親了一下她的臉頰，「妳怎麼知道的？」

「那天在現場，我打電話給你後，她的臉色就不對勁。節目後期，她整個狀態都不對。這幾年，我雖然拿到不少好的資源，但是沒有硬搶過。我聽說《長汀》的女主角原本已經定下楊媛了，後來梁老師欽點了佳人。」到嘴的鴨子飛了，盛美娜能不怨恨姜曉嗎？

周修林的指尖纏著她的頭髮，不想告訴她那個呂品也參與了。反正圈內現在大家都知道他們的關係，以前對她的猜測也好，對她的詆毀也好，如今都不重要了。

「這幾天，我們抽空去試婚紗。」

姜曉聽著他在耳邊的呼吸聲，「你是不是早就猜到我會公開啊？婚紗都準備好了。」

「婚紗從我和妳提出結婚時就準備了。」他深深地望著她。

姜曉神色一頓，「竟然那麼久。」

周修林一手輕撫著她的身體，輕車熟路地鑽進她的睡裙裡。「伴郎到時候可以請晉仲北，伴娘的話，林蕪方便嗎？」

姜曉唔了一聲，「我明天就和林蕪說一聲。」

周修林的動作越來越大，姜曉推著他，被他親得渾身泛起了一層薄紅，「小豆芽在啊。」

「我們回房。」

「不行，我答應今晚要陪他睡。」

「那妳什麼時候陪我？」周修林咬了一下她的下巴。他抱起她，「明早再回來。」

兩人剛起身，小豆芽突然蹬著腿，手四下亂抓，「媽媽～媽媽～」

姜曉連忙過去安撫，把他重新抱到懷裡。

周修林嘆了一口氣，「他這次離家出走沒受到懲罰又得到了關注，我們家誰也比不過他。」

姜曉忍著笑意，「我好久沒有陪他了，小孩子總是會沒有安全感。」

周修林知道自己再說什麼，今晚她都不會離開了。

♀♂

兩人公開之後，生活也沒有太大的影響。只是姜曉再去公司時，大家免不了開玩笑。左一句老闆娘，右一句老闆娘。

姜曉無奈，「十月發喜糖給大家。」

工作還在繼續，她忙著手裡的交接工作。宋譯文、秦一璐、易寒，私下姜曉已經和他們談過了，大家心裡都有數，這段時間都在尋找新的經紀人。不過許佳人因為一直在拍電影，姜曉得親自過去和她談一下。她事先和許佳人聯繫了一下，準備找個週六過去，正好帶小豆芽去。

九月的第二週，《我們的旅行》在ＸＸＴＶ和優哈影視同時播出，出人意料地，這檔節目是同時段收視率第一，最高收視率達二點八。與此同時，微博和各大新聞網都帶起了相關明星的話題，討論度頗高，情勢很樂觀。

姜曉看到資料時，心裡卻有幾絲惋惜。不過現在再說什麼都沒有意義了，一個選擇有時候真的能改變一生。許佳人自然也看到了《我們的旅行》相關的新聞，國內綜藝良莠不齊，沒想到《我們的旅行》還能做得這麼好。她緊緊地握著掌心，表情有些低沉。

世事兩難全，綜藝只能為她帶來人氣，她現在要的是實力作品才對。

助理端了一杯牛奶進來，「他們還在討論姜姊的事。佳人，這下妳就不用擔心了，姜姊是華夏的老闆娘，以後妳的資源不會太差。」

許佳人呼了一口氣，「是嗎？」

助理掃了一眼她的手機，「妳別看了，綜藝節目的人氣只是一時的。」

許佳人表情落寞，「妳說《長汀》會紅嗎？」

助理詞窮，臉色猶豫，這也不好說啊。

許佳人也不為難她，「妳去休息吧。」

「對了，我聽到傳聞，姜姊可能不再做經紀人了。」

「嗯？誰說的？」

「我也是聽說，不知道真假。」助理跟著許佳人兩年了，自然是站在她這邊，希望她好。

許佳人點點頭，「等我和姜姊見面再談吧。」

♀♂

九月的天氣，氣溫依舊酷熱。姜曉帶著周思慕來陵南，周思慕一臉滿足，眼底滿是好奇。

「媽媽，這裡就是妳小時候的家嗎？房子好漂亮啊。咦，那邊還有牛！」

姜曉停好車之後，牽著他的手找到劇組。

母子倆今天又穿著同款母子裝，黃色T恤，姜曉穿著牛仔短褲，周思慕則是一條五分褲，配著白色休閒鞋，又戴同款墨鏡。一路走來，引來了不少打量。

「那就是姜曉的兒子啊！小傢伙長得可真好看。」

「他爸他媽的顏值擺在那裡呢！」

「聽說他前一段時間離家出走了啊？哈哈哈……」

姜曉又囑咐了幾句，「叔叔阿姨們都在拍戲，你不能亂跑知道嗎？」

「媽媽，我不是小孩子。」

姜曉嘀咕了一句，「不知道是誰離家出走。」

周思慕一本正經地跟著姜曉進了劇組。他淡定得很，左右看看，不動聲色，這一點像足了周修林。許佳人看到他時，就算早就知道了，當場還是掩飾不住驚訝。

「慕慕，叫阿姨。」

周思慕：「佳人阿姨好。」

許佳人笑著，「小陽，去把我的零食包拿過來。」

姜曉：「不用了，最近在控制他的零食。」

許佳人摸摸他的小臉蛋，「姜姊，我真不敢相信。」

姜曉笑笑，「最近怎麼樣了？」

「一切還算順利，梁老師他們對我的幫助很大，這一次真的學到不少。」

「那就好。」姜曉點點頭，「妳本來就是有天分的演員。」

「姜姊，我聽說妳準備不再做經紀人了？」

姜曉直視著她的眼睛，「是的，我今天來也是想和妳當面談談這件事。」

「為什麼？」

「每個階段都有每個階段的選擇。」

「那真是有點可惜。」

「佳人，妳接下來的工作，工作室都幫妳安排好了。《長汀》宣傳期也已經預留出來，先前幫妳看了一個電視劇的劇本，但是我不知道妳現在有什麼計畫？」

許佳人凝思片刻，「梁老師建議我暫時不要這麼急。等《長汀》上映後，工作再做安排。」

姜曉明白她們的意思。他們對《長汀》抱了很大的希望，也許佳人可以憑藉這部影片獲得影后，但這也只是也許。能不能得到影后，要實力，也要有運氣。

「沒關係。妳現在的合約還是在華夏，公司會幫妳安排新的經紀人，當然，妳也可以自己找。無論你們幾個怎麼選擇，我都尊重你們。如果你們想和華夏解約，我也會幫你們去和公司說。」

周思慕扯了扯姜曉的衣角，「媽媽，那邊有隻小狗，我想去看看。」

姜曉點點頭，「小心一點。」

許佳人不是沒有想過離開華夏，成立自己的工作室，可是她沒有背景，以後怎麼能拿到好資源呢？在姜曉的身分還沒曝光前，她確實有動過換經紀人的心。現在她該何去何從，確實有些棘手。

「姜姊，我再想想。」

「沒關係，妳想好再和我聯繫。」

♀♂

周思慕是看到了一隻哈士奇，他忍不住過來。

周思慕：「汪汪～」

哈士奇：「汪汪！」

周思慕望著哈士奇，哈士奇也望著他。四目相瞪，氣氛焦灼。

「慕慕來了啊。」梁月從助理那裡得知姜曉來劇組，便過來看看，沒想到姜曉把周思慕也帶來了。

周思慕看到她，「咦，奶奶，妳怎麼也在這裡？」

「我在這裡拍戲啊。喜歡小哈？」梁月把狗抱過來，「小哈很乖的，你可以摸摸牠。」

周思慕沒抵抗住誘惑，摸了摸。「我養了一隻貓，牠也很乖。」

「那你還想要狗嗎？」

周思慕搖搖頭，「養了小動物就要照顧牠，爸爸說我現在還小，照顧不來。等我長大了再養。」

梁月一臉憐愛，「那你以後可以來看小哈。」

「我家不在這裡喔。」

「奶奶的家也在晉城，你有時間可以打電話給我。」

「好吧。」

「慕慕——」姜曉找過來，看到梁月也在，她的臉色沒有多大的變化。

梁月起身，她還穿著旗袍，氣質溫婉。「事情談完了？」

姜曉點點頭，「我們該走了。」

「既然來了，一起去吃頓飯吧。」

姜曉搖搖頭，「不打擾了。慕慕爸爸一會兒會過來，我們約好了。」

梁月微微嘆了一口氣，「曉曉，妳不必對我這樣。」

姜曉沉默了一下，「梁老師，前陣子，我已經知道了當年的事，也知道了自己的出生。」

梁月怔忪，「妳爸爸都告訴妳了？」

姜曉報之一笑，定定地說道：「以前我怨恨過您，但是現在我釋然了，至少您給了我一條命。」

「曉曉……」梁月顫聲喊道。

「嗚嗚！」周思慕突然哭了，「狗狗咬我！」

姜曉立馬蹲下身子，上下檢查著，「咬哪裡了？」

「我的手，嗚嗚～」周思慕的眼淚一顆一顆往下掉。

姜曉顧不得什麼，抱著他就往外走。梁月跟上來，「我送你們去醫院。」

姜曉擰著眉，趕緊把車鑰匙遞給她。

周思慕傷心極了，一張笑臉皺得緊緊的。姜曉柔聲安慰他，「沒事，打完針就好了。」

「可是我不想打針。」

姜曉皺了皺眉，「打針不會痛。」這時候手機響了，「爸爸的電話。」

「媽媽，妳不要告訴爸爸我被狗狗咬了，爸爸會批評我的。」

姜曉心裡一澀，「慕慕，你是不小心的，爸爸不會批評你。」

周修林一聽兒子被狗咬了，『我馬上就到陵南，一會兒就去醫院找你們。』

「好，我們在醫院等你。你小心開車。」

周思慕打了一針狂犬疫苗針，可憐巴巴地窩在姜曉懷裡。幸好有梁月幫忙排隊掛號，他們倒是省了不少時間，現在母子倆坐在椅子上，等著周修林過來。

梁月站在一旁，拿濕紙巾擦擦周思慕額角的汗，「可憐的小傢伙。都怪我，不該把小哈帶到劇組的。」

「這只是意外，您不要放在心上。」

梁月輕嘆一聲，聲音沉沉的，「怎麼能不放在心上。我是他的親外婆，我也捨不得啊。」

姜曉什麼也沒有說。

周修林過來時，特別去超市買了一排養樂多，足足五瓶。他沉著臉，「怎麼樣了？」

「沒事，傷口不深，有一點牙印。醫生不放心，幫他打了疫苗。」

周修林仔細看了看他手上被咬的地方，傷口不大，他的心鬆了一點，「我來抱吧。」

周思慕癟著嘴，「爸爸~」

「好了，沒事了，過幾天就好了，男子漢可不能輕易掉眼淚。」

「可是我的手臂好疼。」

周修林拿了一罐養樂多，「喝吧。」

一瓶養樂多就安撫了他那顆受傷的心，小傢伙也不嚷嚷手臂疼了，乖乖吸著養樂多。

周修林禮貌地和梁月道了謝，客氣疏離。「梁老師，今天的事麻煩您了。」

梁月搖搖頭，「沒什麼，你們帶慕慕回去休息吧。」

♀♂

周修林上午有個會議，會議結束後，他從晉城趕過來，一家三口打算在陵南住一晚，明天再回去。

周思慕被狗咬了之後，一聲不吭。一家三口回到新蓋的小別墅裡，小別墅是在姜家以前的房子地基上新建的，院子有一塊空地，準備種菜種花，還搭了一個鞦韆。要是平常，周思慕早就開心得亂跑了，今天受傷後，什麼他都提不起勁。

姜曉悄悄和周修林說了，「他擔心你又批評他，還不讓我告訴你。」

周修林摸摸鼻子，「我和他去談談。」

周思慕懶洋洋地趴在床上，沒了平時的神氣活現。

「慕慕。」周修林拍拍他的小屁股，「爸爸看看傷口怎麼樣了？」

周思慕連忙滾開，「不要，我不疼了。」

周修林笑著，躺在他旁邊。「慕慕，爸爸媽媽要舉行婚禮了，你來做花僮好不好？」

「花僮要做什麼？」

「花僮是個很重要的角色，要幫爸爸拿戒指。」

「爸爸，你和媽媽為什麼這麼晚才結婚？」

「因為爸爸媽媽想邀請你參加我們的婚禮，你是爸爸媽媽的大寶貝。」

周思慕圓溜溜的黑眸望著他，眸裡閃過不解。

周修林摸摸他的腦袋，「爸爸和媽媽一樣都很愛你。只是媽媽是女生，爸爸要多愛媽媽一點，你明白嗎？」

周思慕重重地點點頭，「男生要保護女生，我也會保護媽媽的。」

「就是這樣，以後慕慕有妹妹了，也要保護妹妹。」周修林一手抱過他，吻了一下他的額角，「當然，爸爸會永遠保護好你們。」

「咯咯咯！」被爸爸親了，小豆芽害羞地捂住了臉。「爸爸，我知道我不是撿來的。是爸爸在媽媽的肚子裡播了種子，媽媽的肚子裡有一間漂亮的房子，我在裡面發芽，我長大了，我就從房子裡出來了。」

周修林眼裡一陣錯愕，溫聲溫語地問道：「你怎麼知道的？」

「哎呀，我們班小朋友說的啊。」

周修林摸了摸鼻子，「你說的沒錯。起來吧，爸爸帶你去院子裡種菜。」

姜曉站在房門口，看著父子倆。周修林經過她身旁時，她柔聲說道：「老公，我也愛你。」

夕陽西下，院子裡的一切被披上了一層金色的光圈，溫馨又愜意。

周思慕想爬樹，奈何個子太小，只能求助他爸爸。周修林托著他的屁股，讓他雙手圈在樹幹上，假裝自己真的爬上了樹。小孩子真容易滿足。

姜曉拿手機拍下了這一幕。她把照片傳上微博，這麼寫道：

『前段時間，小豆芽離家出走，我和先生擔心到不行。第一次做父母，有時候真不知道孩子到底在想什麼，我家這個內心戲又特別豐富，著急！』

大內密探 009：先生的側面帥呆了！雙腿又長又直！

你的可愛多：姊夫終於不再是影子了，正面照指日可待！

我是小公舉：目測，這一家三口絕對顏值爆表。艾瑪，扒扒週刊為什麼不能扒出姜姊的先生和孩子的照片？淨發些假新聞，博眼球騙流量@扒扒週刊

北北小粉回覆我是小公舉：（握爪）排！扒扒週刊可以關門了！不過這一家三口真幸福啊。扒扒週刊的記者也是虐心虐肺，他們也想爆啊。

♀♂

梁月回到劇組，有些疲憊，便回房間休息了。

許佳人拍完戲後，聽說她有些不舒服，過來看看她。她站在門口，聽到裡面傳來的說話聲。「是慕慕被小哈咬了，你買點好吃的去看看他。」梁月正在和晉姝言通電話。

晉姝言皺眉，『妳怎麼讓小哈咬了他！』

「當時沒有注意。」梁月也自責，「姜曉那邊我不便出面。」

『媽媽，妳不認姊姊，我以什麼身分去見她？』

「言言，我要認曉曉，那就要告訴整個演藝圈，我的過去……」她承擔不起，她怎麼能放棄現在的一切呢？

許佳人神色慌張，呼吸都變了，她快速轉身走開，行色匆匆地回到自己的房間。

助理看到她有點詫異，「妳不是去看梁老師了嗎？怎麼這麼快就回來了？」

「梁老師她休息了。妳也去休息吧，我自己來收拾。」

助理狐疑地看了她一眼，「好吧。」

許佳人把這段時間發生的事一點一點地釐清，為什麼當初姜曉不同意她接《長汀》，為什麼姜曉後來不怎麼到劇組來。

梁月對她好，也不過因為她是姜曉的藝人。她想彌補姜曉吧。

許佳人臉色清冷，她望著梳妝鏡裡的自己，原來如此啊。

她還以為梁月是看中了自己的實力。她狠狠地掐著自己的掌心，那麼，現在姜曉不再是自己的經紀人，梁月還會一如既往地支持自己嗎？許佳人混亂了，她捂住了自己的臉，一籌莫展，下一步她該怎麼走？

她點開微博，看到了姜曉發的照片，多麼幸福的一家人啊。一時間，情緒複雜難言。

為什麼有些人可以這麼輕而易舉地得到一切呢？她的先生竟然是周修林！周修林是圈子裡多少女星的目標啊。她才準備點讚時，發現秦一璐幫姜曉點了讚。

《倚天》已經殺青了，一璐最近接了幾個護膚類的廣告。許佳人想了想還是和秦一璐通了電話。姜曉對秦一璐很好，她想看看秦一璐會怎麼選擇。她不能再選錯了。

♀♂

九月，周家一直在準備周修林和姜曉的婚禮，周母也算了結了多年的一樁心事。

姜莉和周母忙裡忙外，辛苦卻異常興奮。不過，很多事周修林早已請了晉城最好的婚企團隊，他們只需要確認雙方親友名單。

姜家親友本來就不多，這些年也很少來往，能請來的少之又少。姜莉在周家那份宴客名單裡看到了晉紳和梁月的名字。「修林要邀請梁月？」

「肯定要邀請啊，修林和晉導認識很多年了。是我發現他們漏了，我幫忙補上的。人太多了，公司也有不少藝人要來參加婚禮。等等我們再對對名單，可千萬不能漏了。」

姜莉皺著眉，沒說話。

「怎麼了？」

「沒事。」姜莉想著，還是要問一下姜曉。這婚禮就這麼一次，她可不能讓姜曉在這時候心裡不愉快。

而且，這個梁月也真厚臉皮，好幾年對女兒不聞不問，現在怎麼有臉來見她。

周修林確實不是疏漏，他交給姜母的那份名單裡，並沒有晉紳夫婦。後來，姜曉和周修林向周父周母坦白了這件事。

「爸媽，對不起，這件事我一直沒有告訴你們。」姜曉輕輕說道。

周父沉著臉，「過去的事都過去了，不用太過糾結。最重要的你們現在幸福，其他的就不要想了。」

周母心底也不是滋味，她和梁月私下關係也不錯。梁月一直在做慈善，她成立的基金會每年都會幫助很多困難的兒童。她是慈善家，卻連自己的親生女兒都能不聞不問二十多年，真是莫大的諷刺。

這天，姜曉陪周修林參加某部電影的首映。大咖雲集，只是周修林和姜曉的出現儼然成了眾人的焦點。別人的稱呼也由「姜小姐」變成了「周太太」。

姜曉挽著周修林的手臂，一圈走下來，和在場的賓客打招呼，她笑得臉都僵了，還好接下來是看電影。

周修林歪著頭睨著她，「很累？」

她穿著一晚上的高跟鞋，能不累嗎？

「叫妳穿平底的，妳不聽。」

「喂。我和你這個年紀可不流行最萌身高差。」

周修林作為投資人，座位在前排。兩人落座後，電影首映也拉開了帷幕。這是一個有關八零後的青春故事，導演是八五後，已過而立之年，每處道具都是認認真真準備，相當精緻。

姜曉側首，「你預測一下票房？」

周修林摸了摸額角，「五億多。」

姜曉略略思索，「似乎也不錯。」

「上映後就要看口碑，好的話，可以破六億。」

姜曉微微一笑，「那還是你們賺了啊，小投資大豐收。」

周修林不覺一笑，「周太太，這是雙贏。難道妳不知道，這屬於我們婚後的共同財產。」

姜曉只覺得自己太幸運了，不是因為他的身分，而是，她年少喜歡的人，如今成了她的丈夫。

有時候，她會想自己是何德何能呢？大概是她上輩子拯救了銀河系，這輩子老天賜予的。

電影首映結束後，還有個小型的晚宴。

姜曉見到趙欣然，她對周修林說道，「我和欣然說一下話。」

「結束叫我。」他轉身離開了。

趙欣然一身黑色連身褲，配上她剛剪的齊耳短髮，風格大變，幹練又漂亮。她笑著，「好久不見。」

姜曉莞爾，「回來了？」

趙欣然點頭，「像過了一生，又像是作了一個夢。」

姜曉問道：「接下來有什麼計畫？」

趙欣然抿了一口雞尾酒，「前兩天接到一個劇本，安心拍戲吧。」人生總會走偏幾條路，想開了，這一段苦難也就過去了。

「如果有什麼需要我的地方，儘管說。」

「謝謝，周太太。」趙欣然挑眉，「今年公司應該給妳和周總頒獎，最佳演員獎。你們也真夠狠的，四年啊，都沒有讓任何人察覺。」

姜曉不語。

「姜曉，妳應該去幫明星上上課，教教他們如何不被狗仔發現地下情。」

姜曉看得出來，趙欣然已經從那段感情的陰影中走出來了。兩人說笑著，姜曉的餘光正好看到了晉姝言。

這次電影的男女主宣傳照是晉姝言拍的，她來參加首映也不足為奇。

晉姝言是特意來找周修林的，周修林還在和別人談事情。別人看到晉姝言，自覺離開了。

周修林垂著眼，沉聲問道：「找我有事？」

晉姝言深吸一口氣，「我聽說，你不發喜帖給我們家。」

「我不希望我太太難受。」

晉姝言咬了咬唇，「姊夫。」

周修林點了一下頭。

「我知道我媽媽對姊姊做了很過分的事。你的想法也是對的，但是你就不怕媒體亂寫嗎？說你和晉家關係不好？」

「不是不好，是從此不再有任何牽扯。」

「真的要這樣嗎？可是她是我的姊姊。」晉姝言紅了眼眶，她想為她媽媽贖罪。

「姝言，妳長大了。我知道妳是關心妳姊姊，但是，但是妳姊姊現在不是小孩子了，她有自己的家。」周修林想點醒她，「妳以為曉曉為什麼最後又不做經紀人了？」

晉姝言雙眼詫異地看著他，一瞬間啞口無言。

「妳想想，她從小幾乎可以算是一個人成長的。她看似柔軟，其實，內心比我們想像的強大很多。」周修林也是花了很長時間，才讓她學會依賴自己。

「我知道了。」晉姝言無力地說道，「但你為什麼要找我大哥做伴郎？」

「因為沒人比他更適合。」旗鼓相當的身分，還有，周修林知道，晉仲北對他的妻子也給過不少照顧。這也是後來周修林願意和晉仲北繼續往來的原因。

姜曉和趙欣然一起過來時，正好看到周修林和晉姝言，從他們的角度看過去，還真是讓人遐想。路過的人看到這一幕，表情也是各異。

趙欣然碰碰她的手肘，「周總的小青梅竹馬？嘖嘖，周太太妳要當心了。」

姜曉不禁失笑，「不是那回事。」

趙欣然看她一臉平靜，「那最好。周總身邊總免不了鶯鶯燕燕，總之妳要當心！」

姜曉一臉淡然，如果婚姻要這樣小心翼翼，那麼結婚還有什麼意義。

周修林看到姜曉，神色一瞬間就溫和了幾分，他和晉姝言打了一聲招呼，先行離開了。

晉姝言擦擦眼角，楚楚可憐地看著他們離開的方向，她的心卻一點也不難受。

原來，看著別人的幸福，自己也能感到幸福。

♀♂

回去的路上，車裡放著歌。主持人的聲音在晚上總是特別悅耳，勾著你的心弦。

『接下來這首歌來自我們新人組合，YS的新專輯主打歌《夢想》。』

歌詞很勵志，音樂節奏朗朗上口，曲調清新。這首歌最近像龍捲風一樣，在各大商場、餐飲店播放著。

周修林說道：「源源說要在我們婚禮上唱這首歌，我拒絕了。」

姜曉：「挺好的，這首歌現在特別紅。」

周修林：「是啊，慕慕天天哼，還有一南一北，前兩天過來時，還哼著這首歌。」

姜曉沒忍住笑意，「這首歌能紅也特別新奇。肖妮真的很厲害，看人特別準，是她提出讓喻文和源源組團的。」

「喻文就是你們在酒吧遇到的那個歌手？」

「是啊。」姜曉挑眉，「我眼光很好的，你看看譯文、一璐他們幾個，都是我選中的。」

周修林難得看到她一臉得意的樣子。

「不過——」姜曉刻意頓了頓，側首望著他，「我眼光最好的時刻，莫過於在高中一眼就看上你。」

他的手一緊，「周太太，我在開車，這些話可以回家說。」

姜曉咯咯直笑，最喜歡看他抓狂的樣子了。

挑逗周修林的下場，就是回去之後姜曉就被他抵在門上喘著氣。

「明天要去拍婚紗照！」她提醒著他，「噯，我想起來了，家裡沒有那個東西了。」

周修林額角貼著她，「妳不是說我年紀大了，要趕緊幫我生個女兒的嗎？」

姜曉咂舌，「我喝醉酒的話你也信？」

「信！妳說什麼我都信。」周修林笑著吻她的眉眼，「準備好了嗎？」

姜曉抱著他的脖子，什麼話也沒有說，主動吻住他的唇。

結束之後，周修林抱著她，親吻著她的眉眼。「慕慕不在的感覺真好。」

「嗯？」她不解。

周修林咬著她的耳朵，「妳很熱情。」

姜曉的臉瞬間燒了，不肯再睜開眼。

他的手流連在她的腰間，「妳不知道，我們剛結婚的時候，妳非要和我分床睡。一開始我每天晚上都失眠。」

「因為我占了你的床，蔣勤和我說，你認床。」

周修林咬著她的耳朵，「不，我是認人。嘗過了，上癮了。」

姜曉睜開眼，指尖摸到他的唇角，「老周啊，情話滿分。」

老周……

老周……

周修林瞇起眼睛，「老周？嗯？」

姜曉迷糊的神經瞬間清醒了，「不不不，老公！老公！你聽錯了。」

周修林翻身壓在她身上，望著她濕漉漉的眸子，「我還沒有老到聽力下降！」

姜曉：「……」

第二天，姜曉一直睡到九點，婚紗照只能拖到下午去拍。

她憤憤地發了一條微博。

『昨天喊了先生一聲老周，喊了幾十遍老公都無法彌補我的口誤。三十二的人了，還這麼幼稚。（攤手）』

藍蓮花：原來姊夫姓周！

你是我的星星：先生很可愛。

北北的可愛路人粉：我只關心，有沒有後續。（原諒我的邪惡）

一顆小草莓：樓上，不止你一人！求虐狗！求虐！

姜曉覺得自己這條微博的評論歪樓了，這年頭大家都太有想像力了。

♀♂

九月的最後一天，周修林接受了某台的專訪。

訪談二十分鐘，一開始都是中規中矩的問題。比如周修林的成長經歷，以及華夏影視的發展。周修林給了很多無趣的回應，他開始創立影視公司之際遇到的問題，他是如何處理的，成功的背後是辛苦與付出堆砌起來的。

節目的最後，主持人問道：「周總，近期您有什麼計畫嗎？」

周修林對著鏡頭，略略沉吟道，「結婚。」兩個字讓現場的人都怔住了。大家都知道周修林有一個三歲的兒子，難道還沒有結婚？

主持人面露驚訝。

周修林微微笑著，「我和我太太登記了四年，我一直欠我太太一場婚禮。我想在自己還沒老之前，讓她留下一個美好回憶。」

主持人笑著，「那我在這裡恭喜你們。方便問一下，您和您太太是怎麼相識相愛的嗎？」

周修林緩緩地開口，聲音如同他接下來的話一樣讓人著迷。

「我第一次見到我太太的照片就心動了。」

第十八章　我們的天長地久

這一句表白，在電視鏡頭前被錄下，成了永恆。圈內那些有關姜曉「母憑子貴」的流言蜚語，都不攻自破。而在《最美經紀人》播出以後，周修林這段表白被剪接成片段，網友稱為顏值夫婦的虐狗日常。

九月的最後那幾天，周思慕心情非常非常愉快，他告訴班上幾位老師：「我爸爸媽媽要結婚了。」

老師一臉問號，什麼意思？

於此同時，周思慕還和小朋友宣傳他爸爸媽媽的婚禮。

「你們參加過你們爸爸媽媽的婚禮嗎？」

一眾小朋友搖搖頭。

周思慕拍拍一旁洋洋的肩頭，「唉，別傷心。我爸爸媽媽太愛我了，一直等我長大，讓我當他們的花僮。」

洋洋哼了一聲，「我爸爸媽媽也愛我。」

周思慕：「可你爸爸媽媽沒有邀請你參加他們的婚禮啊。」

洋洋：「我看過爸爸媽媽的結婚照，那時候還沒有我。」

周思慕：「我爸爸媽媽還帶我一起去拍了婚紗照，我幫我媽媽拖著婚紗裙。」

小朋友一臉羨慕地看著他。

他捂住了臉，「你們不要這樣看我。等放假回來，我會帶很多很多爸爸媽媽的喜糖來給你們。」這一臉臭屁得意，真不知道遺傳周家哪位。

周修林和姜曉的婚禮定於十月六號，據說周母和姜莉翻黃曆時樂得合不攏嘴，大好日子。

周修林和姜曉倒是不相信這些，只要和愛人、家人能平安幸福地在一起，每一天都是好日子。

十月四號，林蕪從B市飛往晉城。姜曉不打算帶周思慕去接機，偏偏小人兒聽到她和周修林的對話，一聽林蕪阿姨要來，非要跟著去。

去就去吧，出發前，臭小子非要換上他的小西裝。

姜曉：「那套西裝是婚禮那天穿的！」

周思慕：「我穿上，讓阿姨幫我看看。」

姜曉直直地看著他，知子莫若母。

周思慕轉過身子，「媽媽，不穿這套，那換一套吧。」

姜曉笑著，「行啊，你自己挑。」

周思慕眉開眼笑，挑了周一妍送他的三件套裝，白色短袖襯衫、灰色格子西裝短褲、小背心，真是夠隆重的！

「媽媽，領結呢？」

姜曉腹誹，你當作是去見女朋友啊！

換好裝後，姜曉幫他拍了一張照片，把他的臉用一隻小青蛙擋住了才傳上網路。

『去接我的好姊妹，小豆芽非要穿上這套。我很想告訴他，我的好姊妹有追求者，你沒戲啊。』

涼涼：求看小豆芽正面照！

天天天的迷妹：小豆芽長大了，哈哈哈哈

我在這裡，你在哪裡：姜姊，求讓小豆芽出道！阿姨們絕對支持！

姜曉和林蕪這幾年因為各自忙碌，見面的機會並不多，但是時間和距離並沒有讓兩人的感情改變。林蕪推著行李箱隨著人流走出來，她穿著白色襯衫、藍色牛仔褲、運動鞋，再簡單不過的裝扮了。

即使這樣，那張臉在人群中也是教人難以忽視。

「阿姨～阿姨～」周思慕大聲地喊道。

林蕪原本冷清的神色瞬間一變，笑容從嘴角到眉眼，如同山谷裡的花突然綻放一般。她加快腳步，走到她們身邊，「小豆芽～」聲音細膩悅耳。

「阿姨，我好想妳啊。」周思慕一瞬不瞬地望著林蕪。

姜曉看不下去了，「周思慕小朋友，沒有人像你這樣看美女的。」

林蕪展開雙臂把周思慕抱在懷裡，「上次見他還在過年期間，也就是八九個月，小豆芽長高了很多。」

姜曉望著他，「小孩子一天一個樣，而妳真的沒有變化。」

林蕪淡笑著，「小豆芽越長越像周修林了。」

姜曉說道：「他本來也要來接妳的，有點事情不能過來，我們先去飯店，禮服都放在房間了。」

林蕪點了點頭，「沒關係。」

姜曉沉默了一下，雲淡風輕地問了一句，「秦珩沒和妳一起來啊？」

林蕪：「他打了電話給我，明天晚上過來。」

姜曉睨著她，一臉妳懂的表情。

小豆芽瞅瞅自己的媽媽，「媽媽，妳眼睛疼嗎？」

姜曉：「……」

到了飯店，等林蕪簡單地收拾好行李，三人一起去樓下的餐廳去吃午餐。

林蕪和姜曉一貫的習慣，吃東西快，不過這頓飯，姜曉明顯只吃了五分飽。

林蕪問道：「妳在減肥？」

姜曉搖搖頭，「不想太胖，忍過婚禮就好了。」

林蕪笑著，「妳都這麼瘦了！」

小豆芽拿著紙巾擦擦嘴角，「因為我媽媽怕自己太胖，我爸爸抱不動她啊。」

林蕪側首摸摸他的小腦袋，「你還想吃什麼？」

小豆芽指著盤子中間，「我喜歡吃肉肉，不過，還剩一塊了，給阿姨吃。」

林蕪一顆心都要化了。

午餐快結束時，周修林趕過來。

林蕪起身，「好久不見。」即使她向來不在意一個人的外表，但每次見到周修林，她還是微微震驚。她想到的描述有限，大概是英俊挺拔，一個很溫暖的男人。而他的溫暖大概是因為此刻在他身旁的妻兒。

周修林伸出手，「抱歉，我來晚了。」他的熱情與周到，林蕪看在眼裡。因為姜曉的關係，周修林也把林蕪當成自家親人一般，周修林更是敬重她。

「爸爸！」小豆芽求關注了。

周修林錯開眼看著他，「今天怎麼穿成這樣？」

姜曉笑而不語。

♀♂

十月六日，晴空萬里，溫度適宜。

婚禮在頤景山莊舉辦，綠意盎然的草坪，盛開的淺色鮮花，微風吹拂，一切都是那麼美輪美奐。

賓客如期而至，大家一一落座。周家的親戚悉數而至，姜家爺爺奶奶也被接到晉城來參加婚禮了。他們對姜屹一肚子的怨恨，當初堅決不讓姜屹回家，徹底斷了感情。現在時間早已沖淡了一切，何況看到小豆芽後，老人的執著也淡了，對姜曉這個孫女，他們心裡也心存虧欠。

梁月和晉紳終究沒有過來，對外宣稱晉導身體不適，不方便過來，但是祝福兩位新人新婚快樂。而晉仲北和晉姝言出席了婚禮，外界倒也沒有引發什麼猜忌。

華夏的簽約藝人能來的都來了，程影也來了。宋譯文、秦一璐他們幾個是一起過來的，大家今天的著裝都簡單又不失場合。

秦一璐盯著臺上：「真沒想到周總會請晉老師當伴郎。」

宋譯文輕笑，「誰願意當周總的伴郎啊？一上去就被秒殺了。再說，這一家三口往臺上一站，伴郎伴娘是誰都不重要了。」

雖然周修林和姜曉兩人的事，圈子裡早已眾所周知，但這還是他們第一次一家三口一起露面，大家對常常出現在姜曉微博的「小豆芽」充滿了好奇。

秦一璐忍住笑意，「咦，你怎麼不去陪周一妍，和我們坐在一起？」

宋譯文望著前排，周一妍的傷勢還沒有完全康復，她一直坐在座位上。

「你們吵架了？」

「沒有。」

「肯定是吵架了。她受傷了，可能有時候脾氣會不太好吧。」雖然她以前就聽說周公主難伺候，但是感情這回事，一個願打一個願挨。

宋譯文又轉開視線，右邊第八排座位，那邊坐著的都是姜曉的同學。他幾乎一眼就認出了那個男人，秦珩。不得不說，秦珩的外表，即使今天在眾多男藝人的隊伍裡，一點也不遜色。

誰的青春沒有過一兩段小戀曲。

十點十分，婚禮開始。

樂隊演奏起了《婚禮進行曲》，現場的氣氛浪漫而愉悅。

姜曉挽著姜爸爸的手，小豆芽捧著她的婚紗裙尾，伴著輕揚的音樂，她一步一步地朝著舞臺中央走去。

她的心怦通怦通地跳著，竟然緊張了。

周修林一身黑色西裝，筆挺地站在那裡，眸光一直沒有離開過她。姜爸爸把她的手交給周修林，他的眼眸裡閃爍著晶瑩的光澤。是的，他這一生，沒有與愛人攜手終老，可是只要他的女兒能夠幸福，他也別無所求了。

舞臺上，伴娘和伴郎站在新郎新娘的後方，漂亮的花僮站在新娘的腳邊。司儀是晉城著名的主持人，場面溫馨，但不煽情。小豆芽捧著禮盒，周修林從他手裡拿過戒指，他握著姜曉的手，將那枚簡單而貴重的戒指戴在她的無名指上。

他深深地看著她，掀起頭紗，輕輕將她攬到自己的懷裡，低下頭吻住了她的唇角。

一吻結束。兩人四目相視著，眼裡滿滿的幸福。

周修林的喉嚨上下滾了滾，「周太太，妳今天真的很美。」

姜曉仰頭望著他。眼前閃過很多片段，他們第一次相遇……他們第一次吃飯……原來，這一切她都記得這麼深。

周修林握著她的手，他說：「我等這一天，等了四年多了。」

姜曉彎著嘴角，內心滿滿的感動。「我認識你十年了。」

周修林又低下頭吻了一下她的眉心，「姜曉，我愛妳。」

姜曉眼眶漸漸濡濕，「周修林，我也愛你。」

因為你，我才相信，我的人生不是一個錯誤；因為你，我才相信，愛情的真諦。

我們相遇匆忙，而相守將是一輩子的細水流長。

「爸爸媽媽，你們不愛我了？」周思慕踮起腳尖，眨著大眼睛，聲音透著幾分委屈。

慕慕這個小花童，突然之間就變了畫風，弄得臺下的人有點哭笑不得。

不得不說，周修林和姜曉的婚禮，沒有鋪張的奢華，可是每一處的裝飾都讓人感覺到愛情的甜蜜。

現場的花都是姜曉喜歡的滿天星，還有粉黃白色的玫瑰搭配，唯美又浪漫。相比當年那對像假的戒指，這一次婚戒是他特意去法國訂製的，可見周修林對妻子的寵愛。

草坪一角擺著一面心形的照片牆，上面全是姜曉這二十六年來的照片，小時候為數不多的照片是姜爸爸和姑姑提供的，還有周修林透過她的學校和同學找到的，不過照片還是以她大學畢業的為主。而這些照片全是出自周修林之手，姜曉也是看到照片，才知道他拍了這麼多自己的照片。

儀式結束之後，一家三口站在照片牆前留影，小豆芽笑著眉眼彎彎的，大概覺得今天自己是主角了。

姜曉靠在周修林的肩頭，「我以為你平時拍的都是慕慕。」

周修林的手搭在她的腰間，「周太太，忘了告訴妳，妳老公學生時代也拿過不少攝影獎，所以餘生，我會幫妳拍下很多照片，將來可以給我們孫子孫女看，讓他們知道，他們的奶奶年輕時也是一個大美人。」

姜曉呵呵直笑，踮起腳尖親了一下他的下巴，「老公，那就辛苦你了。」

那一天，鮮花綻放，始終不及你我幸福的笑顏。

♀♂

婚禮當晚宴席結束，大多數的賓客離去。姜曉的高中同學有很多人留下來，大家準備今晚徹底放鬆，就在這裡聚一聚。

周氏夫婦過來和他們打了一聲招呼，「大家隨意，我和曉曉先回去了，改日再聚。」

周一妍問道：「大哥，慕慕呢？」

周修林：「他不回去，一會兒姑姑帶他走。」

話落，周修林和姜曉便離開了飯店，車子早在外面等著兩位新人了。他們搭今晚的飛機飛往巴厘島，周修林終於給自己放了一週的假期。

林蕪換了雙平底鞋才活過來，小豆芽跟在她的身旁。「阿姨，妳以後一定不要再穿高跟鞋了，不然妳的腳會很痛，慕慕心疼。」

一旁的秦珩錯愕地看著小傢伙，摸了一下他的頭髮，「你可真會關心人。」

周思慕點點頭，「我爸爸說，我要做個紳士，關心女生。」

秦珩摸了一下他的腦袋，他壓著聲音，「我女朋友可不用你的關心。」這句話，林蕪當然沒有聽見，不然肯定要和他鬧脾氣了。

高中同學都在等他們，正好周一妍在，免不了打趣了幾句。

「沒想到啊，我們倒是姜曉速度最快。不過，周一妍，是不是妳把姜曉介紹給妳哥的？」

周一妍坐在椅子上，「你們覺得我會嗎?不過，姜曉當我大嫂還不錯吧。」

大家都知道她們以前關係不好。偏偏今晚當事人幾乎都在，除了沈婷。

秦珩和林蕪一過來，大家都笑著開玩笑。「林蕪，我們下次可要喝妳的喜酒了。」

「對啊，林蕪，妳研究所也畢業了，結婚可得把我們全班的人都叫來。」

林蕪向來清冷，不過，大家很多年都沒有見了，對於大家的玩笑，她比以前好多了，還能回嘴。「我現在單身，以後結婚的話一定請大家。」

秦珩在一旁，餘光不著痕跡地打量著她。

眾人一時安靜了。大家都以為這兩人現在在一起了，一個外科醫生，一個婦產科醫生，多配的組合啊。偏偏秦珩也不表態，眾人一時不知道怎麼接下去。

正好，宋源來接慕慕，姜曉交代他要照顧好林蕪。宋源以前就知道林蕪，一中的女學霸，他對林蕪超乎尋常地尊重，但是他的出現讓這焦灼的瞬間又變了。

「林蕪姊，曉曉說妳明天要回淞北，我正好沒事，我送妳過去。」

秦珩嘴角一挑，臉色變了。

林蕪：「不用麻煩了，我自己坐車很方便。」

宋源知道林蕪也在B市，「我最近休假。對了，林蕪姊，我這個月要在B市XX體院館舉行個人演唱會，可以邀請妳過來聽聽嗎？」

秦珩：「可以啊，那多給幾張吧，我們一定去捧場。」

宋源看了他一眼，這個人是誰啊？去旁邊玩吧。

林蕪皺了皺眉，「宋源，我最近醫院的工作比較忙。」

宋源往前一步靠近林蕪，話還沒有說出口，就被人扯到一旁去了。

秦珩黑著臉，「她是我未來老婆。」說著，拉著林蕪的手走了。

宋源：「是我姊讓我好好照顧林蕪姊的，你是誰啊？林蕪姊，妳小心一點。」

眾人：不是女朋友還有另一層意思——是老婆啊。

周一妍望著秦珩離去的背影，這麼多年，他倒是沒有什麼變化。年少時身上的痞氣或多或少還在，這個男人所有的幼稚真的都給了林蕪。

青春年少時光，一如不復返。多年後，我們再見面，當初暗動的情愫原來早已不復當初。

原來，我愛過的人，只停留在了時光裡。

「人都走了，還看？」宋譯文不知道什麼時候來的，一手扶著周一妍的手臂。「有那麼好看嗎？」

周一妍對他微微一笑，「實話實說，秦珩這個外表，確實很好看。」

宋譯文冷哼一聲，「走了，花痴。」

周一妍定在原地，「我和我爸媽一起走。」

宋譯文挑眉，「我這個男朋友送自己的女朋友，不過分吧？」

周一妍面色一變，不過她到底是名演員，早已學會了控制自己的情緒。「男朋友還是前男友？」

實力派演員對抗花瓶演員，演技一較高下。

宋譯文扶著她的腰，「妳敢甩我？」

周一妍沉默了一瞬，咬牙，「不敢。」

宋譯文嘴角的笑容一閃而逝，「走吧。」兩個字乾癟癟的，但是動作實則小心翼翼。

「周一妍，我高中時也追過我們年級的一個女生，她長得很可愛很漂亮，像姜曉那樣——」

周一妍：「你以前怎麼沒說過？後來呢？」

宋譯文：「後來，那個女生選擇了好好學習，不想做我女朋友。」

周一妍：「那真是可惜。她要是那時候和你在一起，多拍一些你年輕時候的照片，現在都是獨家。那個女生真沒眼光，錯過發財致富的一條路。」

宋譯文的臉黑了幾分，「我想說的是，那個秦珩，妳也別想了。八百年前的事了，那時候的感情能當真嗎？」

周一妍揚了揚眉眼，聲音顫動，「我早就不想了。」

♀♂

姜曉到巴厘島的第一天就開始想小豆芽了，隨口和周修林說了一句，「不知道小豆芽怎麼樣了？」

周修林哭笑不得，「他會習慣的。」

那幾天，兩人每天過得都特別悠閒，在沙灘漫步、吃海鮮，在周修林的帶領下，姜曉還去潛水了。

晚上，她悠閒地躺在沙灘椅上，聽著海水聲，望著夜空中璀璨的明星。「要是每天都能這樣，多幸福啊。」

周修林端著果汁，讓她就著他的手喝了幾口。「行啊，以後每年我們都過來。」

姜曉嘻嘻一笑，「我記下來。其實……」話還沒有說完，她突然一陣噁心，她連忙俯身一陣乾嘔。

周修林扶著她，「怎麼了？」

姜曉淚眼汪汪的，「我會不會是懷孕了？」

周修林的臉色不是喜悅，而是震驚。

姜曉沒有察覺，她小心翼翼地躺下。「我的手機呢？我忘了上一次親戚幾號走的。」

周修林皺了皺眉，「我們先去醫院看一下。」

姜曉：「不用這麼著急吧？明天再去也可以。」不過，周修林一直想要女兒。

周修林：「我怕妳是腸胃不適。」

姜曉一臉不解：「啊——你的想法真是奇特。」

周修林扶起她，兩人回房換了衣服，開車去醫院，掛了急診。一番檢查下來，姜曉確實沒有懷孕，周修林似乎鬆了一口氣。周修林和醫生一直在說英語，姜曉現在的英語已經退化到不如她家兒子了。她能看懂，但是不會表達。

姜曉倒是有幾分失落，回到酒店之後，她無力地躺在床上，喃喃自語，「竟然是胃酸。明明上一次我懷小豆芽也是這樣的反應？」

周修林幫她倒了一杯熱水來。「這兩天就不要再吃海鮮了。」

姜曉嘆氣，靠在他懷裡，瞅著他，「你好像一點也不失望啊。」

周修林臉色溫和，姜曉問道：「怎麼了啊？」

周修林的手貼在她的小腹上，「其實沒有女兒，我們一家三口也挺好的。」

「咦？你怎麼了？」姜曉笑著，「你是怕女兒生出來，我不關心你了？」

周修林摸著她的小腹，一下一下地來回，話語沉沉，「曉曉，有件事一直沒有告訴妳。前段時間我去諮詢了醫生，因為妳是熊貓血，醫生不建議我們再有第二胎。」

姜曉恍然想到了什麼，「我也聽過，可是有的媽媽不是生了兩胎嗎？」她都快忘記這件事了。

「我不希望妳發生任何一點意外。」周修林深邃的眸子越發暗沉，他不能賭。「我愛慕慕，但我更愛妳，因為愛屋及烏。所以，曉曉，一個孩子就夠了。我已經擁有妳這個大寶貝，有沒有女兒都無所謂了。」

姜曉慢慢消化著他的話，唔了一聲。「可是，現在我們該怎麼和小豆芽說？」

姜曉和周修林蜜月的那一週，周思慕倒是沒有太想他們。假期過後第一天，周父周母一起送他去幼稚園。周思慕為全班小朋友、幾位老師都帶了一份巧克力，每個孩子還有一份禮物，女孩子是一個 Hello Kitty 的娃娃，男孩子是一個變形金剛。

「慕慕，你爸爸媽媽結婚怎麼還有這麼多禮物？」

周思慕一臉得意，「對啊。我爸爸是大王子，我媽媽是公主，我是小王子，來了好多好多客人……」有關婚禮，他足足說了二十幾分鐘。

一眾小朋友一臉羨慕。以至於後來，當周思慕明白他爸媽是先上車後補票，長大後再見到幼稚園同學，尤其尷尬，偏偏有人還記得他爸媽結婚的事。

一週後，姜曉和周修林蜜月回來，兩人又投入到工作中。周修林一連幾天開會，積壓的工作都等著他安排。

宋譯文他們幾個都有了自己的安排，姜曉也算安了心。宋譯文、一璐還有易寒依舊留在華夏，經紀人都是他們自己聯繫的。姜曉為秦一璐和許佳人推薦了經紀人，一璐欣然接受，而許佳人拒絕了。

於此同時，許佳人提出和華夏解約，她決定去星辰影視。為此，姜曉特意去了陵南，和她又談了一次。兩人約在影視城附近的一家咖啡店。

許佳人：「即使我留下華夏，以後一姊也不會是我。我和一璐必有一爭。」

姜曉：「妳們的路線並不一樣。」

許佳人搖搖頭：「可我不甘心在她之下，畢竟我先紅的。」

姜曉：「佳人，有時候要適時放下自己的傲氣，不然以後妳會吃虧的。星辰不太適合妳。」

許佳人：「這是夏梓浩親自邀請我的，只要我過去，星辰現有的資源任我挑。」

夏梓浩的為人，姜曉也有所耳聞。他對公司藝人絕不會那麼大度，合約苛刻不說，星辰目前投資的戲也沒有大紅的。

姜曉知道再勸她也於事無補，許佳人的性格她還是知道，只是可惜了。「既然妳決定了，我也不再說什麼。」

許佳人望著她，目光清淡，「姜姊，如果妳早點爆出身分就好了。」那麼她不會那麼費盡心力，那麼彷徨不安了。

姜曉抿了抿嘴角，「佳人，妳的心太大了。」她起身，「一切順利。」

「姜姊。」

姜曉停下腳步，望著她。

許佳人咬了咬牙，「妳和梁老師她——」

姜曉面色依舊，眼底如一汪湖水般平靜。「梁老師是圈裡的前輩，實力派演員，我想這次妳應該從她身上學到了很多。」

許佳人怔然，她勾了勾嘴角，「我知道。」

這一年冬天《長汀》正式殺青。第二年夏天，《長汀》於五一假期上映，首日票房一千兩百萬，這部電影終究沒有達到梁月預期的效果。許佳人也沒有趙欣然當年的運氣，《長汀》雖被送到國外參賽，終究沒有讓她得獎。

在《長汀》上映期間，有消息爆出：梁月有一私生女，現已結婚生子。然而，這則消息爆出來沒有半個小時就被刪了。

某日，又傳出了姜曉是梁月私生女的說法。對此，姜曉從來沒有解釋過，最終這條消息漸漸地淡了下去。演藝圈真真假假的事太多了。

此乃後話。

♀♂

姜曉和周修林，蜜月回來不久後，有幾檔綜藝節目邀請姜曉去，姜曉都拒絕了。她想了想，以後就在公司做做藝人公關、藝人宣傳的工作。她和周修林商量過，周修林也覺得可以，以她現在的經驗足以獨當一面。

十一月中旬，《最美經紀人》在J台和優哈影視同步播出，儘管有先前的宣傳，開播第一集的收視率並不是很突出。和《我們的旅行》一比，差了三分之一。

到了第二週，情況神奇地好轉了。

節目宣傳組請了一些熱門娛樂大號宣傳，專門發一些有趣的影片，收視率穩步上升。

電視臺的首播時間都在晚上十點，這個時候小豆芽要睡覺。所以後來，周家每週六的一個娛樂活動就是收看《最美經紀人》，小豆芽是忠誠的粉絲，看到姜曉出現在電視裡，他覺得非常新奇。周思慕每個星期一去幼稚園，都要和小朋友推薦一下《最美經紀人》。

「我媽媽在裡面喔，就是那個追著雞跑的漂亮女人，她就是我媽媽，她很厲害吧，她會抓雞呢！」

可惜姜曉不在現場，不然她真的要暴走了。

《最美經紀人》中間幾集的明星帶動力也發揮了作用，當收視率破二，節目組笑得合不攏嘴。在第七集的結尾，節目提前在發布了神祕嘉賓資訊，一瞬間，觀眾的好奇心被吊起來。網友紛紛去嘉賓微博留言，猜測神祕人是誰。姜曉微博的評論量在一個晚上破了五千，這是她有史以來收到最多的評論量了。

清晨一束光：賭一把是小豆芽！

床前明月光：我猜是宋哥。

深深愛：難道不會是周先生？

算你狠：樓上的妹妹，姜姊連微博都不肯曝光周先生，絕不可能會帶著周先生上節目。

北北的可愛路人粉：有驚喜有驚喜！絕對有驚喜！坐等啊！

算你狠回覆北北的可愛路人粉：朋友，你很眼熟啊！

其實圈裡早已都傳遍了，周修林曾陪太太去上綜藝節目。這位寵妻狂魔，不只為了妻子隱婚，更以妻子的名義開了一家公司。

「慕曉傳媒」，如果你覺得是兒子和妻子名字中的一個字，那就錯了，明明是愛慕姜曉的意思。

周氏夫婦的婚禮之後，周修林確實少了很多異性關注。蔣勤私下向姜曉彙報，現在很少有女性主動約周總吃飯了。

姜曉一直都很相信他。

《最美經紀人》倒數第二集，當周修林從車上下來的那一刻，攝影大哥太會拍了，從腳到大長腿，最後慢慢地露出周修林的臉。觀眾都覺得攝影大哥是不是故意在吊人胃口。

周修林第一次露面，和大家打招呼：「大家好，我是姜曉的先生，周修林。」他溫潤有禮，沒有絲毫距離感。

節目組打了一行介紹：熱烈歡迎周氏夫婦。

聽說很多觀眾在電腦、電視機前尖叫了。

從節目開播後，姜曉的微博就淪陷了。網友紛紛留言：『姊夫太帥了！』

『姊夫竟然是姊姊的老闆！』

『支持姊夫！』

『嗷嗷嗷，好激動！果然是姊夫！愛你，萌萌噠！』

這時候，有粉絲找了周修林的微博，發現他關注的竟然只有姜曉一人，而且就發了一條微博，還是當初為姜曉聲討誹謗。隨之，周修林十月參加婚禮的一番表白又被做成影片，在微博上瘋狂轉發。

此時，姜曉也在刷微博，周修林正在陪周思慕下棋。

姜曉走進書房，「老公，這次是你紅了。」她面含笑意，揚了揚手機，「節目出奇得好。」

周修林一臉淡然，坐在那裡，走了下一步。周思慕擰著小眉頭認真思索，也走了下一步。

姜曉：「喂，你們兩個就沒有一點反應？」

周思慕：「媽媽，爸爸又不是大明星。」

周修林：「我在想，節目最後一集我可以在微博上發一張我們的全家福。」

姜曉故意趴在他的後背上，「好啊，這次就不幫慕慕的臉打馬賽克了。嗯，就發我們婚禮的那張，好不好？」

周思慕：「我覺得挺好的。」

窗外，萬家燈火。這裡，一盤棋，一家人。

姜曉掃了一眼棋盤，「慕慕，角上一眼要三子，邊上須用五步棋。」

周思慕嗯了一聲，連忙落下一子。

周修林揚了揚眉眼，幽幽說了兩字，「搗亂。」

周思慕：「這是母子連心。」

周修林抬手落下一子，「周思慕，這盤你輸了。」他慢條斯理地拿下一大片白子。

周思慕凝視著棋盤，「等我長大了，我也會贏的。」說著，他開始收拾棋盤。

姜曉摸摸他的腦袋，「是的！你以後肯定會超過你爸爸。」

轉眼到了下一週，同時也是《最美經紀人》收官。周氏夫婦已然成了節目中的熱門人物，周修林已經收到兩檔節目的邀請，請他帶著兒子去參加。

週六晚上，九點整，周修林提前設定好的微博公布了他們一家三口的全家照。

『向大家介紹一下，這是我的太太和我的兒子，感謝大家對我太太的關心、對我兒子的喜歡。吾愛，一生。』

此刻，蔣勤早早就守在電腦前，用公司的官博第一時間轉發了這條微博。

『恭喜恭喜！周總的身分終於被認可了！』

周一妍：我的大侄子（心）

秦一璐：嗚嗚，感動得想哭。

最美經紀人V：今晚的節目記得準時收看，有彩蛋！有彩蛋！有彩蛋！

感謝周修林的這條微博，《最美經紀人》最後一集獲得了百分之五的收視率，是迄今為止國內所有綜藝節目的最高收視率。節目奉上的彩蛋就是，以動漫形式展示了周思慕離家出走的場景。這個小設計，一下子又把這一家三口推上了熱搜。

一眾姨媽粉心癢癢，紛紛留言給姜曉，希望姜曉能在微博多分享一些小豆芽的日常趣事，姜曉欣然答應。

周修林拿著手機來到兒童房，他的太太正和兒子在畫畫。他倚在門邊，望著他們。

姜曉察覺到了，抬首間目光與他交匯。「十點了嗎？」

周修林噙著笑意，一步一步走到她身邊，把她的手機遞給她。「周太太，去轉發一下我的微博吧。」

姜曉一臉期待，「什麼時候發的？我去看看。哇～」

周思慕仰頭看著他的爸爸媽媽，「讓我也看一看啊。」

周修林揉揉他的腦袋，目光看著姜曉，「好了，早點休息吧。明天一早要去爬山，你們倆要是爬不動，這回我可不管了。」

姜曉柔聲撒嬌，「老公，不要這樣嘛。」

周思慕有樣學樣，「老爸，不要這樣嘛。」

周修林低下頭，目光與她的交匯，他傾身在她的額角落下一吻。腳邊那團雪白蹭著他的褲腳，喵～

良辰美景，一室溫馨。漫漫人生，與你同在。

他握住她的手，「走吧。」

番外一 一路向北

1

二〇一某年，春。

阿索拿著一疊紙來找晉仲北。「北哥，喏，這次幾個的助理資料。」

晉仲北沒有抬頭，依舊低頭看著厚厚一疊的劇本，「你看合適就行。」

阿索望著他，他家這位的長相要是招了什麼不熟的人，就怕惹出什麼事來。所以這次的助理招聘都是熟人介紹的，不過，這裡面也有個意外。

那天，他在片場，有個女大學生誠懇地遞了一份簡歷給他。這年頭發傳單的人很多，主動遞簡歷的，阿索還是第一次遇到。

「北哥，有個小丫頭，新人，前兩天遞了份簡歷給我，寫了三千字作文——不，是她對明星助理這行的想法，她想來應徵您的助理。」

晉仲北指尖的動作停下來，闔上劇本，緩緩抬首，露出了那張讓人百看不厭的臉龐。「我看看。」

阿索連忙翻出那份簡歷，「這個——姜曉，還是J大的學生。」他笑了笑，「倒是有幾分像梁老師呢。」

晉仲北看東西時一向專注，讓人不忍打擾。等他瀏覽了一遍姜曉的簡歷後，開口道：「她怎麼給你簡歷的？」

阿索嘿嘿一笑，「半路把我攔住，對我鞠了一個九十度的躬，非常誠懇。你怎麼想？」

晉仲北眉心微微一蹙，沉吟道：「年紀太小了。」

阿索明白他的意思，笑道：「那我明天給她答覆吧。」

晉仲北應了一聲。

第二天，阿索電話通知了姜曉，認真酌句，拒絕了她。結果當天，姜曉又來到公司，似乎還想再試一試。她說了很多，語氣真誠。她希望能獲得這份工作，哪怕沒有工資。

阿索倒是沒有想到她會這麼執著，心裡有幾分疑惑，難道她是晉仲北的粉絲？

姜曉當面被拒絕後，眼淚控制不住地落下來。她一個人在走廊，越想越傷心，垂著頭，擦著淚。晉仲北路過，腳步稍微停頓。他從口袋裡拿出一塊手帕，輕拍拍她的肩。

姜曉在錯愕中接過手帕。晉仲北望著她，目光落在她的臉上，似在打量著什麼。

姜曉迎著他的目光，慢慢握緊了十指。

晉仲北沉聲道：「妳還小，這個年紀應該在學校好好念書。」說完，他不再停留，轉身而去。

姜曉重重地呼了一口氣，剛才那一刻她緊張得忘了傷心。她咬了咬牙，就知道這份工作沒那麼容易得到。

晉仲北對姜曉這個名字很熟悉，那是因為有一次他無意間得知，父親在調查一個名叫姜屹的畫家，那位畫家有個女兒就叫姜曉。他看過姜曉的照片，和他的妹妹姝言長得很像，所以印象很深。只是，他沒有想到，姜曉會踏足演藝圈，而且想來做他的助理。

在那以後，他有很長時間都沒有再見過姜曉，直到一部《盛世天下》，他們再次重逢。這時候，她已經是人氣新人女星的助理了。

晉仲北聽著她有禮地喊自己「晉老師」，看著自己的時候，一派坦然。那時候，晉仲北就在想，小丫頭日後必成大器。誰想到，她成了周修林的妻子。

四年後，她成了華夏影視首席經紀人，手裡還有宋譯文這樣的超級流量小生。他一直在想姜曉進演藝圈的目的，可是這麼多年過去了，他一直沒有得到答案。他突然覺得，姜曉很有意思。他要看看，她的底牌是什麼？於是，他邀請她唱主題曲。結果，姜曉順勢把秦一璐推薦過來。

晉仲北第一次明白棘手是什麼感覺了。

♀♂

秦一璐性格很活潑，各方面的資質都很好。聽說當初是被選中去當歌手，結果被姜曉搶過來了。

第一次錄歌，秦一璐緊張了一整晚，她一個純新人竟然能與一線大咖合唱，對她而言真的是從天而降的大餅。第二天過來的時候，她拎了一大袋水果。她看著他，咽了咽喉嚨，「晉——老——」

晉仲北嘴角浮過一抹笑意，「我很老？」

「晉老——師。」秦一璐真的有些緊張，緊張得連話都不會說了，「打擾了。晉老師，我帶了一些水果給您。」

晉仲北覺得，她把自己當作來他家拜訪的客人。「我們先去錄音室。」

到了錄音室，秦一璐僵硬的四肢終於軟了。她拿著樂譜，竟然能自己哼唱起來，聲線清澈，曲調基本上都是對的。

晉仲北用餘光打量著她，「看來姜曉幫我找對了人。」

秦一璐摸摸鼻子，「我媽是小學音樂老師，從小，學校有藝術活動我都要上臺獨唱。」

晉仲北點了一下頭，「那我們開始吧。」

工作室原本給了晉仲北三天的時間錄音，現在只用了兩天就提前完成任務。他想，可以給自己放一天假。

秦一璐從頭到尾又聽了一遍完整的，「晉老師，這歌真好聽。可惜了我的歌唱細胞，我媽要是聽到一定會感動得淚流滿面。」

晉仲北看著她一臉陶醉的模樣，他可以確定，秦一璐不是開玩笑。

這次合作之後，兩人也算是熟人了。而他是前輩，她是新人。

秦一璐在回去前，一直在猶豫，面色糾結。心裡也在嘀咕著，這位前輩竟然也不主動請吃飯！

晉仲北見她在緩慢地收拾包包，「一璐。」

秦一璐只覺得聽他叫自己的名字，有種虎軀一震的感覺，「到！」

這麼響亮而中氣十足的一個字，讓晉仲北傻了。

秦一璐尷尬地看著他，「晉老師，您長得很像我大學軍訓的教官。」

晉仲北：「那你們那位教官當時肯定很受歡迎。」

秦一璐：「……是吧。」晉老師原來是這樣的晉老師。

晉仲北：「妳跟我來一趟。」

秦一璐心裡有一陣竊喜，難道有什麼特別的安排？

晉仲北給她一張表格，「妳填一下銀行帳號，之後我讓財務把這次的演唱費匯給妳。」

秦一璐：「……這個我怎麼好意思收，您不嫌棄我，肯帶著我飛，您不收我費用，我已經感激涕零了。」

晉仲北：「這是妳的工作所得。」

秦一璐：「要不然，您請我吃頓飯就行了。」

晉仲北笑笑：「吃飯是吃飯。」

秦一璐：「既然您這麼堅持，那我就卻之不恭了。」她刷刷寫下了自己的帳號。

晉仲北收好紙，「我讓他們送妳回去。」

秦一璐伸出手，「晉老師，有時間去吃個飯嗎？這兩天都是吃便當，我請您去吃燒烤……」

晉仲北一言不發地望著她。

「我不是說你們這裡的便當不好吃，還是挺好的。」秦一璐典型的一緊張就混亂，「我就是想和您吃燒烤……」

晉仲北見她的臉越來越紅，像塗了胭脂一樣。「那妳和我一起過去吧，阿索他們今晚也準備去吃燒烤。我原本擔心妳要減肥，不吃這些東西。」

秦一璐一聽，立馬眉開眼笑。「沒事，沒事，我吃完再減肥。」她猶豫了一下，「晉老師，您平時也會吃燒烤嗎？」

晉仲北往前走了幾步，拿過自己的車鑰匙。「有問題？」

「不是，只是覺得您的氣質不像會吃燒烤的，您應該是那種坐在西餐廳的人。」

晉仲北笑了笑，「有關網路上對我的傳說，切記不可信。」

秦一璐仔細回味著他的話。

晉仲北，男，三十二歲，單身，緋聞女友程影，這幾年走老幹部人設。有什麼不可信的嗎？

2

秦一璐和晉仲北一起出現在燒烤店時，阿索和幾個小哥都看傻了眼。

「北哥，你怎麼帶一璐到這裡來了？早知道您要請一璐吃飯，我們就換一個雅致的地方了。」阿索對著一璐笑。

秦一璐自然地落座，「我一直很愛吃燒烤，只是現在不敢隨意吃。」

「妳經紀人會罵妳？」

「不，她會讓健身教練直接到我家，讓我助理把我所有的零食統統拿走。」

阿索感嘆，「姜曉這個小丫頭真的越來越厲害了。想當年……算了，不說她的糗事，不然下次見到我會念我。」

燒烤香味誘人，讓人食欲大振，一璐不知不覺間吃了很多。

大家邊吃邊聊。

這兩天大家也熟稔了一些。秦一璐今年才二十三歲，他們都比她大。再加上，一璐唱歌真的有點實力，大家的話題也比較多。

晉仲北坐在她右邊，不怎麼說話，開了一罐生啤酒。察覺到目光，他側首，「妳想喝？」

秦一璐連連搖頭。

晉仲北笑了一下，「想喝也不能給妳喝。」

「噗！」那幾個人笑了。

「北哥，有你這樣逗人的嗎？」

晉仲北眸光一轉，看向老闆，「送兩罐雪碧吧。」

老闆：「好嘞。」

老闆很快就送來兩瓶雪碧，放在桌上。

晉仲北對秦一璐說道：「幫妳點的。」

阿索嚶嚶嚶地叫著，「北哥，我也想喝雪碧。」

秦一璐連忙拿過一瓶遞給他，「給你。」

阿索：「……」這孩子怎麼看不出來他是在開玩笑呢？

秦一璐一本正經地說：「偶爾喝一點沒關係的。像雪碧可樂啊，還有生啤酒也是，我爸爸三十幾歲後，就是老愛喝啤酒，四十歲就有啤酒肚了。」

幾位男士看著她，秦一璐開始科普，「我爸他不愛運動，四十幾歲就地中海禿頭，索性剃成光頭了。我媽老說，她年輕的時候眼瞎了，讓我找男朋友一定要睜大眼睛，她不想再找一個地中海的女婿了。」

一眾男人集體大笑起來，笑得前俯後仰。

晉仲北手裡拿著那罐生啤酒，「妳應該告訴妳媽媽，這和生啤沒有關係。」

秦一璐上下打量著他，「啤酒肚、啤酒肚，總歸和啤酒有關係的。」她說這句話時，表情特別認真，還帶著幾分嚴肅，連晉仲北都覺得她說的是對的。

阿索眼裡都快笑出淚花來，「北哥，我沒記錯的話，您今年三十二了吧？那還是聽一璐的話，少喝點。」

「就是就是，不過北哥的頭髮很濃密。」

「沒關係，頭髮問題可以找霸王[1]，噹～噹～」

秦一璐後知後覺，自己是不是說錯了？怎麼能在北神面前如此造次！

「晉老師，我不是說您。」

晉仲北應了一聲。

後來，秦一璐一直都有注意，晉仲北沒有再碰過那瓶生啤酒。再之後，他們熟了，關係更近一步了，晉仲北說：「啤酒從那天就戒了。」

秦一璐才知道自己的話對晉仲北有多大的影響。

《你我之間》的主題曲隨著電視劇熱播，這首歌瞬間紅了。秦一璐刷著評論，都是讚美她的聲音，說她唱得不錯，她樂不可支，啃了一顆蘋果，又吃了一顆芒果，一旁擺著一包黃瓜口味的洋芋片，手機還擴音放著《你我之間》。

別家藝人都是精緻少女，她跟的是粗獷的男人嗎？她的助理樂樂都看不下去了。

「這兩天姜姊去出差，回來還是要查妳體重的。」

秦一璐樂呵呵的，「妳那裡還有沒有不用的小號？」

樂樂一臉緊張，「妳要黑誰？」

秦一璐甜甜地說道：「我要粉我自己，還有北哥。」

樂樂鬆了一口氣，貢獻了一個號碼，秦一璐歡樂地改了名：北北的可愛路人粉。樂樂掃了一眼，真是難聽。

「對了，姜姊不是準備拿下《倚天屠龍記》的女一嗎？妳這兩天把原著看一下，再看看前幾版的電視劇。」

秦一璐：「我演趙敏嗎？」她有點懷疑自己一個純新人，真的能拿下女一嗎？

樂樂也有幾分擔憂，「姜姊讓妳看就看，妳就當作看看書，陶冶情操。」

秦一璐點點頭，「妳說的對。樂樂，這兩天公司沒有幫我買粉吧？」她咬咬牙，有些難以啟齒，「我的粉絲數從八千多暴漲到三十萬了，這裡面有多少僵屍粉？」

樂樂震驚地看著她，「我以為是妳自己買的。」

秦一璐嘴角抽了抽。「難道這都是真粉？我從晉老師那裡蹭來的？」

樂樂點點頭，「大神的光環照耀在妳身上。」

晉仲北也知道了網路上的「一路向北」CP，他平時不怎麼刷這些新聞，倒是阿索經常在他耳邊念。阿索泡了一壺水，裡面飄了幾個小果子，他送來一杯給晉仲北。

「嘗嘗看。一璐那個小丫頭快遞送來的。」

晉仲北細看了一眼，「什麼？」喝了一口，味道還不錯。

「我也是第一次聽說，叫百香果，一璐說，這水果泡水可以清熱潤肺、去火解毒，對治療咳嗽也好，你不是這兩天咳嗽嗎？多喝點。」

晉仲北抿了抿嘴角，「還不錯。」

「她說你要是喜歡，她幫你多買一點。」

晉仲北輕飄飄地道：「替我謝謝她。」

「她要謝謝你呢，幫她漲了三十萬粉。」

晉仲北不禁一笑，順手拿過手機，打開微博，搜到秦一璐的微博。

關注：兩百六十六　粉絲：三十萬五百二十四　微博：九十九

主頁進去一看，全是甜點、奶茶的介紹，有美食家微博的既視感。晉仲北點了一下關注，顯示雙方相互關注了。

阿索：「……這百香果價值連城了！」

而此刻，正在劇組試裝的秦一璐，休息時突然發現自己多了一個粉。沒辦法，三十多萬的粉，她真的很珍惜，常常會刷刷粉絲列表。

我的天，晉仲北關注她了。於是，粉絲們沸騰了——北神關注秦一璐了！

晉仲北的各大粉絲社團裡，粉絲們相互奔相走告，秦一璐的粉絲數不斷暴漲。奇怪的是，北神的粉絲竟然沒有什麼人反對北神和秦一璐的CP。這一點，不光是秦一璐這邊疑惑，晉仲北工作室也覺得奇怪。

秦一璐穿著男裝，此刻正是男版趙敏形象，英姿颯爽。她捧著手機，喊著樂樂的名字。

樂樂：「怎麼了？要上洗手間？」

秦一璐抬首，一臉要哭的表情。

樂樂：「忍不住了？」

秦一璐咽了咽喉嚨，「我的天！我的百香果真是神奇的水果。北神喝了之後，都來關注我了。」

樂樂一臉驚訝，「我的天！真關注了！北神要接地氣。」

秦一璐頭暈暈的，「快向姜姊彙報。我接下來要怎麼做？」

樂樂：「喔喔喔！我就這去打電話。」

秦一璐深深呼了好幾口氣，慢慢平靜下來，她想了想，傳了一條私訊給晉仲北，態度真摯。

『晉老師，我真的太激動了。您竟然關注我了！（激動）承蒙厚愛，請多多關照！（抱拳）』

一個七千萬粉絲的微博大號，一個三十多萬粉絲的新人，天與地的差距。不過有句話叫什麼來著——網路姻緣一線牽，珍惜這段緣，她會好好珍惜的。

3

秦媽媽幫秦一璐算過命，大師說她二十四歲這一年，是人生的關鍵期，有一劫。此劫一過，此生一帆風順，讓秦爸爸差點幫秦一璐改名為秦一順。

眼見秦一璐過了二十三歲生日，秦媽媽和秦爸爸老是惦記著這件事，總覺得女兒在演藝圈混不妥當。秦爸爸心想，下次等女兒回來，一定要和她好好談談，讓她退出圈子。

秦媽媽翻著秦一璐的微博，「老秦啊，一璐是不是去買假粉了？」

秦爸爸：「這孩子怎麼變虛榮了！」

秦媽媽：「粉絲都在說璐璐和晉仲北，什麼一路向北。」

秦爸爸：「晉仲北是誰？」

秦媽媽：「就是《盛世天下》裡的那個太子，長得又高又帥。」

秦爸爸哼了一聲，「你們女人就是膚淺，男人不能只看外表。」

秦媽媽看了丈夫一眼，那啤酒肚，那光禿禿的大腦袋，像顆大燈泡似的。

秦爸爸挺直背脊，「妳要多看看男人的內涵。」話鋒一轉，「老婆，妳晚上想吃什麼？我去幫妳做飯。」

秦媽媽：「……」

秦媽媽有一顆八卦的心，發現苗頭後，和秦一璐聯繫時主動出擊。

秦一璐這時正在劇組拍《倚天屠龍記》，這時候的她，對晉仲北非常敬重，那是前輩，那是大神，可不是她敢幻想的。

秦媽媽感嘆，『璐璐，我就是覺得晉仲北年紀有點大，比妳大九歲呢。妳身邊就沒有合適的男生了？那個宋譯文呢？』

秦一璐直接從休息椅上跳起來，「媽，妳在說什麼呢？我和晉老師就是合作關係。妳別亂想，我多尷尬啊。」

『妳還知道尷尬啊？妳小時候皮那麼厚！』

秦一璐：「……我爸呢？」

秦媽媽：『去體育館訓練去了。對了，妳爸說要幫妳介紹他們隊裡新來的籃球員，又高又帥。』

秦一璐：「您讓他有這個時間，多去鍛煉鍛煉。媽，我不和妳聊了，我要去背臺詞了，掰掰！」

掛了電話，秦一璐陷入深思，連她媽都好奇她和晉仲北的關係了，那麼晉仲北會不會有什麼想法啊？

「樂樂，妳說晉老師會不會覺得我是故意和他捆綁在一起，蹭他的熱度啊？」

樂樂抬頭，一臉懵懵的。「但這不是我們請的水軍啊，都是網友自發的。」

秦一璐凝思，「晉老師的粉絲素質真高，都不來罵我。」

樂樂提醒：「程影的粉絲不是來罵妳了嗎？」

秦一璐幽幽道：「我真冤！」

秦一璐沒有太多時間去想這件事，《倚天》的電視劇拍完之後，九月，她簽了新的合約，接了一部校園劇《冬天的祕密》，十月中旬開拍。不過這時，她的經紀人姜曉決定不再擔任她的經紀人了。

秦一璐愁得不行。既然入了行，她就不能隨隨便便退出。姜曉幫她推薦了公司另一位男性經紀人，沈沉，公司有名的實力（嚴苛）派。沈沉帶過數十個藝人，經驗豐富，他和姜曉拍胸口保證，要把秦一璐推成下一個程影。

十月六號，姜曉和周修林大婚。秦一璐和晉仲北相遇，他們已經很久沒有見過面了。

「晉老師，你好啊。」秦一璐甜甜地喊道。

晉仲北穿著黑色燕尾服，真是帥得讓人移不開眼。晉姝言站在他的身旁，秦一璐也是第一次見到她本人。晉仲北禮貌地介紹了兩人認識。

晉姝言笑著，「我聽了《你我之間》，妳唱歌真好聽。」

秦一璐沒想到她這麼親切，一瞬間兩人的關係就拉近了不少。「晉小姐，您拍的照片真的特別好看。」

「那下次我幫妳拍一組。」

「好啊，妳和晉老師還真像。」

「大家都這麼說。對啦，謝謝妳的百香果。」晉姝言眨眨眼。

秦一璐不解地看了看晉仲北。

晉仲北：「妳寄了四箱來，我一個人吃不完，讓阿索分了。」

秦一璐：「你們要是喜歡，我下次再寄給你們。」

晉姝言咯咯直笑，「你們家是開果園的？」

秦一璐搖搖頭，「是我一個高中同學，她在廣西承包了一個果園，現在在朋友圈做微商，我就支持一下她的生意。」

晉仲北看了她一眼，原來如此。「你們先聊，我過去看看。」他是伴郎，自然不能一直在這裡聊天。

他一走，秦一璐和晉姝言就放鬆地聊天。兩人年紀相仿，一拍即合。很快，兩人加了微信，約好下次要去一家新開的咖啡店喝咖啡。

這一年冬天，《冬天的祕密》拍攝結束。這是秦一璐的第二部電視劇，於此同時，《倚天》的後期製作已經收尾了，預計二月中旬可以播出。

秦一璐打算給自己放個假，結果，沈沉遞了幾個劇本給她。「妳看一下，我們商量一下哪個劇本更適合妳。」

「沉哥，我剛到家。」

沈沉直接奪走她手裡的洋芋片，「高熱量的垃圾食品，樂樂，以後這種東西，不能出現在一璐面前。」

樂樂：「是！」

秦一璐可憐兮兮的，「沉哥！」

沈沉拍拍她的肩頭，「萬一現在有人拍到妳又胖又醜的照片，妳要是紅了，以後人家會拿照片說妳整容。」

秦一璐欲哭無淚。

「姜姊和我千叮嚀萬囑咐，讓我好好打造妳，我不能辜負她。」

秦一璐：「我們來談談劇本。」

沈沉點點頭，神色立刻緩和了。

五個劇本裡竟然還有個古代劇。秦一璐對那個倒是很有興趣，「《ＸＸ傳》的劇本不錯。」

話落，只見沈沉皺了皺眉，「這部劇的女主妳恐怕沒戲。」

「為什麼？」秦一璐頗受打擊。

「女一現在找了楊媛。」

「那你給我看劇本？」

「有一個特別客串的角色，女主的表妹，十五歲的小丫頭。她爹打算請北神來客串。」

秦一璐一臉震驚，「你說誰？」

「晉仲北，妳不是和他挺熟的嗎？」

「他演我爹？」

「暫時是這樣計畫的，就看他那邊有沒有檔期。妳也別有壓力，和北神搭戲，總會學到不少東西。」

秦一璐的嘴角浮過一抹狡黠的笑意。「我很期待。」唉，演員都不容易，連晉仲北也免不了。年紀大了，戲路也窄了。

兩天後，秦一璐和晉仲北遇到了。

秦一璐悄悄問道，「晉老師，我聽說你要接孔導那部戲？」

晉仲北應了一聲。秦一璐見他一臉平靜，咽了咽喉嚨，「那你知不知道，我演什麼角色？」

「妳演什麼？」

「我演你女兒啊。」

「是嗎？加油了。」

「可我要叫你爹，你不會覺得有點怪異嗎？」

晉仲北：「……據我所知，男主和女主一直到結局，都沒有妳這麼大的女兒。」

秦一璐：「你演男主？」

晉仲北沉思一刻，「妳的消息太落後了。」

秦一璐咬了咬牙，心裡腹誹，那你怎麼不早說！真是可惡！她白叫了一聲「爹」。

既然晉仲北不演她爹，秦一璐開開心心地答應下來。原本要是晉仲北演她爹的話，她肯定不會同意。再說，演員要有演員的專業素養，可是她總覺得有些不對勁的地方。

《XX傳》的演員一直沒有定下來，男主定了晉仲北後，其他演員還在調劑。尤其是女主，一直遲遲未定。孔導愁得不行。遲遲不開機，劇組每天都在損失。

這天，幾個導演和製片們又開了一個會，大家繼續商討女主的問題，討論來討論去，都沒有結果。

孔導問了晉仲北一句，「仲北，你有沒有什麼人選？」

晉仲北放下手機，緩緩抬首，定定地說道：「秦一璐。」

秦一璐是誰？幾個導演還真的不太清楚。對他們來說，秦一璐就是新人，不過晉仲北推薦的，他們當然相信。

♀♂

秦一璐此時正在健身房的跑步機上。是的，這兩天她稍微放肆了一下，包子臉又圓了。沈沉二話不說，把她拖到健身房。

秦一璐跑了半個多小時，走下跑步機時，腿都軟了，樂樂扶著她。教練讓她休息一會兒，等等做別的訓練。

樂樂幫她擦著汗，「以後還是少吃一點吧？不然也不需要這麼辛苦了。」

秦一璐喘著氣，「沉哥和誰說話呢？這電話打了二十分鐘吧。」

沒一會兒，沈沉掛了電話走過來，面色沉沉地看著秦一璐。

秦一璐：「沉哥，有什麼事？」

這氣氛怪緊張的。

「一璐，妳為什麼要吃那麼多！明天去《XX傳》劇組試鏡，女一。」

秦一璐：「……女一？」男一不是晉仲北嗎？她不演他女兒，改演他妻子了？

沈沉看著她的臉重重地嘆了一口氣，又搖搖頭。「休息好，再練一會兒吧。祖宗，求求您了，以後少吃一點。妳拍古裝劇，臉太大不好看啊！」

秦一璐連忙點頭，「沉哥，確定了？天降大餅啊！」

沈沉狐疑地看了她一眼，「是北神提的，你們關係不是很好嗎？難道不是妳找他求的……」

秦一璐連連搖頭，「我不知道。」

「算了。明天加加油，是個機會就要爭取。這女一多少人想拿下呢，人家還帶資進組。不過，誰讓晉仲北接了這個男主呢，女主不符合，他是不會點頭答應的。」

秦一璐轉身投入鍛煉了，這一天，她主動多加了半個小時的訓練量。

♀♂

第二天，秦一璐一大早就去試鏡了。這次的女主是一個不諳世事的純真少女，因為家族聯姻，嫁給了一個世家公子之後，與丈夫從陌生到相愛，最後陪丈夫一同重建了一個國家。

秦一璐換了裝，南北朝時期的女裝，沒想到她穿起來效果還真不錯。四下無人，她拿著化妝鏡，自己看了看化妝後的自己，捏了捏臉，自言自語一句，「哪裡胖了？明明就是剛剛好。」

晉仲北進來時就聽到了她這句話，他輕笑了一聲，善意地提醒道：「女主瓜子臉。」

秦一璐立馬收起鏡子，「晉老師，您也來了啊。」

晉仲北走到她的正面，這次認真地打量起她的正面。秦一璐穿著粉白相間的長裙，精緻的玉耳墜，隨著她的動作一晃一晃的，甚是可愛。

「孔導他們等等就到。」晉仲北坐在她對面。

秦一璐點一下頭，「晉老師，聽說是您推薦我的？」

「嗯。」

「為什麼？」

晉仲北似乎思索了幾秒，「當初編劇提過妳，覺得妳可能會適合甄芙這個角色。」

原來如此。

後來，秦一璐不負眾望地拿下了女一。她鬆了一口氣，提著裙子，跑來找晉仲北。晉仲北穿著一身白衫，腰間綁著玉佩，助理正在幫他整理衣角。

「晉老師，我成功了。」她的聲音又甜又脆，眼睛卻直直地盯著他。

「恭喜妳。」他的聲音沒有太大的起伏。

「晉老師，您要是在古代，肯定就沒有潘安的事了，那就是貌比仲北。」助理噗哧一笑，晉仲北看了她一眼，「下週開機，妳回去把女主和男主的戲分好好研究一下。」

秦一璐彎著嘴角，「您放心吧，我回去就做功課。那我就不打擾您了。」晉仲北想了想，「不急的話，等一會兒再走，孔導說，如果今天妳面試成功，讓男女主一起拍張劇照。」

秦一璐眼裡藏不住的喜悅，「那我等您。」她在一旁乖乖等著晉仲北收拾妥當，餘光時不時地看他幾眼。這麼一看，大九歲也不是很多啊。

等晉仲北梳好頭髮，整理妥當，準備出發時，就看到秦一璐看著自己，目光怔怔的。他輕咳一聲，「走了。」

秦一璐立刻回神，一臉嬌態，「不好意思。晉老師，您這身裝扮太好看了。難怪這麼多年，您的名氣經久不衰呢。晉老師，您平時是怎麼保養的？」嗚嗚嗚，剛剛化妝師幫他畫化妝時，她好想捏捏他的臉。

這一路上，她像是打開了話匣子，問題一個接著一個。晉仲北看得出來，小丫頭拿下了女一開心極了。

「晉老師——」

話還沒有說完，突然間，她整個人往前方倒下去。幸好晉仲北眼疾手快，一把拉住她。秦一璐順勢撞到了他的懷中，兩人緊緊地靠在一起。

秦一璐的心緊張得怦通怦通地跳著，她似乎聞到了他身上淡淡的味道，很好聞。

晉仲北慢慢鬆手，垂眼看著她搖晃的髮墜。「一璐，未來四個月，妳要習慣這種衣服。」

秦一璐低頭理了理裙襬，剛剛她沒有注意，踩到了裙襬才會跌倒，「嗯，謝謝！」

晉仲北看著她那搖搖欲落的髮墜，緩緩抬手。秦一璐望著他的動作，一動不動。

他重新將她的釵插好，「走吧。」

秦一璐的思緒就定在了那一瞬，剛剛他是那麼的溫柔。她已然把自己帶入了角色中，淺淺開口，「謝謝你，夫君。」

晉仲北瞬間也怔住了，目光落在她通紅的雙頰上，他的喉嚨上下滾了又滾。

秦一璐有時候總會讓人出乎意料，堂堂的北神這一刻真的說不出一句：不客氣，娘子。末了，她又補充了一句，「晉老師，我在調節氣氛呢。」

晉仲北：「……」

等一切忙完之後，沈沉來接秦一璐，他客氣有禮地和晉仲北打了招呼。「北哥，以後要麻煩您多多指點我們一璐了。改天等阿索有空，我們一起聚聚。」

晉仲北點點頭，「我先回去了。」

沈沉看著他上了保姆車，直到車影遠去。他感嘆道，「一璐，等妳大紅大紫，一定要買個房車！我要跟著風光！」

秦一璐：「……」

回去的路上，秦一璐就開始看劇本了。上次她只看了客串的戲分，女主的戲分她還沒來得及細細研究。看到三分之一發現，男女主竟然還有親密戲分！

「沉哥，我看到劇本上有寫，男主要吻女主……」

「那妳賺到了，第三部戲就能吻到北神。」

秦一璐的眼角抽了抽，「後面還有洞房……」

4

《XX傳》拍攝兩個月後，已經到了初春時節。這一年，秦一璐正式進入二十四歲。秦媽媽幫她在寺裡求了一個平安玉扣，請大師開過光，叮囑她一定要帶著。

兩個多月的朝夕相處，幾位演員的關係似乎越來越好了。自從《XX傳》在微博官網上放出劇照之後，「一路向北」的CP粉們瞬間沸騰了。

秦一璐實實在在地尷尬了。她真的靠蹭粉，蹭到了八十萬。於是乎，在劇組，她對晉仲北那更是「狗腿」得很。

《XX傳》拍攝到三分之一時，男主角和女主角大婚，自此，晉仲北和秦一璐有了肢體上的接觸。比如，牽牽小手、親親臉頰、男主偶爾給女主公主抱。每每拍攝這些，秦一璐總會臉紅心跳，不敢看晉仲北，當天要是吃飯，她都悄悄地躲得老遠。

然而，秦一璐知道，重點戲還沒有到呢。

劇中，男主和女主在相處中日漸生情，兩人鬥智鬥勇，男主總是忍不住挑戰女主的底線。

晉仲北把男主的「無賴」演得入木三分。秦一璐深深覺得演員真的很不容易，尤其是面對晉仲北這樣的對手，一刻守不住就會淪陷。

這天傍晚，拍完了男女主在桃林散步的鏡頭，劇組收工。秦一璐餓得肚子咕嚕叫，一拍完就叫樂樂趕緊給她點吃的。

樂樂遞了半塊餅乾，「六點多了，再吃的話，體重又要控制不住了。」

秦一璐可憐巴巴的，「下次別給半塊，另外半塊扔了都浪費。」

《XX傳》的劇組伙食真的很好，男二比剛來的時候胖了兩公斤。秦一璐要不是有經紀人和助理時刻緊盯著，估計現在也胖了幾公斤。

一旁的晉仲北聽了翹起嘴角，女明星為了上鏡好看，有時候真的只能對自己狠一點。

「北哥，阿索讓人送晚餐來給您了。」

晉仲北明顯感覺到後背有一束光，他問了一句，「有什麼？」

「半隻烤鴨、火腿鱸魚、油爆蝦，對了，還有梅子酒。阿索說您這段時間很辛苦，別人都胖了，就您一個人瘦了，讓您補補。」

秦一璐瞅了幾眼餐盒，樂樂拉了她一下，「別看了，越看越餓。」

秦一璐閉上眼睛，深吸了一口氣，「我就聞聞，我聞到了烤鴨的味道，脆脆的皮，軟軟的肉，好吃，真好吃。」

樂樂：「……」

晉仲北回頭就看到她一眼陶醉的樣子，「一璐。」

秦一璐猛地睜開眼，眼睛在發光。

「東西比較多，一起吃吧。」

「好啊。」

樂樂死拉著她的手，不停搖頭。秦一璐湊到她面前，「乖，我就聞聞味道，絕不貪吃。不要告訴沉哥。」

晉仲北的助理拿了兩副碗筷，秦一璐樂呵呵地幫忙。「謝謝啊，我自己來就好。」

晉仲北看她立刻活氣活現了，問道：「沈沉最近沒來？」

「好像在我幫談一個代言。」秦一璐壓著聲音，「他要是在，我肯定不敢這樣吃。」

「妳也不胖。」晉仲北抱過她，四十幾公斤，一點也不胖。

這點是秦一璐最苦惱的。「上鏡就顯得胖啊，而且我擔心啊，萬一遺傳了我爸的身材怎麼辦？」

「妳爸爸有多胖？」

秦一璐打開手機，翻出和她爸的合照。「喏，這是我爸現在的樣子。」

晉仲北低下頭，看著照片裡的秦爸爸。秦爸爸個子高，大概有一百九十公分，只不過現在啤酒肚越來越明顯了。正如秦一璐所言，啤酒肚、大光頭，嚴肅的樣子乍看之下都有點黑社會大哥的氣勢。

「應該不會遺傳的。」

秦一璐咬著筷子，一臉不解。

「妳爸爸的個子，妳都沒有遺傳到。」

秦一璐要吐血了，她好不容易長到了一百六十一公分。拍古裝戲都是平底鞋，她和他站一起確實矮了一顆頭。但是要拍現代戲，她穿高跟鞋就完全沒問題了。「那是因為我是早產兒，胚胎期營養還沒有吸收好，就早產了。但是我的體內是有高個子的基因，不會影響我的下一代。」

晉仲北：「……」

不知不覺間，秦一璐吃了一個鴨腿，又吃了十幾隻大蝦。「晉老師。」

「嗯。」晉仲北淡淡地應了一聲。

「明天那場戲……」

晉仲北慢條斯理地吃了一塊鴨肉，沒想到，味道還真不錯，改天讓阿索再去買。

「就是那個洞房，我看劇本上寫的，要先有吻戲，然後你把我撲倒……」秦一璐還沒有這方面的拍戲經驗，「吻戲是借位還是……」

晉仲北望著她，「妳有什麼要求？」

秦一璐眨眨眼：「……」她能有什麼要求？她敢對影帝有什麼要求嗎？「這個——我就是——我還沒有接過吻，沒什麼經驗，您明天做好被卡的準備。」秦一璐猶豫半晌，一股腦地說出來。

晉仲北輕聲應了一聲。「妳在《倚天》裡和易寒那場戲是怎麼拍的？」

「借位啊，是假的。」秦一璐興致勃勃地和他講戲，分享她的經驗。「我和易寒表現還不錯，那場戲一次就過了。」

晉仲北微微沉吟，「那妳有個心理準備，明天這場戲不會借位。」

秦一璐怔怔地望著他，她咽了咽喉嚨，「那——那就請多多關照。」

晉仲北迎著她的目光，溫和地笑了笑，「彼此彼此。」

♀♂

洞房花燭夜那場戲是在下午拍，場景布置得非常浪漫，光線溫和，帶著幾分旖旎的感覺。這是秦一璐有史以來最緊張的一場戲，沈沉也來了，一直安撫她。

「妳要有專業演員的素養啊。」

「沉哥，你不會明白的。」

樂樂嘆了一口氣，「多少人想拍，還沒有機會呢。那是和北神啊，妳要知道現在北神的女粉有多羨慕妳。」

秦一璐捂著臉，「我沒經驗啊。」

「北神肯定有經驗，妳只要自然一點，投入一點肯定就沒有問題。可能女主和妳一樣都是第一次。」沈沉笑說道。

「拍完我想吃烤鴨。」

「行。」沈沉一口答應。

夜已深，晉仲北從宮裡回到家中，幾天後，他將領兵出征，什麼時候回來，誰也不知道。

晉仲北進了臥室，成婚以來，兩人都是分床而睡。

夜晚，丫鬟們都不准入內，所以誰也不知道他們現在的情況。秦一璐坐在椅子上，手裡捧著一本古籍，看得入神，沒有發現他已經走到她的身後。

「這麼晚了還不休息，在看什麼？」

秦一璐回頭，叫了一聲，「夫君。」

夫君——他們成婚已有半年了，她是袁家長孫媳婦。他這一走，袁家的很多事都會落在她的肩上。晉仲北目光深沉，下顎緊繃，身上透著幾分寒氣。

「夫君。」秦一璐又輕聲喚了一聲，眸光有幾分擔憂。

晉仲北喉嚨動了動，「芙兒，三日後，我將帶軍出征。」

秦一璐的臉色瞬間僵住了，神色矛盾。「夫君，萬事小心，待你凱旋之日，我在城門等你。」

晉仲北緩緩抬首，指尖落在她的下巴，「芙兒——」

吻落在她的唇間時，秦一璐緊張得呼吸都停了。他的唇涼涼的，指尖帶著炙熱的溫度。

「芙兒，我不在家，萬事當心。」他的話一字一字打在她心尖，「若是我有什麼不測，妳以後的路我已安排好。」

秦一璐雙眸一眨不眨地望著他，如果說，剛剛他的親吻讓她緊張，那現在他的話無疑讓人害怕。晉仲北輕吁一口氣，「我不該吻妳的。好了，安寢吧。」

他轉身，剛要走，袖子就被拉住了。

秦一璐用力地拉著他的衣袍，「夫君，不要走。」

晉仲北站了許久。兩人僵持著，誰都知道，如果他今晚留下會發生什麼。

終於，感情戰勝了理智。

晉仲北緩緩回身，目光灼灼地望著她。

「夫人，為夫留下。」一瞬天旋地轉，秦一璐被他抱到那張梨花木床上，紗幔緩緩落下。

晉仲北一點一點解開她的衣襟，那瑩白的肌膚落入眼前。他慢慢俯下身子，在她的鎖骨上落下一吻。很明顯，他感覺到了秦一璐的身子顫了顫。

「好！」導演喊停了。「不錯，非常好，大家先休息一下。」

秦一璐深深呼了一口氣，晉仲北拿過她的衣服遞給她。她連忙接過，手抖得都不會整理衣服了。

此時，他也是脫了上衣，露出結實的上半身。

他很快就穿好衣服，見秦一璐還在忙碌，眉心緊蹙，古裝衣服太多，她根本無從下手。

「這個衣服好像有點問題。晉老師，麻煩您幫我叫一下樂樂？」

晉仲北瞥了她一眼，抬手幫她理了一下，眼睛卻看到她脖子間的痕跡，那是他剛剛留下的吻痕？

秦一璐終於穿好了，她的臉色已經紅得快要滴血了，連聲道了謝。「謝謝！謝謝！」

晚上，晉仲北回到房間休息，阿索也在。

「北哥，心情不好？」

晉仲北抬起手指，揉了揉眉心。

「嘿嘿嘿，是不是今天吻了一璐，你有罪惡感了？」

晉仲北睜開眼，冷冷地掃了他一眼。

「聽說這是一璐的初吻啊。」

「聒噪。」

阿索斂了斂神色，「北哥，前兩天我遇到晉導，他讓我轉達一句話給你，你馬上就要過三十三歲生日了。」

「嗯，你讓他把我的生日禮物準備好。」

阿索：「話說，你真的決定一輩子不結婚了？」

晉仲北陷入沉思，許久緩緩說道，「計畫是會變的。」

阿索頭皮一緊，「好！好！好！」

洞房花燭夜拍完之後，秦一璐當天晚上作了一個夢。她抱著晉仲北，親了好幾口，還甜甜地叫著他，「夫君～夫君～」

第二天，她見到晉仲北，遠遠地繞開了。

她在小號「北北的可愛路人粉」上發了一條微博：

『唉，北神的身材不錯，以後他太太有福了（色）（色）』

♀♂

《XX傳》劇組的計畫是先拍完室內戲，外景放在後面拍。所以四月底，秦一璐的戲分殺青了。而那時候，她終於意識到一個問題——她好像喜歡上了晉仲北。愛上一個不想結婚的男人，虐虐虐！

當她明白自己的心意時，她一個人想了很久很久，最後只好向姜曉求助。

此時，周氏夫婦正帶著小豆芽去看油菜花。

秦一璐：「姜姊，我現在該怎麼辦？我已經連續好幾個晚上作夢都夢到他了。我懷疑自己這是移情，還沒有從劇情走出來，但我冷靜地想了一天，我想不是這樣的。」

姜曉邊走邊和她通電話，『其實我也不太瞭解晉仲北，他是不婚族也只是外界揣測的，也許是他還沒有遇到喜歡的人。』

秦一璐：「反正戲也拍完了，今晚大家一起聚餐，我就直接告訴他。他要是對我沒感覺，那就算了。」

姜曉笑，『祝妳成功。不過，沈沉知道？』

秦一璐：「我不敢告訴他，不然我肯定會被他罵死。」

姜曉：『其實我和周修林都特別期待，晉仲北到底喜歡什麼樣的風格。一直以來，大家都覺得程影和晉仲北最相配，可惜了，這麼多年，兩人都沒有任何發展。』

秦一璐感嘆，晉仲北可能也不會喜歡她這款的吧。

當晚，他們在影視城附近一家飯店訂了包廂。幾位主演都來了，離別在即，大家也放開來玩。秦一璐被他們灌了幾杯酒，度數不高，不過對她這種不會喝的人來說就不行了。到中途，她的思緒就有些暈乎乎的。

劇中的女二問她，「一璐，妳拍了三部戲，三個男演員裡妳最喜歡誰啊？」

秦一璐支著下巴，「當然是袁肅，他一生只愛甄芙。這樣的男人，每個女人都愛吧。」

晉仲北瞥了她一眼，看著她微醉的目光，回答起問題來倒是清清楚楚。

秦一璐起身，去了外面的洗手間。許久，她都沒回來，晉仲北起身去找她。

他一走，幾位演員打趣道：「其實，你們有沒有發現北神很關心一璐？」

「北神和姜曉關係好，一璐命好，是姜曉的愛將。」

「那也不一定。」

晉仲北出來時找了一路，看到秦一璐靠在牆邊看魚。他走到她身旁，「大家都在等妳。」

秦一璐抬首看了他一眼，扯了一抹笑。「晉老師，你看這兩條魚，牠們是不是一對？」

「我不清楚。」

「我覺得像。」

晉仲北扶著她的手臂，「妳喝多了，讓妳的助理來接妳。」

秦一璐靠著他的手臂，深深地看著他，「晉老師，你長得真好看，尤其是穿古裝的樣子。

晉老師——」

「我好像有點喜歡你了。」

晉仲北腳步一頓。

「不是有點，是非常。」秦一璐苦著臉，一把握住他的手，「夫君，你也喜歡我好不好？」

晉仲北笑道：「我看妳是入戲太深。」

「這樣吧，給我一個實習期，我們先相處半年，如果不適合就算了。」

晉仲北瞇著眼，「妳是對我沒信心，還是對妳沒信心？半年？如果我說這個實習期可以加長呢？」

「多久？」她眨眨眼。

晉仲北的嘴角微微一揚，「一輩子如何？」

秦一璐張著嘴，抬手摸摸他的臉，又捏了捏，「不是幻覺啊！」

晉仲北失笑，「好了，我送妳回去。」

「不不不！」秦一璐怎麼能放過這麼好的機會。

「還想喝酒？」

她咬了咬唇，慢吞吞地說道：「我想吻你。」聲音越來越低，「那天都是你在吻我，而且在片場，我太緊張了。我還不沒有好好感受過接吻的感覺……」

晉仲北有種自己遇到女流氓的感覺，他硬聲說道，「先回去，等妳酒醒了再說。」

「我沒醉，我很清醒。我怕我真的清醒，我就不敢吻你了。」

晉仲北哭笑不得，「我幫妳記著。」

秦一璐像吃了糖的孩子，「夫君，你真好，我可喜歡你了。」

♀♂

四月底，《XX傳》全劇殺青。

五月初，扒扒週刊爆出晉仲北和秦一璐約會的一系列照片，粉絲沸騰了。

『北神終於脫單了！』

『我的天！真的假的！不過這個扒扒週刊的消息一向不真，我不敢相信！』（扒扒週刊怒！）

『求深入爆料！』

奈何，兩位當事人都沒有回應。

其實，秦一璐看到消息糾結不已，沈沉更是氣到快暴走。事業上升期的小花，和大神談起了戀愛，關鍵是大神年紀不小了。

「北哥他是怎麼想的？準備結婚嗎？」

秦一璐點頭。

「隱婚？」

秦一璐搖頭。

沈沉要吐血了，「我要和北神好好談談妳的規畫。」

七月。

《XX傳》開播前舉行記者會，主要演員悉數到場。記者們自然不會放過這麼好的機會，現場問題層出不窮，大多都圍繞在兩位主演身上。

對於北神，大家還是不敢造次。所以，有些私人問題都集中在秦一璐那裡了。

「一璐，《XX傳》拍完，妳最大的收穫是什麼？」

秦一璐認真地想了想，當然是收穫男朋友了，可是她不能回答記者。「應該是演技上的提升吧，晉老師教會了我很多。」

「北神呢？」

晉仲北微微一笑，側首看著秦一璐，目光溫柔，聲音悠揚，「應該是收穫了我女朋友的初吻。」他抬手握住了她的手，「我們現在，如大家所想。」

秦一璐：「……請大家多多關注《XX傳》！」

5

秦媽媽看到新聞後，整個人都傻了。她揉了揉眼睛，又細看電腦螢幕上的照片，真的是她家璐璐不假。

哎呦，璐璐竟然談戀愛了，對象還是晉仲北。這真是讓人跌破眼鏡也想不到，秦媽媽又開心又憂心。晉仲北多紅，是什麼地位，她是知道的。她無精打采地靠在椅子上，不知道嘆了多少口氣。

沒多久，秦媽媽的手機響起來。

『三妹，妳怎麼一點風聲都沒有透露，璐璐真厲害啊，找了這麼厲害的男朋友！夠你們開心啦！』

『三姨，妳讓表姊快快把北神帶回家，我要找北神簽名，我們班好多人喜歡他呢。』

『趙老師，你們家一璐越來越漂亮了啊。』

秦媽媽的手機就這樣被親朋好友轟炸了，她氣得關了手機。

♀♂

秦一璐擔心爸媽看到新聞，回去之後，趕緊打電話給她媽，結果電話不通。

「我媽電話打不通。」她憂心地望著晉仲北，「她是不是看到新聞，生氣了？」

「可能是手機沒電了。」

「應該不會。我媽是手機控，除了上課，其餘時間就喜歡滑手機。」

晉仲北沉默了一下，「要不然打電話給伯父問問？」

秦一璐猶豫幾秒，「我爸最近有比賽，他要是知道我談戀愛，還瞞了他這麼久，可能會影響他比賽的心情。」

「什麼比賽？」

秦一璐抓了抓頭髮，「我好像沒說過，我爸爸他是省隊的籃球教練。」

晉仲北臉上有短暫的驚訝，他一直以為她平時說秦爸爸去訓練，是指他去減肥。「所以伯父最近要帶我們省隊參加籃球錦標賽？」

最後，秦一璐還是硬著頭皮打電話給秦爸爸，秦爸爸語氣溫柔，一臉慈父樣，和剛剛指揮比賽的氣勢簡直判若兩人。『我一會兒結束回去看看妳媽，她肯定在睡覺呢。下週妳生日，去年妳就沒在家過生日，今年抽個時間回來吧。』

「好，爸，我下週就回去。」掛了電話，她對晉仲北咧著嘴直笑，「沒事，我爸一會兒就回家。」

晉仲北抬手揉了揉她的腦袋，「妳還有什麼沒有告訴我？」

「沒有，絕對沒有，我也絕對不敢。」她想了想，還有微博小號，她等等就去刪了。

晉仲北瞇起眼，指尖覆在她的嘴唇上。「妳有什麼不敢的？敢在綜藝節目打電話給我，寵物店老闆？」

秦一璐：「……因為合作的男演員沒有幾個，所以當時只能打給你了。」

晉仲北嘴角的笑意漸深。

「喂！你不知道當時我有多丟人，大家都在笑我自作多情！我抱你大腿！」秦一璐想到這件事就尷尬，幸好，她心胸寬大。要是她小氣一點，以後見到晉仲北絕不囉嗦。「你什麼時候存了我的號碼？」

晉仲北似在沉思，「妳加我微信那次。」

「那不是很早？那你那次接到我電話？」

「當時並不知道妳在錄節目，只是想逗逗妳，沒想到妳反應那麼快。」

秦一璐哼哼幾聲。

晉仲北把她攬到懷裡，「妳看今天之後，大家都會忘了節目裡的小插曲。」

秦一璐抬手打了一下他的胸口，「你到底什麼時候喜歡我的？」反正那天她都能主動索吻了，還有什麼不能問的。

晉仲北低下頭，在她耳邊低語道：「不知不覺間。」

秦一璐很滿意這個答案，「從小，鄰居老師同學都說我討喜。」

晉仲北不禁失笑，低頭吻住了她的唇角。當吻漸漸加深，他的身體也越來越熱。秦一璐緊張得不知所措。

「晉、晉老師，那個，我這裡沒有準備那個東西，所以——所以請你忍住。」

晉仲北的臉黑了，咬牙說道：「璐璐，我忍不住了怎麼辦？」

秦一璐立刻退得老遠，「那你去洗個澡。」

晉仲北望著她，表情滿是委屈。秦一璐想了想，好像這麼對他，也挺不仁道的。可是，她明天還得去拍廣告呢。

「我聽說，你們男人都用——」她舉起了右手。

晉仲北的臉如同鍋底一樣黑了。「秦一璐！」

一璐趕緊轉身要跑，晉仲北腿長，從後面抱住她，「那今晚我教教妳，如何？」他的話音沙啞而低沉，帶著深深的誘惑。

一璐心想，你們真的看錯了北神，什麼儒雅，什麼斯文，明明就很不正經。

♀♂

一週後，秦一璐生日前一天，晉仲北陪她回家。

秦媽媽經過一個星期的緩和，終於接受了女兒的男朋友是演藝圈大神的事實。可是秦爸爸還是不放心，暫不接受晉仲北當他的未來女婿。他私下寫了好幾條理由。

第一，晉仲北比璐璐大九歲。

第二，兩人差距太大。

第三，他非常非常不看好演藝圈的男女交往。

後面還有幾條。

秦一璐拉著晉仲北進來時，秦媽媽倒是一臉熱情。「快坐，快坐，家裡簡陋，北神你不要介意啊。」

晉仲北：「伯母，叫我名字就好。」

秦媽媽望著他，「以前總在電視裡看你，這走近一看，比電視裡帥多了。仲北啊，一會兒幫我簽名。」

晉仲北輕笑，心想著，一璐的性格可能像媽媽多一點。「可以的。」

秦一璐嘀咕道：「媽，他現在是我男朋友，不是大明星，就是一個普通人。」

秦媽媽掃了她一眼，「仲北，我幫你們泡杯茶。」

秦爸爸咳了一聲，坐在那裡一動也不動。

「爸，你嗓子不舒服？」

秦爸爸瞪了她一眼。

晉仲北把禮盒擺在茶几旁，「伯父，聽璐璐說您以前訓練有腰傷，我請朋友訂了一台按摩器，應該明天會送到。」

秦一璐歪過頭，「你什麼時候訂的？我怎麼不知道？」老謀深算啊！

秦爸爸語氣硬硬的，「晉先生，客氣了。今天很歡迎您到我家裡來做客，但是有幾句話，我還是要說——我並不看好你和璐璐。」

秦一璐：「……」

晉仲北不動聲色。

「你們演藝圈一會兒今天他和她在一起，明天他和她又分手，出軌！小三！誘惑太大！太把感情當兒戲了。」

秦一璐：「爸爸！」

晉仲北微微一笑，「伯父你說的事是有，但是不能代表全部。我們圈子也有很多夫妻檔，像XX和XX這兩位，還有XXX和XXX，家庭和睦。」

「那你能保證嗎？一輩子只對我們璐璐好？」秦爸爸就算平時不關注演藝圈，也知道晉仲北這樣的男人自然會有很多女人喜歡他。

秦媽媽端來茶水，其實她也是擔心這個問題。

晉仲北抿了抿唇角，「伯父，既然我決定和璐璐在一起，那就是一輩子的事。璐璐是一塊寶玉，我會珍惜的。」對長輩說出這樣的話，他有些不自在。

秦一璐痴痴地望著她，嗚嗚嗚，這個人真是太悶騷了。

秦爸爸心裡暗想：油嘴滑舌。

秦媽媽內心蕩漾：真是浪漫。

秦一璐吸吸鼻子，「爸爸媽媽，我知道你們是擔心我。我們對這段感情是認真的。這兩年也有很多男人向我表白啊——」

屋裡的三個人都瞪著她。

秦一璐撩了撩頭髮，「我這麼漂亮，當然有男人向我表白！不過我都拒絕了。我看得出來，那些人並不是真的喜歡我。可是晉仲北不一樣，和他在一起，我會很有安全感。他對我的好，我不會有任何壓力。嘿嘿嘿，我知道我蹭了他不少粉絲，但我會替他的粉絲好好照顧他的。」

秦爸爸真是無話可說。晉仲北側首望著她，心裡一陣溫暖。

好好照顧他……

午飯，秦媽媽在附近飯店訂了包廂。下樓的時候，秦一璐和晉仲北走在最後，他牽著她的手，「回去之後，妳好好說說追求妳的那些人。」

秦一璐咧著嘴，洋洋得意，「北神吃醋了啊？放心啦，我不會變心的。」她的頭歪在他的肩上。

晉仲北拖著她往前走，秦爸爸在前面，緩緩說道：「我叫了幾個人。」

晉仲北和秦一璐就看到社區門口站了六個男人，統一穿著黑色西裝，戴著黑墨鏡，身高兩公尺，站在那裡真是氣勢壓人。

秦爸爸：「這是我們隊裡的幾個隊員，他們一直把璐璐當自己的妹妹，知道璐璐回來了，正好今天休息，大家來看看。」

秦一璐眨眨眼，衝到她爸身旁，「爸爸，你幹什麼啊？你當自己是黑社會啊！」

秦爸爸一臉無辜，「晉仲北他爸是導演，他爸現任的妻子還是再婚的吧。璐璐，爸要讓他們家知道，我們家也是有人的。」

秦媽媽在那邊安撫女婿，「璐璐爸爸有時候特別幼稚。」

晉仲北一臉平靜，「伯母，我明白。」

幾位籃球員緩緩走來，朝著他們揮揮手，秦爸爸一臉笑意。

突然有人開口，「呦，北哥，是你啊。」

晉仲北和他們拍拍手，「好久不見。」

「你好久沒找我們打球了。真沒想到啊，璐璐的男朋友是你啊。」

晉仲北：「緣分！」他撇過臉，「伯父，我也很喜歡打籃球，您要是有時間，我們一起來打一場比賽。」

秦爸爸臉都黑了。

♀♂

兩人公開戀情後，對秦一璐的人氣和資源各方面都帶動不少。有人說，姜曉才是最厲害的經紀人，因為她簽下了秦一璐，秦一璐讓圈子裡人人關心的黃金單身漢告別了單身，所以，姜曉是功臣。

對此，姜曉私下見到晉仲北時，也笑說過，自己可是他們的紅娘。

這一年秋天，秦一璐的三部電視劇連續播出後，她一下子從新人躍居到一線小花，身價上漲，話題不斷。與其同時，她在網路上也受到了不少黑粉攻擊。只是誰也沒有想到，她會在停車場遭人襲擊。

事情發生得太快，當那一棒朝她身後用力打下去時，樂樂嚇得尖叫一聲。

秦一璐被送往醫院，新聞消息也被媒體曝光了。晉仲北從外地趕過來，在醫院守著她。他握著她的手，神色充滿了擔憂。

秦一璐半夜醒來，身上火辣辣地疼。她一動，他就察覺到了。

「璐璐。」

「你怎麼來了？我沒事。」

「怎麼會沒事？醫生說如果那個人再往上一點，就打到妳的後腦了。」後果不堪設想。

秦一璐想坐起來，被他按住了。「妳別動了，妳想做什麼？」

秦一璐見他臉色不好，只好聽話。她望著他的眼睛，見他眼眶通紅，心裡大震。

「我真的沒事，你不要擔心。樂樂不該打電話給你的。」

晉仲北望著她，字字深沉有力，「璐璐，妳不能出一點事。」

她在他眼底看到驚慌失措，原來他這麼在乎自己，「我知道，我知道。」

晉仲北將她輕輕攬到懷裡，「我承受不起，我媽媽就是躲避狗仔才出了意外。」

秦一璐喉嚨哽咽，抬手抱住他，「我會一輩子陪著你的。」

事後，員警調查到犯罪嫌疑人竟是程影的粉絲。這件事被晉仲北壓了下來，沒有曝光。那時，秦一璐已經完全恢復了。

程影主動聯繫了晉仲北。兩個人是多年朋友，也是有話就說。

程影：「我真的很抱歉。」

晉仲北：「不關妳的事。」

程影：「一璐傷勢怎麼樣了？」

晉仲北：「已經好多了。」

程影：「那就好。仲北，下週我會宣布我結婚的事。」

晉仲北臉上浮起了笑容，「恭喜。」

程影：「謝謝。不過婚禮可能不會請你們了，我們說好只請雙方重要的親戚。」

晉仲北：「我會準備禮物的。」

兩人聊了一會兒，程影的手機響了，她淺淺一笑，「是我先生，他來接我了。改天介紹你們認識。」

「好，慢走。」

程影一步一步走向門口，嘴角帶著幸福的笑容，是戀愛的味道。

生命中有些人終究不能陪你一生，生活還在繼續，不要沉迷在過去。

這一年年底，晉仲北和秦一璐訂婚，同時，晉仲北宣布引退，整個圈子譁然。

秦一璐也是感慨萬千，在家裡還挑逗他，「多想再和你合作一部戲啊。」

晉仲北：「我現在不是經常陪妳拍戲？」

秦一璐：「什麼？」

晉仲北挑眉：「親力親為，超清無碼。」

秦一璐咬牙：「晉仲北你沒節操！」

晚上，她躺在床上刷微博。網友紛紛表示不捨，一直在晉仲北和她的微博留言。晉仲北洗了澡回房間，躺在她旁邊。

「你以後真的不復出嗎？」

「近兩年不會。」

秦一璐盯著他，指尖戳戳他的臉，「中年，要保持鍛煉，千萬不要向老秦先生看齊。萬一以後你想開了，可以帶著孩子上綜藝。」

晉仲北瞇了瞇眼，「中年人確實該做爸爸了。」

秦一璐：「……」

第二天早上，熹微的光芒從窗簾縫隙打進來，秦一璐的手機響了，晉仲北拿起來，看到沈沉傳來的訊息。

『璐璐，我昨天和張導聯繫了，他的新電影有意讓妳來演女主角。』

晉仲北回覆：『我想可能不方便，我們準備生孩子了。』

沈沉吐血中。

晉仲北剛要放下手機，發現她的微博又跳出一條訊息。他點進去，發現這是一個小號「北北的可愛路人粉」，他的嘴角劃出一道弧度。這位粉絲真的藏得太深了。

第二年初冬，秦一璐誕下一個小公主，最開心的莫過於晉仲北。

周氏夫婦帶著周思慕來看小公主時，姜曉抱著孩子，周修林看了一眼，客氣地對晉仲北說了一句恭喜，實則心裡滿是羨慕。

周思慕輕輕摸摸小公主的臉，「我爸爸一直說要幫我生個妹妹，我等了好久。」

周修林摸摸鼻子，「爸爸不能給你妹妹，可以幫你找個漂亮的媳婦。」

晉仲北可捨不得，「周總，我女兒剛出生。」

周修林：「我兒子不錯。」

周思慕一臉正色，「爸爸，你要加油了。晉叔叔晚結婚都生小寶寶了。」

一屋子的人看著周修林都在笑。

1 霸王為洗髮精的名字，主打防掉髮。

番外二 周氏夫婦

（一）

某天，周修林出差一週，最後一晚晚宴結束，他便搭當晚最後一班班機回到家。無論他身在何處，每每忙完應酬，心裡最深處想的念的還是她和兒子。

第二天早上，姜曉迷糊間聽見客廳裡有動靜。只是昨晚她處理公司某藝人的緋聞風波，一直忙到淩晨，現在睏得睜不開眼。周修林輕輕推開臥室的門，就看到床上微微隆起一團。他邊走邊解了外套，走到床沿，坐了下來。她的臉大半埋在被子裡，他抬手輕輕理了理她的頭髮。

他低下頭，靠近她的脖子，聲音低沉沙啞，「周太太，七點了。」

姜曉睜開眼，「你回來了啊！我好睏喔！」她抬手圈住他的脖子。

周修林笑了笑，「起來吃了早飯再睡。」

「讓我再睡半個小時。」姜曉軟語相求。

周修林自然不會同意，吻到她的耳邊，手輕輕地梳著她微亂的髮絲。「可以，我陪妳睡。」

姜曉還迷糊著，漸漸發現不對勁，她瞬間清醒，用力拉開他的手，她喘著氣提醒他，「下午要帶慕慕去游泳。」

周修林笑了幾聲，停下動作，拍拍她的背，溫和道：「妳想什麼呢？我只想抱抱妳。」

姜曉心裡腹誹著，才怪。

兩人一起去廚房做早餐，窗外，鳥兒在枝頭嘰嘰喳喳地叫著。姜曉幫他做飯，看著他熟練地煎蛋。小豆芽念小班和中班時，她也常拿著模具煎愛心蛋，小豆芽每次都超級捧場。現在上大班的小豆芽，變化不是普通的大。

周家私下幫他請了外語老師，如今，他的口語水準到國外溝通完全沒有問題。姜曉和周修林也開始看重小豆芽的教育，不過，小豆芽完全不用他們操心。在同齡孩子裡，他各方面都出類拔萃。大班時，他還拿了一個全國幼兒組英語比賽冠軍。

周修林和姜曉一起去現場看了比賽。周思慕在賽前似乎一點也不緊張，姜曉準備好的鼓勵的話都沒有派上用場。相反地，周思慕還安慰她，「媽媽，妳不用這麼緊張。爸爸不是說了，重在參與，拿不拿第一不重要。」

「那你想不想要第一？」

「想啊，應該不難吧。」

姜曉：「……」

周修林攬著她的腰，「好了，妳兒子的心理素質比妳還好。」

姜曉想到小豆芽，嘴角都浮著笑意。

♀♂

下午，夫妻兩人去周家接走小豆芽。週五晚上，周母帶小豆芽去參加了慈善晚會，他便在爺爺奶奶家住了一晚。

周修林每年都在做各種慈善活動，他告訴周思慕，這個世界還有很多孩子吃不好，上不了學。周思慕說等他大了，他要和爸爸一起去幫助這些小朋友，因此周母說要帶他來參加慈善晚會，他便來了。

遇見梁月，周母臉上也沒有多大的變化。兩人簡單地打了一個招呼。

梁月蹲下身子，目光平視著小豆芽。「慕慕，還記得我嗎？」

周思慕穿著小西裝，帥氣又可愛，他望著她，點了點頭，「奶奶好。」

梁月勾了勾嘴角，抬手摸摸他的腦袋，「你好啊。這麼久不見，你又長高了。」

「對啊。我現在穿的褲子都大一號了，我媽媽說，我會長得和爸爸一樣高。」

梁月瞇著眼睛，「會的。我看了你的英語比賽，慕慕真的很厲害。」

周思慕抿著嘴角笑了，謙遜又驕傲地回道：「謝謝奶奶，我會繼續努力的，長大要像爸爸一樣厲害。」

「為什麼要像你爸爸呢？」

「因為我媽媽說我爸爸最好了，她最愛爸爸。慕慕長大也要照顧媽媽。我媽媽以前很可憐的，每個人都有媽媽，可我媽媽從小就沒有媽媽。」

梁月沉默了。

周母連忙拉了拉周思慕的手，「慕慕，你不是想吃點心嗎？你自己去前面拿吧。」

「好的。」他又看了看梁月，「奶奶，再見。」

梁月深深地望著他的身影，「他們把慕慕教育得很好。」

周母扯了一抹笑，「今天不知道妳也來了。」周家私下還是避諱著梁月。

梁月眸光一轉，「妳放心，我有數。」

「那就好。妳也知道曉曉想要平靜的生活，其實慕慕這孩子，個性還是像曉曉多一點，他們都很善良。我們也不希望，以後再鬧出什麼亂七八糟的新聞了。」

梁月臉色一白。這兩年來，她在很多場合都能遇到周修林，但是從來沒有再見過姜曉一面。姜曉是徹徹底底不想再與她有任何聯繫了。

後來，周思慕回到家，把見到梁月的事告訴了父母。

「爸爸媽媽，昨晚我見到了姝言阿姨的媽媽。奶奶誇我了。」

姜曉摸摸他的腦袋，臉色淡淡的，嘴角噙著笑意，「那你可不能驕傲。」

「可是，我總覺得奶奶有些奇怪。」

「怎麼了？」

「她每次見到我，好像都有些傷心。」

「不是。因為奶奶年紀大了，見到你，會想到她年輕時的事，不是傷心，只是感慨。」

小豆芽似懂非懂。

不是所有的遺憾，都能彌補的。

一家三口去市裡的一家飯店，遠離市區，附近的景色怡人，是週末假期的好去處。這裡運動項目很多，不過因為收費高，平時來的人並不是太多。

游泳池還沒有人來。周修林帶著小豆芽換好衣服，先下水了。小豆芽在周修林的陪同下，游得有模有樣。姜曉披著毛巾，坐在岸邊泡腳，水冰冰涼涼的，一掃酷熱。這樣的日子真是休閒啊。

她瞇著眼看著周修林，他只穿著泳褲，寬肩窄臀，身材一覽無餘。肌肉結實，沒有一點贅肉。他平時的鍛煉，果然沒有白費。姜曉又看看自己的身體，肚子比以前胖了一些，胸……也大了一號。

她今天帶了一套比基尼式的泳衣，外面本來有一條絲巾，不知道被小豆芽收到哪裡去了。她性格保守，可不敢穿著這麼暴露的泳衣。

周修林來到她的身邊，「陪我游兩圈？」

姜曉搖搖頭，「我比不過你。」

周修林知道她對所有運動都沒有熱情，大概是女生的通病。他二話不說，伸手拉她下來，隨手將她的毛巾丟到一旁椅子上。

姜曉一陣驚呼，緊張地抱著他。

周修林托著她的手臂，他的臉上被水打濕了，水珠順著臉頰緩緩往下流。「還怕？」

姜曉忙不迭地點頭。周修林索性抱著她，兩人肌膚相貼。

有他在，她的身心一下子放鬆，準備遊兩圈卻被他拉住了。他的目光落在她的胸口，那裡有好幾處小紅點。

姜曉瞪了他一眼，「我上岸坐一會兒，你自己去游。」

他笑，抱著她不撒手，「最近胖了啊。」

姜曉鼓起了嘴巴。

「不過我還是能把妳抱起來。」說著，他慢慢托起她的身子，姜曉上半身離開了水面。

「周修林！」

夫妻倆趁著四下無人，孩子氣地鬧起來。

小豆芽慢悠悠地游過來，「爸爸，我也要舉高高。咦？媽媽，妳是不是過敏了？咪咪上面紅了。」

姜曉：「……」她瞪著周修林。

周修林聳聳肩忍著笑意，「爸爸等等去幫媽媽買點藥膏，塗一下就好了。」

小豆芽天真地點點頭。

周修林側首親了親她的臉頰，「周太太，游兩圈，妳贏了，我答應妳一個要求。」他抬手揉了揉她濕漉漉的頭髮，一臉寵溺。

姜曉最後和他比了一場，終歸耍賴贏了他一回。

後來，她在微博上發了一張照片。距離上一次她更新微博已經過半個月了。

波光粼粼的水邊，周修林側身扶著小豆芽的手，糾正他的動作。小豆芽趴在那裡，撅著肥肥的小屁股，那條紅色超人內褲甚是醒目。她寫道：

『惟願歲月安好，時光不老。你我相伴，此生足矣。』

（二）

三月，草長鶯飛，天氣漸漸暖和了許多。轉眼間，周思慕的六歲生日就要到了。

姜曉旁敲側擊地問了幾次，他今年想要什麼樣的生日禮物。結果小傢伙嘆了一口氣，漂亮的小眉頭一皺，「媽媽，我要是告訴妳我想要什麼，就真的一點驚喜感都沒有了。」

姜曉撇撇嘴角，「媽媽最不會挑禮物了。」小孩子除了玩具、書，還能送什麼呢？偏偏她家這個小不點還要求極高。

周思慕幽幽道：「可是爸爸的禮物妳每次都會想好久，很認真地在準備。」

姜曉：「那是因為以前媽媽送爸爸的禮物太隨意了，現在只好彌補你爸爸。」

周思慕托腮：「你們就是太隨意才有了我。」

姜曉揉了一下他的小腦袋瓜，「你這個熟豆芽！」

周思慕露了一口小白牙，對她擠擠眼睛。「媽媽，不論妳送我什麼我都會喜歡，因為是妳送的。妳還有一週的時間喔。」

姜曉：「……」

晚上，周修林在書房處理郵件，姜曉進來端了杯水給他，順便和他說到禮物的事，她頭疼得很。

「你快幫我想想送什麼禮物。」

周修林坦誠交待，他幫兒子準備了一套百科全書。姜曉略作沉思，眸光一轉，「那你今年送我準備什麼禮物？」反正每年兒子過生日，她都會收到一份禮物。

周修林闔上電腦，抬手握住她的手，「現在說出來一點驚喜都沒有。周太太，請耐心等待。」

姜曉聳聳肩，「慕慕說話簡直和你一模一樣。」

周修林笑著，「潛移默化，妳不覺得我現在和妳也有點像了嗎？」他的腦袋貼著她的，四目相視。

姜曉彎著嘴角，「這是夫妻臉。」

「爸爸～這道題怎麼做？」書房門被推開了，周思慕一陣風似的跑進來。

儘管姜曉和周修林的動作很快，還是被他看到了。他馬上摀住眼睛，「我什麼也沒看到。」

周修林清清喉嚨，「思慕，我說過，進來前要敲門，這是禮貌。」

周思慕放下小手，委屈地皺起了兩道小眉毛，「Sorry! Daddy!」

姜曉對他招招手，「什麼題目啊？」

周思慕把數學題目拿過來，「這道題。」

小學一年級的奧數題。姜曉看著兒子認真學習的拚勁，心裡感嘆，兒子的一大半基因肯定都是遺傳自周修林。她學生時代可不是刻苦學習型的。

周修林起身，把位置讓給周思慕。他站在一旁，慢慢幫他分析題目。

周思慕點了點頭，「喔，這樣啊，我懂了。爸爸你好厲害！」他還豎起了大拇指。

姜曉也是一臉崇拜地看著自家老公，「老公，你真的很厲害！」

周修林早已習慣了這樣的甜言蜜語，可是還是很管用。

對於兒子的禮物，姜曉思前想後，最後買了一個小機器人。那天，她去拿機器人，順便和趙欣然見了一面。趙欣然這兩年基本上很少回晉城，全心投入工作，身邊不乏男人追求她，不過她都沒有接受。她現在又投資影視，又演電視劇，整個人和兩年前比，像換了一個人。

「真快啊，慕慕都六歲了，我都成老阿姨了。」

「哪裡老了！」趙欣然保養得好，看起來就像二十出頭的小女孩。

「看到那些十七八歲的小女孩，真是恨不得自己年年都是十八歲。」她嘆了一口氣，「喏，給小豆芽的禮物。」

「謝謝。」姜曉猶豫了一下，「前陣子，我碰到莫以恒了。」

趙欣然攪拌著面前的咖啡，「我上個月參加活動還見到他了。」

「你們——」姜曉聽到過傳聞，莫以恒似乎對趙欣然餘情未了。

趙欣然聳聳肩，「回不去了。我很滿意我現在的生活，如果後面能碰到合適的人，我還是會談戀愛結婚的，只不過不可能是他。」她眨眨眼，嘴角有一抹苦澀閃過。「如果當初他能……我的孩子可能也上幼稚園了。」

姜曉端起咖啡喝了一口，真苦，她皺了皺眉。

「姜曉，不是所有的男人都像周總那樣，妳不知道當初我多羨慕、嫉妒妳。」她的聲音漸漸小了。

這世上沒有後悔藥。姜曉指尖摸索著杯沿，久久無語。

第二天，周修林接受VC財經雜誌的採訪。

原本周修林是不打算接受採訪的，結果VC的人直接來公司找他。等了幾個小時，蔣勤把人帶進去。記者是個剛工作的小女孩，一臉稚氣。她說，「周總，冒昧打擾您了。今年是VC十周年，我們一直想採訪您。」

出於禮貌，周修林給了她十分鐘的時間。

等她說完，周修林略略沉吟，「妳是J大畢業的？」

小記者一愣，「是的。」

周修林笑了笑，「我太太也是J大畢業的。」

小記者放鬆了很多，「我知道。我們讀書的時候，經常有人提到學姊，學姊在我們系上很有名，老師上課也會提到她。」

後來，周修林答應了VC的採訪。小記者做了充分的準備，問題都很專業，不過她也提前諮詢過蔣勤，能不能問一些周總的私人問題。她有些忐忑，於是把問題給蔣勤看了一遍。得到首肯後，她才敢放心採訪。

周修林是個十分謙和的人，這次採訪非常順利。當提到姜曉時，他整個人的氣場都變了，神色多了幾分溫和，眸光深處可見愛意。

記者：周總，您和您太太結婚六年，有吵過架嗎？

周修林：沒有，我太太比我小六歲，用我兒子的話，我不能以大欺小。

記者：周總，我們都知道，姜曉是一個出色的經紀人，對她不再做經紀人，很多人都感到可惜，那麼她有沒有打算再回歸呢？

周修林：如果她願意回來，我會支持她。

記者：您會贊成嗎？

周修林微微一笑：她工作很拚，做經紀人那幾年，幾乎每天都要和譯文、一璐他們幾個聯繫，甚至連譯文住的飯店，她都要安排。這種待遇，我還沒有享受過。

記者：周總，您覺得姜曉身上什麼最吸引您？

周修林幾乎沒有思考：堅韌樂觀。我太太童年有一段漫長而孤獨的時光，但是她的性格特別樂觀善良。

記者：您很愛您的太太。

周修林沒有再說話，指尖摩挲著無名指那枚戒指。這枚戒指，從當初他和姜曉結婚那天，他便戴在無名指上了。

轉眼到了周思慕的生日，小傢伙這天收到了不少禮物。周一妍和宋譯文送了他一台迷你版的小汽車，價格不菲。在宋譯文的幫助下，周思慕很快就上手了，在家裡開起來。他的小臉上掛著大大的笑容。

姜曉拉了拉周修林的手，「我問過他喜不喜歡小汽車，他和我搖頭，說不喜歡。」

周修林忍著笑意，「妳還不了解他，他要的就是驚喜。」

姜曉：「真難伺候啊。」

這時候姜曉悄悄把機器人拿出來，機器人邁著小步伐走到周思慕身邊。『慕慕，慕慕。』

周思慕停下車，「你是誰？」

姜曉挑著眉，「這是小沐同學。小沐同學，唱《生日快樂歌》。」

小沐同學：『好的。』

生日快樂歌響起。周思慕一臉好奇，抱起了機器人，「它還會什麼啊？」

姜曉：「會講故事，會唱歌，回家你可以慢慢研究。」

周思慕一臉諂媚，「媽媽，我愛妳。」好吧，這個禮物真的讓他愛不釋手。

晚上，回家之後，周思慕就帶著他的機器人回去自己的房間。姜曉望著周修林，她伸出手來，「我的禮物呢？」

周修林不禁搖搖頭，他從口袋裡拿出一個絲絨盒子，緩緩打開，拿出了一條鏈子。姜曉瞇起了眼睛，盯著項鍊。

周修林把項鍊放在她的掌心，「完璧歸趙。」

姜曉吸了吸鼻子，「我以為它不見了。」

周修林把她擁到懷裡，「可惜墜子已經修不好了。」

姜曉的眼睛微微濕潤，「這是我媽媽留下的項鍊。」

他吻了吻她的髮絲，「我知道。抱歉，現在才告訴妳。」

姜曉抬首望著他，轉念一想，「原來你早就知道是我的。」

他輕笑著，握住她的手，十指交纏，「周太太，我對妳蓄謀已久。」

六年前，他在飯店走廊地毯上撿到了一條項鍊。不久後，她來尋找。

那一晚，他們在一起，意外收穫了一個小天使。

—全文完—

高寶書版集團
gobooks.com.tw

YH 026

你好，我的一見鍾情（下）

作　　者　夜　蔓
責任編輯　陳凱筠
封面設計　鄭婷之
內頁排版　賴姵均
企　　劃　方慧娟

發 行 人　朱凱蕾
出　　版　英屬維京群島商高寶國際有限公司台灣分公司
　　　　　Global Group Holdings, Ltd.
地　　址　台北市內湖區洲子街88號3樓
網　　址　gobooks.com.tw
電　　話　(02) 27992788
電　　郵　readers@gobooks.com.tw（讀者服務部）
　　　　　pr@gobooks.com.tw（公關諮詢部）
傳　　真　出版部(02) 27990909　行銷部 (02) 27993088
郵政劃撥　19394552
戶　　名　英屬維京群島商高寶國際有限公司台灣分公司
發　　行　英屬維京群島商高寶國際有限公司台灣分公司
初　　版　2021年 2 月

本著作物由北京晉江原創網絡科技有限公司授權出版。

國家圖書館出版品預行編目(CIP)資料

你好，我的一見鍾情 / 夜蔓著. -- 初版. -- 臺北市：高寶國際出版：高寶國際發行, 2020.02
面；　公分. --

ISBN 978-986-361-996-3(上冊：平裝). --
ISBN 978-986-361-997-0(下冊：平裝). --
ISBN 978-986-361-998-7(全套：平裝)

857.7　　109020422